梦境救援

クジラアタマの王様

〔日〕伊坂幸太郎 著

高一君 译

浙江文艺出版社
Zhejiang Literature & Art Publishing House

果麦文化 出品

* 漫画单页阅读，顺序从上到下，从右到左。

第一章

マシュマロとバリネズミ

鲸头鹳与刺猬

我的目光被电视里的鸟吸引。它就像是从漫画中走出来的一样，头看上去硕大无比，嘴也非常大。它转过头，正直勾勾地盯着一侧看。电视里正在播放的似乎是从动物园拍摄到的视频。

　　"鲸头鹳几乎一动不动。"一位貌似记者的女性正说着，"它的英文名叫 shoebill，意思就是像鞋子一样的嘴。"

　　它的嘴确实像只皮鞋，而且大得惊人。它头的大半部分都是嘴。

　　"它的脸真是奇怪啊。"坐在沙发上的妻子抚摸着肚子说道。下个月我们的孩子就要出生了，虽说我的大脑已经理解了这个事实，可却依然没有什么真实感。

　　"它好像在笑。"画面中鲸头鹳的大嘴从侧面看去仿佛嘴角上扬，它脸上总是一副隐约浮现出微笑的游刃有余的表情，显得别有趣味，"颇有大人物的感觉啊。"

　　它就像个幕后首领。

　　"下次你出个新商品看看？"妻子指着电视说道。

　　"新商品？像这个的？"

　　"鲸头鹳零食之类的，嘴的部分用巧克力做。"

　　"我怕有些人会生气，觉得吃鲸头鹳太残忍了。"

　　"吃考拉就不要紧吗？"

　　"人们对于这些事情的判断总是出乎意料地不合逻辑啊。"

"我深有感触，"妻子笑说，"宣传部也负责受理投诉嘛。"

"客户支援课也属于宣传部嘛，我到去年为止还是其中的一员，收到了很多宝贵的意见，每天都在学习。"

比起事物实际上的重要性和危险性，多数人的情感会优先成为新闻和话题。令人感到不快的负面事件，会超越情理。这种心情我也不是不明白。捕捉那种动物来吃不要紧，可抓捕这种动物就很残酷！这种事情经常发生。出轨的名人也是既有被宽恕的，也有被当作扰乱社会秩序的大恶人而遭到谴责的。重要的外交问题被搁置一边，跳跃姿势奇特的鼯鼠成了电视里的话题。无论信息如何被操纵和诱导，多数人都只是在直抒自己的情感罢了。

味道变了、分量少了之类的不满倒也罢了，讨厌包装的颜色，因为商品的名称和自己以前恋人的绰号相似而感到难受，因为好吃所以吃多发胖了，你们说怎么办？我要开始吃了，会是什么味道呢？打电话来问这些的人，语气竟也相当认真。

"你调了岗真是太好了。"

"都在宣传部里，所以说不定哪天就回去了。"

"哎呀。"

"这可不是我骄傲，我应对顾客的能力可是颇受好评的。"

妻子把这理解为玩笑话，可我并没有撒谎。

"岸君真的是很重要的作战力量，我真希望你能一直在这儿。"

决定调岗的时候，牧场课长对我这么说过。我也有些不好意思，说了句："您说我是作战力量，听起来好像已经斗志满满地要面对客户了呢。"部长笑说："你能这样应对，实在是很棒啊。不过，也不能一直让你在这里应对顾客。当然你要是想回来了，随时跟我说。"

就在电视画面切换之前，我觉得画面中鲸头鹳的侧脸有些奇怪。我似乎还"啊"了一声。

"怎么了？"妻子问道。

"啊，我觉得我知道这只鸟。"

"不就是刚刚看了电视知道的吗？"

"我似乎在哪儿见过它，就好比在一个完全不相干的地方，碰巧遇到了经常在公司前台打招呼的人。"

"啊，是会有这种感觉。就像健身房里的人偶尔穿了西装，就认不出他是谁了。"

"没错没错。"

可是鲸头鹳既没穿运动衫，也没穿西装。

我眯起眼睛，盯着电视画面。鲸头鹳那小小的眼睛冲击着我的记忆。是孩童时期在动物园里见到它时的记忆吧。

"哎呀，鲸头鹳这一动不动的，还真是让人吃惊啊。"

我听见电视机里传来的声音，一看已经不是在播放动物园的视频了，演播室里的艺人们就着这个话题说了开来。

"这鸟受到了惊吓也一动不动呢。"主持人说，"要是能拍到看到眼前的鲸头鹳动了，受到惊吓而飞起来的其他鲸头鹳就好了。"他评论道，"怎么样，像阿圣这样总是在跳舞的人，想必没法保持一动不动吧？"

我知道人气舞团里有一个叫小泽圣的成员。在舞团里他的娃娃脸格外突出，虽然体型纤细，但满是肌肉，跳舞的姿态也很优美。而且他的学历很高，似乎很有教养，在高中女生中相当受欢迎。

光对着他拍就让人觉得电视画面变得明亮起来，这也是不争的事实。

"我们本想让这个阿圣出演我们新商品的广告，不过没谈成。"我说，"他好像拒绝了。"

"他要是能来拍该多好啊。"妻子用开玩笑的口吻说道。

"就是说呀，我都使出浑身解数了。"

"浑身解数？什么事啊？"

我还不知道这事是不是有说出来的必要，可嘴已经动了起来。是关于我所在的宣传部里负责新商品的小组组长的事。

"是位带了个孩子的母亲……"

"大家一般都不会称男人为'带了个孩子的父亲'吧。"

我一边心想没这回事儿，一边继续说道："总之，公司高层强烈要求小泽圣来出演新商品的广告，我也努力争取过了。"

"新商品？"

"就是那款棉花糖。"

"哦，那个啊。我挺喜欢的。"

"我也是。不过不是人人都喜欢的。在公司里也有人叫它怪胎啦，异类啦，'徒花'¹之类的。"

---

1 只开花不结果的花，引申为徒有虚表。以下若无特殊说明，均为译者注。

"毁誉参半？"

"公司里的大人物只想着往上爬。"我带着点自嘲说，半开玩笑，半发自真心，"他们对于看起来会失败的工作，态度都很消极。"

"很聪明啊。"

"是狡猾才对吧。总之，他们讨厌这款不可能成功的新商品的负责人。"

"所以就去强迫那个组长了？"妻子深谙人情世故。

"总而言之，虽然认真负责的组长努力争取了，但是现在人气很高的小泽圣四处在做宣传，经纪公司的条件好像非常严苛，就连以前很神气的广告代理商都对他们点头哈腰的。不出所料，小泽圣没能出演我们的广告。"

"那是小泽圣错过了这个机会。"妻子指着电视画面说道。当然了，她也不是真心想要指责小泽圣。

"新商品的销售怎么样？"

"马马虎虎。虽然没有成为爆品，不过也没有亏损。"

"这不就是那位组长努力的回报吗？让那些推卸责任的上司心慌一下。"

"算是吧。"

我看见过那位组长下班后在走廊角落里打电话的场景。可能是因为不得不加班，在跟孩子说些什么吧。尽管很为难，可她仍然耐心地在说服孩子，看上去十分困窘。可其他上司却商量着去哪家店喝一杯，从她身边走过。这不由得让我想起老实受欺、能者劳累多之类的话。

"我们公司有点不对劲啊。"

"名片也很奇怪。"

"是吧。"

为了和初次见面的人聊天时能找到话题，公司推崇将类似闲谈的信息写到名片上，比如自己的兴趣是滑雪啦，擅长塔罗牌占卜之类的。我的名片上写的是自己和某个名人是同一天生日。可是纸质名片已经渐渐过时了，而且要员工曝光和工作无关的私生活也很有问题，因此这种做法遭到了诟病。

电视画面上小泽圣的脸被放得很大，柔软的头发、清晰的双眼皮、高挺的鼻梁、瘦削的下颚，就算我一个男人看了也觉得挺有魅力的。

"真是的，都怪这个人。"

"他说自己很喜欢糕点，也经常吃我们公司的糕点。组长去了事务所好多次，听说对新商品进行说明的时候，阿圣本人也很高兴地在一旁听了呢。"

就算如此，可最后没有结果就等于什么都没做。好像高层的人在背后——不，不是在背后，而是光明正大地这么说了。

"既然如此，让他在电视上说些有可能起到宣传作用的话不就好了。"

"你这要求也太过分了。"

真正过分的事情还在后头。

电视里的小泽圣露出了洁白的牙齿。"休息的日子我就跟鲸头鹳一样几乎不动弹哦，窝在沙发上一动不动地吃糕点。我最近很沉迷这个，"他说，"这款被棉花糖包裹的糕点。"

"啊，那个很好吃啊。棉花糖的柔软简直绝妙。"主持人如此应和的时候，小泽圣又笑着补充道："是糕点界的超级新星哦。"

妻子手指着电视僵在那里，过了一会儿才把目光转向我说道："这个是……"

我点点头，也知道自己的脸紧绷着："是我们公司的新商品。"

也许节目的赞助商中并没有糕点制作公司，不过干得好，没有剪掉这一段就播出来了。

没有出现制造商的名字和具体的商品名称。可是，要猜出现在成为话题的糕点是什么并不难。

太棒了！妻子就像自己偏爱的选手被判定得分了似的举起了拳头。

第二天早上起来的时候，手机上有好几条信息。发来消息的有学生时代的朋友、常去的酒吧的老板，还有新人研修时对我照顾颇多的便利店店长，消息的内容大同小异："阿圣在电视上说的那个糕点是你们那儿的商品吧？"

"怎么了？"妻子对着边吃面包边盯着手机的我问道，"我看你在冷笑。"因为肚子变大了，所以她活动起来似乎很不方便，我总担心个子不高的妻子会失去平衡摔倒。

"瞧，就是昨天的电视节目。"听我说完原委后，妻子眯起眼睛说了句："我要重新认识小泽圣了。"

到了公司一看，也可能是我的主观感觉吧，全公司上下都喜气洋洋的。我打开电脑看了一下邮箱，发现收到了几封其他公司的同行熟人发来的邮件，都用了"昨天的电视节目""阿圣"之类的邮件名，里面开玩笑似的写着嫉妒我。

我不禁心想，电视的力量真强大，小泽圣的影响力真是了不得啊。当然不是所有在电视上被介绍过的商品都会畅销，这次只是赶巧罢了。

我正打算在开始营业前去趟厕所，却碰见了从电梯里跑出来的组长。

"干得好啊。"我跟她打了声招呼，她却气喘吁吁地说："孩子突然说不想去学校，搞得手忙脚乱的。"说完又叹了口气，"好说歹说地安抚了他。不过好像没迟到，对吧？"

"不是这个，我是说昨天的电视节目。"

"昨天的电视节目？"

看起来她好像不知道小泽圣说的那些，我赶紧跟她说明了一下情况。让别人高兴也是我的快乐嘛。尽管我担心自己是否能完成好把这种好消息告诉当事人的任务，不过嘴上却说个不停。

一开始组长瞠目结舌，还困惑地问"为什么"。

"对方一定是感受到组长的热情了啊。"虽然我觉得那多少有些演戏的成分，可还是说道，"反响特别好哦。"

"我得跟销售部联系一下。"她终于露出了笑容，"不过并不是我一个人努力，是大家努力的结果。"

"说那款糕点难吃得要死的部长们除外。"

组长忍不住笑了出来："岸君，你可真敢说啊。"说完她便快步朝自己的座位走去。

我在原地站了一会儿后，听见宣传部里传出了掌声。这就说明，谁都知道最努力的那个人是谁。正义必胜这种说法可能有些夸大其词，可不知为何，我觉得很安心。

"呀，这可真厉害，好幸运哦。销售部那里好像来了很多订单和咨询。"部长非常高兴，声音比往常都要响，胸脯也比往常要挺，"我原本就觉得这款商品只要一有机会就能成，果然啊。"

净说谎。恐怕这样在心中指责他的不止我一人吧。我很想知道组长现在是什么表情，可从我的位子只看得见她的后脑勺。

"说不定我们公司也终于到了要在墙上装大电视的时候了。"部长说。

大电视是一般老百姓的叫法，其实是指在大楼安装的大型显示屏。最近，这已经不算什么特别稀奇的东西了，不过好像在本公司创始人也就是第一任社长那个时代，"大电视"就是成功的证明。"在自家公司的大楼装大电视！"已经作为让公司充满活力的口号，渗透了全公司。

我们公司是业界的大公司，拥有数千名员工，所以很多员工都觉得是不是应该安装大屏幕。可是也有上司说是为了保留那句口号，所以才没有安装。

"话虽如此，不过好事多磨。不知道哪里就有陷阱哦。"部长如此说道，就像喊了一声"打起精神来"的口号。

我想都没想到，真的会有陷阱在等着我们，而且那个坑还是当着我的面挖的。

那天早上起床的时候，一种奇怪的感觉向我袭来。我掀开床上的被子坐起身来，心想：这是哪里啊？也许是因为睡蒙了，站起来的瞬间，我有一种胃部抽紧了似的紧张感。

明明才刚起床，我在防备些什么呢？

"你做噩梦了。"妻子看了看我的脸担心地说，"不太常见啊。你没事吧？"

"噩梦？"我想不起来了。

"我睡得不安稳，想醒却醒不过来。"

突然，我感到脚底有一阵寒意，产生一种像是从高处掉落的感觉。我反问自己，难道不是掉落而是被另一个自己吸进去了？

就像被咕噜咕噜地吸进了旋涡中。

咕噜咕噜？旋涡？我自己都不知道这些是指什么。

"是不是突然想起了过去不愉快的事情？"

"要说过去不愉快的事情，那就是小学时被霸凌和……"

"父母离婚？"妻子说。

"没错。"

因为我和妻子在婚前交往的时候，就互相聊了很多幼儿时期、少年时期和青春期的事，所以我孩提时代遭到蛮横无理的霸凌，还有大学毕业旅行时遭遇火灾的事情，妻子都一清二楚。

上班后，等待着我的是部长的传唤。

我心想会不会是要派我担任新项目的宣传负责人。走进会议室的时候，我看见了部长身边的牧场课长，心中涌起不好的预感。

牧场课长是顾客支援的老手，多年以来遇到过各种各样的投诉和无理的咨询。不仅如此，他无论何时都很稳重，然而朗声唱出《牧场绿油油》[1]也毫无违和感。牧场课长在公司内也是少数值得尊敬的上司之一。这种情况下，除了他说"岸君，回客户支援课来吧"的画面之外，我想象不出还有其他可能。

"岸君，你也不用露出这么开心的表情。"牧场课长笑说。

"没有，那个……"

"你就乐吧，阿岸。"部长的声音总是干劲满满，让我全身为之一震。

"啊？"

"牧场课长他啊，说需要你的力量。"

我眼前一黑。果然是要我回客户支援课去吗？我还以为终于从洞穴里爬出来了，难道又要被拉回去了吗？

"不，这只是暂时的。"牧场课长说。他是明白我受到的打击了吧。"你的后任鲛冈君稍微有些不在状态。"

"鲛冈？"

鲛冈是早我一年进公司的前辈，他体格强壮，脑子也转得快，轻巧的步法和巧妙的话术让他在做销售人员时很是活跃，可是他为了接替我被分配到了客户支援课。

1　捷克民谣。

交接时听完我的说明后，鲛冈还放言说："总而言之，就是处理投诉对吧？只要道歉就行了吧？"我当时有些不安，可是顾客应对方法并没有正确答案，于是我也没打算对比我年长的鲛冈进行指导或是提建议。

"鲛冈前天开始就休假了。"部长皱眉道。

"感冒了吗？"

"说是推盘[1]了。"

"推盘是什么意思？"

"那家伙撂挑子不干了。他说不知道要怎么做才好了。"

"工作还能说不干就不干了？"

"总之不得不找个人来代替他应对顾客。"

"所以呢？"

"被人需要可是很厉害的哦，阿岸。牧场课长可是点名要你。"

"不好意思啊。"圆脸的牧场课长像是作揖似的双手交握，"岸君，你很可靠。"

我无法拒绝："只是暂时顶替一下吧？"最多只能确认一下。

"当然了。"部长点点头又说，"不过你要是表现好的话，可以从代班变成常勤哦。接下来你们两个人聊吧。"接着他就迅速离开了会议室。

"鲛冈他是怎么回事啊？"我问牧场课长。

---

1 围棋、将棋比赛中一方推盘认输，终止比赛。

"我想让你听听这个。"牧场课长操作起了手边的电脑。

片刻后，电脑里播放出了声音。我立刻就听出来那是电话接待顾客的录音。客户支援课会把和"重要顾客"的沟通全部记录下来。广播上说这么做"是为了提高今后的服务质量"，可其实是为了防止出现公说公有理、婆说婆有理的争论而对负责人的言行进行检查。

电脑里传来女性的声音。"所以啊，我刚才已经说了，寄到家里的商品混进了图钉。我孩子因为这个弄伤了口腔。以为是棉花糖，结果一吃发现里面有图钉，你明白这打击有多大吗？"

棉花糖？图钉？

"真的非常抱歉。"

说着谢罪的话的是鲛冈吧。不好，我心想。很明显他的话里没有包含任何感情。对于来投诉的人来说，一个劲儿的道歉，而且是诚心诚意甚至是夸张的道歉都是必要的，说明情况和辩白都得在道歉之后。

果然，那位女性突然激动起来。"我不需要你这种干巴巴的谢罪。你打算怎么办，请快点说出来。现在要是不真挚、迅速地应对的话，事态可就无法挽回了。"

确实如她所说，我一边这样想着，一边竖起耳朵听鲛冈的反应。刚才那些没什么诚意的谢罪台词里还带有些不安，虽然应该说是意料之中吧，但我在听见鲛冈呆呆地说着"知道了知道了"后，还是惊呆了。我甚至还听到了咋舌的声音。

这可不妙。

鲛冈的应对就像差劲案例的"教科书"。印刷出来就能展销了。

在我面前的牧场课长已经知道这些内容了吧，他脸上露出了自己教的弟子给社会带来了麻烦的表情。

"这是什么时候的事？"

"三天前。这位女性好像前天也打电话来了，那个时候开始就是鲛冈君在应对。"

也就是说，是在新商品因为那个小泽圣效应而大卖的几天后。

从"棉花糖"这个关键词出现的时候我就已经察觉到了，这通电话里的女性投诉"混进了图钉"的就是那款新商品。

"稍微成了点话题卖光了，所以就松懈了？"

面对这位女性的话中带刺，鲛冈回应道："现在陈列在店里的都是在大卖之前就出厂的——假使您说的是真的，商品里真的混进了图钉的话。"

"你不相信我？"

"即便如此，那么在工厂里混入图钉就是更早之前的事情，是在现在的大卖和售罄之前。"

"所以又怎么样？你是说混进了图钉也没关系吗？"

这下又不妙了。

几乎不会有在我们说明原委后，对方就说"原来如此，是这样啊"表示接受的案例。是不是想蒙骗我？是不是把我当傻子？你没有在反省吗？——最终的结果只会是像这样把对方激怒。

"我说，你说这种话可是会后悔的哟。你要是诚实应对的话，我也会再考虑考虑。你要知道，小孩子可是受了伤。"

"知道了，知道了。"鲛冈仍旧做出不上道的应答。

停止播放音频后，牧场课长低垂着一边的眉毛说道："鲛冈君好像有些累了啊。你看，因为那款商品突然卖光了。"

"啊，因为阿圣。"叫他"阿圣大人"都可以。

那款商品本来味道就极具特色，是那种喜欢的人就会很喜欢的糕点，只要为人所知，人气暴涨的可能性也比其他商品要高。

可是它出人意料地迅速、大量地从市场上消失，也就是说它被送到了比想象中多得多的消费者的手中，这样一来，纠纷也必然增多了。随着接触商品的样本人数增多，做出预料之外的行动的人数也会增多。至少会出现"买不到吗"这样的投诉。

"鲛冈君突然忙了起来，积攒了不少压力吧。"

"他这么应对顾客的话，也有可能会把事情弄大吧。"

说完我才意识到：

事情已经弄大了吧。

因此我才被叫回去当代击[1]。

"啊，不是代击啊。代击是机会来了的时候才被派上去的。"

我更像是危急时刻出场的中转投手[2]。

我想象过的最不愿意发生的事情，从牧场课长的口中说了出来。

1　在棒球比赛中，关键时刻上场代替其他选手在击球手区就位的代击球手。

2　在棒球比赛中，在先发投手和压轴投手之间上场的投手。

因为疲惫的鲛冈没有集中精神而失礼地应对了顾客，也就是那位女性，她开始运用SNS（社交网络服务）控诉这次事件。虽然是近乎匿名的形式，但是某位影响力巨大的人物参与了这个话题，事件一下子扩散开来。

现在十分流行的那款糕点里混进了图钉，不仅如此，糕点制作公司的回应还很恶劣。能卖就行，有人买就赢了，这种傲慢在这次事件里集中体现出来了。

这样的声音似乎在网络上传得沸沸扬扬的。

"就在昨晚。"

通常在一夜之间这就会成为网络世界里无人不知的大事件。也就是说，在我睡觉期间，我们的社会沸腾了。

"小泽圣说的那些也是作秀之类的流言好像也满天飞了。"

"可是，图钉为什么会混进去呢？"

"我不知道啊。"

"要混进去也是在工厂吧。"

"现在正在对工厂进行紧急调查。"

要弄清图钉混进去的情况倒还容易，要证明图钉不可能混进去却很难。原本我就认为不能百分百保证不混进异物。

"这要怎么办？"

我指着笔记本上显示出的网络搜索结果。我不禁觉得这些就像是要将我们毁灭的咒语，或者是一个装满了想将我们拖坠到地狱底层去的饿鬼的罐子。现在这台电脑上的搜索结果还在持续不断地增加。

啊，太恐怖了。我不想谈论这样的一个世界。可是，不谈就解决不了问题。

"事出突然，今晚会在见面会上进行说明。"

"啊，见面会？"网络上的恶评和骚乱无非是在虚拟世界里发生的事，置之不理的话，过些日子就会平息的——能摆出这种优哉游哉的态度来应对问题的时代早已一去不返。现如今，轻视导致损失扩大，最终酿成大祸的案例很多。要尽早采取明确的应对方法，以将损失降到最低。这是事实。"可是，网络上发生大骚乱还不到半天，现在是不是太早了？现阶段主张商品里混入了图钉的只有这一位顾客，对吧？"

"要是有很多图钉被发现的话，那倒应该召开见面会。"我继续说道。

我把目光投向电脑，想象着里面有好多小鬼正肩并着肩，"哼哧哼哧"地制造骚乱。

"刚才开了晨会，高层的人很着急啊。"牧场课长苦笑道。

说好听点是历史悠久的大公司，但不可否认的是，一成不变的旧体制拖了公司后腿。尤其是那些有管理职能的人对互联网也不熟悉，他们散发出对此既不关心也没有兴趣的浓烈气息。

"因为无知，所以产生了极端的胆怯。"

这些人开始强硬主张，应该在话题闹大前及早应对，最好召开一个见面会。简直就是随胆怯生出的恐慌。

"我知道岸君你想说什么。你是担心现在这个时候召开见面会反而会引人注目，让事情越发闹大，对吧？"

"虽然和混入异物不同，可我想起了那件事。是前年吧，流感的事情。"

"啊。"牧场课长表情扭曲，他似乎也还记得。

那是欧美发现了新型流感，感染人群扩散时候的事。一开始疫区都是很远的地方，我们还悠闲地觉得国外的情况真严重啊。可到了重症患者增多，WHO（世界卫生组织）发表了重大说明，出现了死亡病例的时候，日本国内才弥漫起了紧张感。

机场的检疫加强了，说是不能放哪怕一个病毒进入国内。当然了，用来表示病毒的量词并不恰当，但传达出了那种紧迫感。WHO 一开始就对机场的检疫效果提出质疑，发表了"我们关注着日本的状况"这样令人苦笑的评论。就在这个时候，东京都内私立高中的学生去加拿大毕业旅行，感染了新型流感。

为什么要在这个时候出国！

世人严厉地斥责了这所高中。我倒没有积极地发泄自己的愤怒，但也觉得"毕业旅行就不要去了嘛"。

结果，那所高中的校长召开了记者见面会，说明了情况并谢罪。可是记者提出的过于执拗的问题，却是披着提问外衣进行的谴责。

"感觉像是一场集体动乱啊。"

"而且那个时候，治疗药……对吧。"

"发生了什么来着？"

"有人把政府的储备仓库给烧了。"

我想起来了。那次新型流感引发骚乱的时候，确实发生了保管起来的治疗药被烧掉的事件。大家原本就已经因为不安而神经紧绷，毫无疑问，失去了大量重要的药物这个事实越发令我们无法平静。

"因此，大众的谴责情绪越发激烈，事情演变成了最坏的结果。"牧场课长同情地说道。

可能是因为精神上疲惫不堪，校长跌下了地铁站台，丢掉了性命。"在那之后，新型流感通过许多途径迅速传播开来，而且和此前的流感并没有很大区别。"

因为正好在大家满心戒备和恐惧的时候受到了关注，校长独自一人承受了所有谴责，人生发生了天翻地覆的变化。

"说到记者见面会，我就会想起那次的事态发展。"

"可是，今天见面会的主要内容不过是发表由于新商品出乎意料地畅销，所以要暂停生产。"

"啊，是吗？"

"公司觉得到时是不是应该报告一下，由于出现了混入异物的信息，所以要再次检查一下生产渠道。"

原来如此。这样的话，大家可能会认为我们不是害怕网络上的骚乱而反应过激，而是对纠纷进行细致的应对处理。

"这样倒还行。"我的回答有些事不关己，"那么，我应该怎么做呢？"

我甚至想问，怎么做才能得到原谅呢？

"我想让岸君来写见面会用的文书。"牧场课长的眼角带着皱纹，脸上浮现出了七福神似的笑容。

"文书？"

"记者见面会由宣传部全权负责。到时候的应对手册必须由客户支援课来做。我们部门参加记者见面会的机会少，不太熟悉。岸君你在我们部门的时候能出色地应对纠纷，大家也都很依赖你。要是在见面会上能够活用你的应对技巧，那可帮了大忙了。"

被夸奖我很高兴，这是事实。我沉浸在羞涩中，自知脸色和缓了不少。不过不能松懈。为了拜托对方做一些强人所难的事情，有一种方法就是给对方戴高帽，让对方心情变好。

"我刚才也说了，今天的见面会……"

"啊，等等，牧场课长，是今天对吧？"

"刚刚才说过，见面会是在今天啊。"

"见面会的准备也是在今天进行吗？今天准备今天做？"

牧场课长不会认为我的说法只是在玩文字游戏，可他温柔地笑了。

"事发突然，真的很抱歉。不过也不是要你写答辩的剧本，最好不要说那些话，最好不要断言，只要汇集一些应答的禁止事项就够了。"

我心中也确实觉得这点活自己应该还是能干的，而且即使只是作为一名公司职员，我也无法拒绝。

客户支援课有六名职员，和我还在的时候没有区别。大家都半开玩笑地说着"欢迎回来""复职了啊"把我迎了进去，而我只是马马虎虎地问候了一下。总之，这是一场与时间的较量，我借用了一张空置的办公桌，开始盯着电脑看了起来。

我找出了自己以前制作的文档并打开。

这是我把自己的经验、读过的几本书，以及在咨询研修中学到的东西总结起来后得出的投诉处理心得。决定调职的时候，我曾抱着再也不会回到这个部门来的心情，想过要把这个文档删除，不过最后没删，就这么放着真是太好了。

对方说的话，首先要好好听着；严禁使用"可是""但是"之类的转折用语；一心一意地放低姿态谢罪；不回应强制下跪的要求和超出常识的谈判。上面既有诸如此类的基本事项，也有"只顾着防守，一个劲儿地道歉的话，也有投诉者会因此而更加来劲儿"这样因为我自己的惨痛教训而记下来的内容。

有的人是通过攻击毫无抵抗的对手来发泄压力的。那种情况下，无论我方怎么赔礼道歉，对方都不会停止攻击，而是会无休无止地持续下去。因此，不得不适当地进行反击。当然，对方会怒言"你们对自己的过失置之不理，还这么嚣张"，而我们则以"关于过失我们当然会谢罪，非常抱歉。但是，您刚刚说的恕我们难以接受"，这样冷静、毅然决然的态度来应对。

虽然这么做有风险，可本来面对这种只为了泄愤的人，不停真挚地道歉也会有风险嘛。我们会对不合理的事情进行反抗哦，多数情况下像这样表明我方的态度会进行得更顺畅。

重读这些，连我自己都佩服自己也曾是个很努力的人呢。

我还在的时候，没有经历过发展到要开记者见面会的事态。牧场课长说"我们公司不太熟悉"，可是这么大的企业常年贩卖众多商品，能说出对这样的纠纷不太熟悉，也许也是非常幸运的了。

因此，我记下来的注意点主要都是来自自身的经验、商务网站和书上写的内容，以及咨询公司教我的东西。

从鞠躬的角度和低头的时间，到应该注视着排在面前的记者们的哪个部位说话，这些内容都要逐条写下来。

应该完全舍弃"我们也是受害者"之类的想法。

如果内心深处存有"我们也很难办啊""我们可能是被冤枉的"之类的想法，那么自然会在行动中反映出来。

我写了几条注意事项后，稍微想了想，又添写了一句"以下只是我个人的看法"，然后把以前的感受补充了上去。

我觉得使用自然的语言，给人留下的诚实印象会更强烈。

如果使用"我们深感遗憾""我们正在积极地思考""我们会妥善处理的"之类的惯用语句，会给人一种我们是用了"不得罪人的套话"，从而想要逃避问题的印象。有些人认为不能糊里糊涂就谢罪，我理解这种想法，不过一般人都会觉得直率地道歉更容易博得好感。最终如果证明我们是没有错的，那不也挺好的吗？

总算把我的谢罪见面会心得整理好了，我在下午两点把文书交给了牧场课长。

课长让我做了几处说明，最后向我致谢道"这真不错啊，太感谢了"。这让我心情大好，可见牧场课长很会打动人。

"不过，事情变得有些严重了啊。"我说。我早上听说了这件事后，偶尔会去网上搜索一下信息。可是该说是在意料之中呢，还是意料之外呢，对我们公司的批判之声相当高涨。渐渐形成了一种大家应该团结起来，发动更有效的攻击的氛围。我认为召开见面会进行说明恐怕为时过早的想法也许错了，我开始觉得要感谢那些胆小的常务们了。

因此，傍晚公司召集出席见面会的人员开会，我也去进行资料说明时，在场的人都出乎意料地不太紧张，我大为吃惊。

也许是之前的小泽圣效应引发的新商品大卖热潮，让现场的管理人员产生了乐观的心态。

确认完关于见面会的主要目的，也就是报告生产暂时停止的资料后，"接下来是关于图钉的事件"，牧场课长站起来，根据已经分发的资料开始说明情况。可宣传部长却断言"反正网上说的都是假的吧"，这让我感到很不安。

"不，现在这个时代，慎之又慎地礼貌应对才能减少损失。"牧场课长说。

不知道这话是被听成了"我建议"，还是"现在这个时代"被理解成是在批评"你们过时了"，看得出来部长如芒在背。

表面上没人提出反对意见，牧场课长开始草草收拾分发出去的资料。

"晨会上，我们的常务们很害怕啊。"宣传部长露出了笑容，"因为那些人对网络一无所知。"

说着这话的部长自己也小瞧了互联网的恐怖之处。

"总之，只要按照这个手册上说的来做就行了吧？"我都没看见是谁说了这么一句。

"如果可以的话，见面会上唯独这件事由我来进行说明比较好。"牧场课长说道。

"不了，用不着这么麻烦你。"宣传部长有些不高兴，"牧场课长很爱出风头嘛。"

我们公司从创业者到第二代社长是世袭制的，可是之后都是由公司职员就任社长。也就是说，不管是哪个员工，原则上每个人都有晋升为社长的资格，因此，部长很明显就是盯着那个目标。对于同为公司职员的人，他根本不隐藏自己的竞争意识，而是拼命想要立功。

我有一种不好的预感，而且只有不好的预感。

我正这么想着，商议结束了。在离开会议室回去的路上，我追上了牧场课长，问他"你还好吗"。

"不太好。"就连牧场课长看上去也有些不安，"我只叮嘱了一定要好好遵守岸君你整理的资料说明。"接下来他的话就像是在说给自己听似的，"这样一来，就算没有发展成最好的情况，也能避免最糟的情况。"

"我没逃掉。"我在公司的走廊里给妻子打电话，"现在是最糟的情况。"

"看上去是这样呢。"

妻子已经知晓了事态发展，并不是因为夫妻之间的心灵感应或者不祥的预感之类。这事在我告诉她之前，就已经上新闻了。

"事情怎么会变成这样呢？"

"很多事赶在了一起。"

到现在公司都没有查明原因的打算，见面会以巨大的失败告终。

最初栽的跟头，可能也是最失败的地方就是，出席见面会的我司宣传部长忘了带资料。后来我才知道，他好像是把牧场课长给他的资料和其他的文件弄混了，把见面会要用的资料放在了自己的储物柜里。一起出席见面会的其他人也全都没带资料。

这也就罢了，向我或者牧场课长求助不就好了。我们在见面会会场一角待命，就是为了应对这种突发的麻烦或是预料之外的骚乱。所以，他要是能给我们信号，即便没有，哪怕能让我们看出他发愁的样子，应该就能做出处理。这并不是很难的事情。

竟然把这么简单的事情弄得那么困难。

这完全是出于他的自尊。

宣传部长原本对公布此次的图钉事件没什么兴趣。他之前觉得就这么点事儿，还马虎了事地说"做就行了吧"。

也许照他的预计，这点危机总归是能化解的吧。他甚至还说出了"你们以为我是谁啊，我可是辩论队出身啊"这样的话。

可是，在谢罪的场合需要的是赤裸裸的谢罪姿态，绝不是巧舌如簧者玩弄人的态度。更何况他还没带资料，所以他没有说具体的信息，只是在重复表达暧昧不明的话语。

靠这种态度能有今日，宣传部长的人生可谓运气绝佳，我们公司也可以说是很幸运的吧。

一开始记者们没有表现出对异物混入的通报的关心，可他们察觉到宣传部长想要搪塞过去的时候，也突然提高了攻击力，接连不断地投来了问题。

语无伦次的部长之所以变得语无伦次，并非出自他的本意，换句话说此时自尊心仍是他最大的敌人，于是他更要掩饰。

这要是在拳击比赛里，我现在就想把毛巾扔进去了[1]。取而代之的是，牧场课长看不下去了，他正打算跳出去。

就在这时，部长还没完没了地说道："工厂里怎么可能有图钉混进去呢？这是不可能的。"

啊，他说出来了。我心想。

禁止行为集里应该写到，暂且不说还在调查阶段，哪怕是在调查结果出来之后，也最好避免断言"百分之百没关系""绝对没问题"。因为无论管理体制多么严谨，异物混入的可能性都不可能为零。断言后再逆转会加大损失，所以姑且应该留有辩解的余地，避免断定。

很明显部长情绪化地作出了断言，记者们沉默了一瞬间后就作出了意料之中的反应。

你说了"绝对"对吧！图钉事件只是有人找茬对吧！万一查明是贵司的责任，真相大白之时你们要怎么处理呢？

问题的内容就是这些，记者们开始用稍微文雅一些的语言发起了提问。

见面会一下子吵闹起来，变得难以收场。

"会怎么样啊？"电话那头的妻子好像很担心。我有点害怕她是不是甚至有些担心肚子里的孩子。

1　拳击比赛中，一方的团队人员由场外向场内扔毛巾即代表认输。

"不知道，不过今天我大概会弄到很晚，可能就住在这儿了。"

网络上批判的声音甚嚣尘上，和白天不是一个等级的。不知道存在多少真正拥有正义感、义愤填膺的人。很多人是抱着过节似的心态在闹事，总之我们公司被狠狠敲打了一番。

刚才举行的见面会起到了反作用。

"明天你能坐首班车来上班吗？"大概三十分钟前，牧场课长满脸不好意思地对我说。

一到早上，进入营业时间后，网络上的批判、不满以及不愉快的想法毫无疑问都会蜂拥进这个现场中的现场。我们已经收到了很多投诉的邮件，电话也会被打爆，肯定还会有新闻媒体前来采访。因此要早点来公司为这些做准备。

"今天我就在公司里睡了，也必须思考一下对策啊。"

"不好意思啊。"

"牧场课长您才辛苦了。"

那么，在见面会上失了态的人现在在干什么呢，妻子问道。

"回去了。"说完我还是苦笑了起来。宣传部长还没有意识到事态的严重。他可能把这件事理解成"失败了"，也可能只到认识到"丢人了"的程度。他完全不听牧场课长关于情况说明和采取对策的必要性的申诉，借口自己头痛早早地回去了。

妻子也呆呆地叹了口气说："你别太逞强了，要好好睡觉啊。"

我抬起头，口水从嘴里滴了下来，我赶紧擦掉。我忽地看了一下四周，原来不是在自己家而是在公司。面前有笔记本电脑和手机。我好像是趴着睡着了。

我举起双手，伸展了一下身体。

在职场迎来早晨的那一刻，尽管明知昨天发生的一连串事情不是做梦而是现实，可我还是希望那是一场梦。

我战战兢兢地敲击着电脑键盘，窥视新闻网页时，我们公司的名字接二连三地出现了，伴随着"大逆转""态度突变"之类的词语，"怎么能原谅这种态度恶劣的企业"之类的声音也沸沸扬扬的。不购买运动自不必说，甚至还有人提出了各种降低企业价值的主意。面对一个目的，团结一致发挥力量本令人感动，可因为这股力量攻击的对象是自己，所以没有比这更恐怖的事情了。

我深深地吸了一口气，又缓慢地吐出来。我必须冷静下来。

"岸君，不好意思。辛苦了。"

我回过头去，只见牧场课长正站在那里。

"对不起，我睡着了。"

"不稍微睡一会儿不行啊。我也是刚刚才起来。"

从他干巴巴的皮肤和充血的眼睛来看，他这话是在说谎。会议室的桌子上摆放着复印好用来分发的资料，是牧场课长和我加急制作的应对手册。

"还剩两个半小时吧。刚才我跟高层交涉，请求了支援，之后还会再来五个人。"

"电话应对和邮件应对分开做吧。"

我无意中看了一眼手机，母亲发来了消息。上面写了她很担心我们公司发生了不得了的大事，似乎对临产的妻子也很挂念，可正打算赶过来之际，父亲却闪了腰，没办法留下他一个人。在我成人之后，母亲不知为何跟离婚的父亲复了婚，现在两人在一起生活。

我回信说，我这边自己会想办法的，你照顾好闪了腰的父亲吧。

随着营业开始时间的临近，我觉得自己所站立的地方突然变成了悬崖的边缘。

我只知道敌群正从大海的另一面赶来。囤积了大量火药的轰炸机正飞行而来。

现在听不见声音，只能看见广阔、美丽的蔚蓝天空，所以会产生"真的会来吗"这样的不安，当然了，这也是因为想把注意力从恐怖上挪开的缘故。

敌机确实正朝我们飞来。

"你不用露出这么吓人的表情。"

听见牧场课长说话，我吓了一跳。

我的意识从在悬崖边监视的景色中回到了职场上。

我浏览了一下连夜突击做好的资料。已经用订书机钉了起来，量并不是很多。内容从电话应对的说明开始。

对昨天发生的事情作出反应而打电话来的人中，一大半都是被义愤驱使，或者是为了消解忧愤吧，可能也会有人投诉说他们很喜欢我们公司的商品，因此感到很失望。总而言之，无论对于哪一方，我们必须要做的都是——谢罪。不能支吾搪塞，必须道歉，别无他法。

我把随意列举出来的注意事项和牧场课长商量并罗列出来，制作出了类似流程图的东西。

关于邮件回信，我根据内容写了几个模板，但文案措辞还算自然，不会让人一看就觉得是自动回信。

我去厕所刷牙。昨晚决定住在公司后，我去便利店买了食物和牙刷。镜子中映照出的自己的脸显得相当疲惫。

我回工位的时候，牧场课长叫我"打开电视看看吧"。现在这个时候竟然悠闲地看电视？那一瞬间我没明白原因，可是后来意识到课长是为了确认新闻的内容。

客户支援课没有电视，不过有显示器，上面连接着笔记本电脑。

早晨的新闻正开始解说今天的天气。

因为我光想着斥责我们的语句会满天飞，所以有些扫兴。

这感觉就像是站在悬崖边监视着从远处天空逼近的阴影，我感到一阵害怕，可结果来的却是一群鸟，我被它们悠闲的叫声治愈了。紧张感得到了缓解，我放下心来。

"接下来，广告之后是关于昨天发生的事件的报道。"节目主持人说道。

他就像是在等着我放松警惕似的。

画面里开始播放昨天的见面会上宣传部长大胆转变态度的视频。和我们的公司名同时出现的还有"号外！惊天大逆转谢罪见面会！"的夸张标题。预告片看上去这么吸引人啊，我心不在焉地感叹道。

广告结束后，开始进入正题。

和预想的一样，部长那句"工厂里怎么可能有图钉混进去呢？这是不可能的"的发言，就像"由人民组成，为人民服务""年轻人应胸怀大志"的名言一样，被重复播放了好几遍。

更有好几位时事评论员变化着措辞，接二连三地说部长的发言不妥当。"他的态度一开始就断言消费者说的话都是谎言呢""明明是家历史悠久的公司""承蒙顾客关照才购买的意识很淡薄""因为是给小孩吃的东西""会不会给那个孩子造成心理创伤啊""再有人气的商品，在最重要的地方敷衍马虎就毫无意义"等等瞧不起我们的发言层出不穷。

就像听见了观众们要求重演的呼声一般，电视里播放了好几遍宣传部长情绪激昂的画面。

我想起了刺猬。部长像是要把全身的针都朝我们扎来似的，直勾勾地盯着我们。

"有必要这么做吗？"牧场课长说。

"这么做？"

"大家会感到愤怒，觉得岂有此理，这我能理解。可是也没必要将宣传部长如此示众吧。"牧场课长倒不是在批判，他只是单纯地提出了疑问而已，"部长也有家人。他既有父母也有孩子。当然了，他的态度是不太好。"

"没能控制住情绪，作出那种发言也是有可能的啊。"部长从一开始就无视我们提出的建议，轻视目前的情况，任性地造成了失败，所以我心里也确实有过"你看吧"这样的念头，可要是我自己在那种场合下，也没有自信做到冷静应对。也许，把那些在电视上发言的时事评论家放到那种情况下，他们倒是有信心选择最佳、最出色的态度吧。

"如果因为这个原因而使部长的孩子遭受霸凌，这些人是不会感到心痛的吧。"

我想起了小学的时候被几个同年级的学生霸凌的事。他们没有任何理由就把我当成傻瓜，那种感觉真的很痛苦。

"这些电视上的人应该都知道吧。"

评论家们还在继续极力主张我们公司是如何不合常理。

商品里混入了图钉确实很糟糕。

这种事情不该发生，而且我们在见面会上的态度又极其恶劣。可是有必要这样谴责我们吗？这种不太舒畅的情绪开始在我心中升级。

牧场课长像是看出了我的这种情绪。开始营业前十分钟，他把客户支援课的成员和从其他部门调过来支援的九成人召集到一起，喊了一声"大家请听我说"。接着他当场用响亮的声音向大家问候了早安后说道："请大家彻底抛弃被害者意识。大家很不好过，我也明白。你们心里会想为什么会轮到自己也是理所应当的。不过，让我们抛弃这种情绪吧。"

这是我整理的手册里写的东西。心里想着自己也是受害者，这种情绪最终肯定会渗透出来。

"现在开始分发我和岸君一起制作的手册。"

知道准备了手册而感到安心的人和露出一脸"没时间了"的绝望表情的人，大概各占一半。

我马上大声说："内容并不是很多，所以现在我只说要点。"客户支援课是由职员和派遣员工[1]组成的，男女比例大致相当。

我的心情就像在给即将奔赴前线战场的士兵训话。

我自己也没体验过战场，所以没有比这更不靠谱的了。

"也许……"牧场课长说这话的时候，时间将近九点。"你们会遭到污蔑人格的谩骂。但这并非就是对大家的否定。请大家礼貌地应对，难听的话不要太往心里去。"

时钟走过九点，接下来的一瞬间周围鸦雀无声。

我在悬崖边眺望着的天空没有发生异变，万里无云的晴空铺展开来。

因为周围实在太过安静，我不由觉得敌机会从远处的天空中飞来之类的事情不过是自己的想象，只是杞人忧天罢了。

这时，电话铃响了起来。

站在悬崖边负责监视的我的视野中，出现了一架飞机。

啊，来了。

之后仅仅只是一眨眼的瞬间。

各处的电话都响了起来。无数的敌机遮蔽了天空。

对答的话语声从四面八方传来，大家都低下了头。

1　日本企业的一种雇佣类型，由派遣公司专门管理员工，用人单位按照工作时间支付给派遣公司相应酬劳。

我茫然地看着这幅情景，就像发着呆看着一边被轰炸一边继续躲避的人们。

"岸先生！"

听见有人叫我，我突然回过神来。坐在里面的女性正举着手。

我快速地走到她身边，她告诉我有人说"把上面的人交出来"。虽然我不是什么上面的人，但立刻接过了电话。我还没来得及自报家门，对方巨大的声音就传入了我的耳朵里。

下午两点半，我终于舒了一口气。刚开始接电话就好像是在三十分钟前，又像是在一周前。我口干舌燥，明明补充了好几次水分，却连到底喝了什么都记不起来了。

我抬起头观望了一下四周，想要找牧场课长。他在楼层的尽头，把电话放在耳边，正在低头致歉。

其他员工几乎也都是同样的姿势，在低着头致歉。到处都在被轰炸。为了救助负伤的同伴而奔走的我也是满身疮痍，但也只能跑来跑去。

我和挂断电话的牧场课长对视了一眼。

他看上去很疲惫。估计牧场课长看着我也有同样的想法吧。他耸耸肩，淡淡地笑了笑，然后朝我走了过来："说起来有件不相干的事，好像在东京都内发现了我们公司库存管理部的过失。"

我的脸应该明显地扭曲了。又有麻烦了吗？我脑海中浮现出马蜂朝哭丧的脸上涌来的画面："这次到底又是什么事？"

"那款新商品没库存的事闹得沸沸扬扬的，可据说仔细查看了一下，仓库里还有很多存货。"

这都是什么啊？

"好像是搞错了纸箱。"

写着其他商品名称的纸箱里装满了新商品，所以没能准确地统计库存的数量。

"这又是一起低级失误啊。"

"听说后会觉得挺愚蠢的，可谁也不会怀疑箱子里装的东西而特地打开来看吧。"

这不是需要向公众谢罪的事件，我放下心来。牧场课长看起来也是抱着解闷儿的心情在聊这个话题而已。

晚上六点下班时间一到，公司外部的电话就打不进来了。打电话来的人们可能会因"今天的营业已经结束"的语音应答感到愤怒，但是如果无止境地接听下去，我们就永远都无法离开这里了。

不过，我们面对的也不是那种说着"大家再见，祝你们度过一个愉快的夜晚，明天再会"之类的优雅语句，然后回家的状况。

所有人都精疲力尽，保持着仰望天花板的姿势，一动不动地呼出了一口气。这既不是叹气也不是深呼吸。

"大家辛苦了。不过，接下来我们必须要汇总一下今天的情况，以及练习明天的对策。"牧场课长大声说道。

没有人发出不满的声音，没有人态度恶劣，也没有人说要回去了，这毫无疑问是因为大家已经连这么做的力气都没有了。

课长说休息十五分钟后去会议室，我走到走廊里，打算给妻子打电话汇报一下情况。

这时，传来一声"岸先生"。

是宣传部的后辈。

"岸先生，刚才我走出公司的时候，电视台的人来了。"

我料想到了电视台的人会来。应该已经通知了各位员工，一律不要回应电视台的采访。

原以为空中没有敌机的踪迹了，可海边又起了争端。

我在不祥预感的驱使下走下了楼梯，连等电梯的工夫都没有。

我上气不接下气地飞奔到外面，观察了一下四周。电视台来的人不多，我放心了。可是他们的话筒对着的正是那位见面会大逆转先生，也就是我们的宣传部长，这让人想要发出哀号。

他为什么不顾昨天的失态，今天还要跟电视台扯上关系，我不禁怀疑自己的眼睛。一种既不是愤怒也谈不上吃惊的想法充斥着我的脑海，等回过神来的时候，我已经朝那个方向走去了。

"等一下，请不要私下采访。"我从旁边走近。

拿着摄相机的男子"唰"地把镜头转向了我，我举起了双手。别开枪！

手持话筒的记者问道："请问是宣传部的吗？"

我条件反射地想把名片递过去，可是飞奔出来得太急了，身上没带名片。"请您不要进行采访。"

"可是你们让消费者如此不安，一言不发怕是不行吧。"

"我们没有打算保持沉默。"我说完后轻轻地推了部长一下。

我小声地拜托他不要回应采访，他却想甩开我的手，还说"等一下，我想要好好说清楚"。

摄像机对准了部长拍摄。

镜头"咕噜咕噜"地变换着角度，好像在威胁我们似的。

"昨天的见面会真的很糟糕。不过，我希望你们不要在电视上重复播放我的视频了。"部长对着话筒说道。

我理解他的心情。

但是，这种做法是不行的啊，部长。

倾诉内心的想法。

这正中了这帮人的下怀。这帮人？这帮人是谁？是电视台还是这个社会？

"这是什么意思？对于消费者，你们就没有谢罪之心吗？"

记者咬住不放，就差说正在这儿等着你呢。

"非常抱歉，暂时就到这儿吧。"我想方设法总算把部长拉走了。这一幕也许就像在松之廊下拼命喊着"快住手"一样。[1]

"请等一下，你们要是就这样逃跑了，世人是不会接受的。"

我听见了记者说的话。

逃跑？

我对这句话产生了反应。

我们明明这么拼命地在战斗，凭什么说我们逃跑了？

1　元禄十四年（1701 年），第五代幕府将军德川纲吉命令赤穗藩藩主浅野长矩和吉良上野介接待天皇派来的使者，然而浅野却受到吉良的愚弄失了礼数，于是他在江户城的松之廊下砍伤了吉良，当时浅野手下的家臣拉住他大喊"这里是江户城内，快住手"。

"战斗"这个词奇特地伴随着一些现实的意味，在我脑海中浮现了出来。

这令我的情绪一下子绷紧了。

"我们这可不是逃跑。"我语气强硬。

不知道是不是因为一直低眉顺眼的我发出了强硬的声音，记者们一瞬间动摇了，可他们还是立刻就递出话筒说："那么就请您说个明白。"

"公司的意见我就不用重新说了。"

"那就请您说说您个人的意见。作为一名员工，您感觉如何？作为一个人……"

我没有必要应付他们。现在留下一句恰当的官方回答后离开才是上策。

这我知道，可要转身离去，我还是有些犹豫。

要是从眼前的现实中逃离的话，它不是会从背后咬上来吗？

话筒就在我的鼻尖前面。

"现在我们正在进行各种各样的调查，我无法私下回答你。"

递出话筒的男性眼周僵硬，鼻孔扩大，正处于兴奋状态。

"喂，阿岸，去把老师的点名册拿过来。快点，说了让你偷偷拿过来。我们要整整老师。"我想起语气强硬地对我说话的少年。他是我的小学同学，其他几个人跟着他命令我。不知道是不是因为他们处在优势的安全地点，因此兴奋得就差流口水了。那时，因为拿了点名册而惹恼了老师的只有我一个人，那个少年因此又开心得不得了。

因为不想承认自己被霸凌了，所以当初我不认为这是霸凌，可是很明显他们那就是在攻击我。关于当时的记忆还残留着啊。我也有要感谢这件事情的地方。

"我们尽可能努力让商品中混入异物的可能性接近零。但是，任何环境下都无法百分百地绝对断言。"

"这是借口吗？"

"我只是实话实说。"

"也就是说，你这话的意思是之后也还有混入图钉的可能咯？"

"我的话不是那个意思。"我用出乎意料的稳健语气说道，"你说这种鸡蛋里挑骨头的话可不太好。"

可能是"不太好"这话听起来有些幼稚，对方越发加强了攻击弱者的势头："是好还是不好呢？"

我看着身旁的部长，请求他现在赶紧回去。再把事情搞得更复杂的话，对部长本人也毫无益处。

也许是接收到了我的想法，部长没有说话，迅速地走远了。

"等一下，这是要逃跑吗？"记者条件反射地说道。

"请不要再使用'逃跑'这种字眼了。"我又开始说话了。明知道不要说话比较好，可舌头却停不下来。

"可这不是逃跑了吗？"

"您找我们公司的员工单独聊也解决不了问题。比如你们电视台要是发生了不幸的事件，找您问话的话，您会在镜头前进行说明吗？"

"我会啊。"因为是假设的情况，所以他才会随意断言，"对受害者你们根本没有歉意吗？这是对一直购买贵公司商品的消费者的背叛。"

"我们没有打算背叛消费者。"

"那你是说混入了图钉是消费者的错觉了？"

"我们不是没这么说吗？"

"那你是说这是你们自己的过错咯？"

"我没说过吧？总之原因还在调查中。"

我渐渐开始焦躁，也有积劳的原因吧。我认输了！认输！和鲛冈一样放弃吧！这种想法开始充斥我的全身。好了，完蛋了。

"如果查明原因后，最终错不在我们公司，你打算怎么办？"

我说了这么一句。感觉就像把脚从刹车上拿开，朝着墙壁毫不犹豫地用力踩下了油门。

可能我的这条说明出人意料，那个记者僵直了一瞬间，可是随即就像要向前倾倒似的说："你这话是什么意思！是在威胁我吗？"

"我并不是在威胁你。只不过我要是你的话，就不会说得这么强硬。原因还没有查明，为什么你要用这种企图把我们击垮的语气呢？我再问你一次，如果查明了错不在我们公司，你要怎么办？"

记者满脸都是笑容。也确实啊，我的这番发言在电视上播出后会成为巨大的话题。大家会纷纷发出责难，严厉斥责，简直就是说"等你好久了"。我看得出来，他是在为拍到了这么好的视频而高兴。

真是服了，我在心里叹了口气。明明孩子就要出生了，却让事态变得这么严重。我的脑海里冒出了想要合掌对妻子道歉的念头。确切地说我是被对手引诱上了当，就和抵不住挑衅出了手，结果退场的选手一样。

"岸君。"这时，牧场课长从后面跑了过来。他滚圆的身体摇摇晃晃地拼命往我这里跑。

"对不起。"我道歉是因为我能想象课长到处找过我，而且我也知道自己把事态弄得更严重了。对不起，我要退场了。

又来了一个猎物！不知道那个记者是不是这么想的，他把话筒递向了牧场课长："请问您是公司职员吗？"

牧场课长就如同话筒和摄像机不存在似的，"砰砰"地拍了拍我的肩："哎呀，太好了。有紧急情况哦。"

"欸？"

我抬起头，只见牧场课长依旧用那个带来福气的表情微笑着："刚才来了电话。"

"电话？什么电话？"

"可真是一出狂言[1]啊。"

"欸？"我的脑海里一时没有浮现出"狂言"这个词。

"图钉，没有混进去。孩子吃了家里掉落的图钉，他母亲把这个归咎于我们的产品了。"

怎么回事？我没能理解状况，除了眨巴好几次眼睛外什么也做不了。过了一会儿，我好不容易弄明白了情况，朝那个和预料中一样狼狈地呆立着的记者说："请问，你要怎么办呢？"终于得以发泄我的不快。

1　日本传统表演艺术的一种。

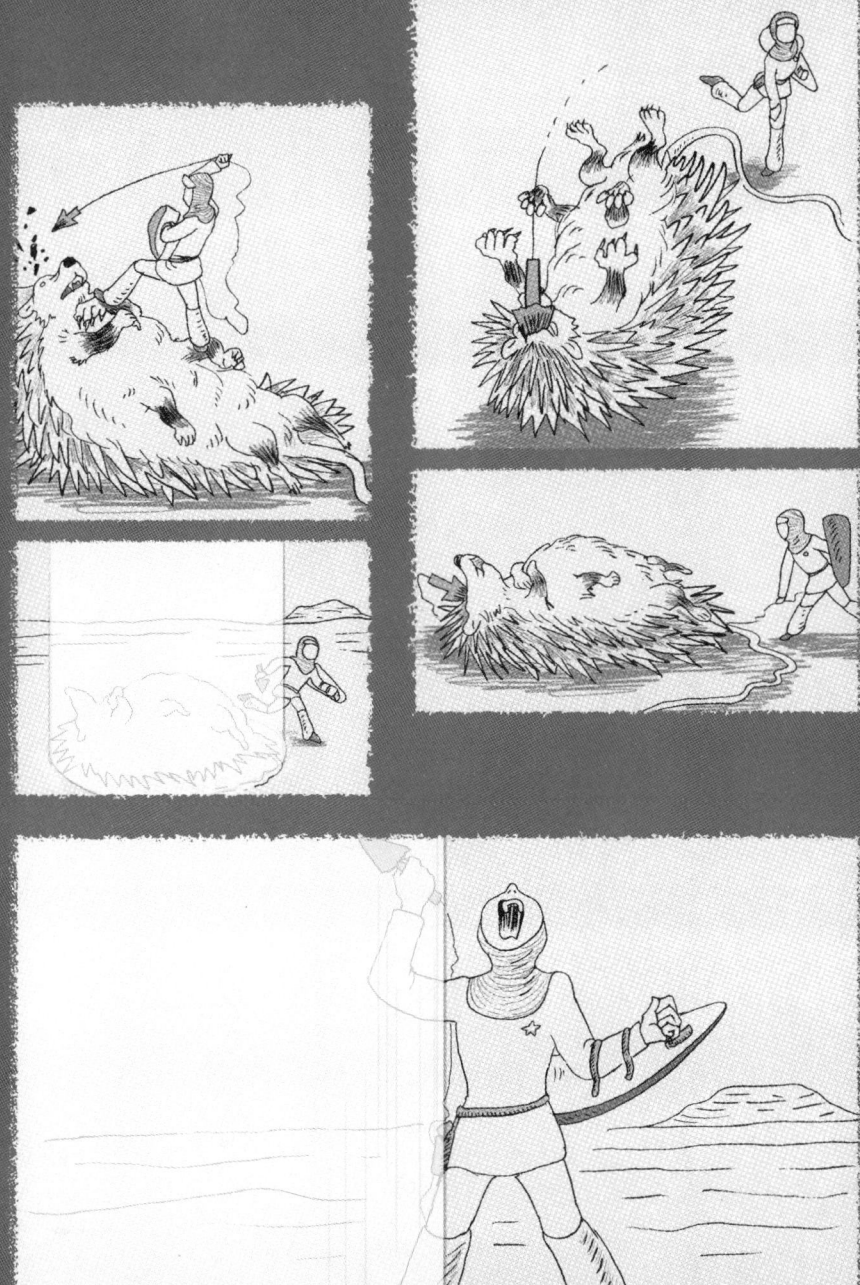

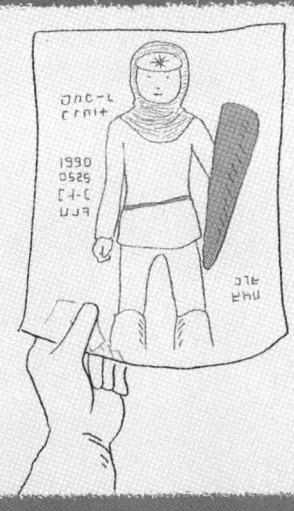

第二章

政治家と雷

政治家与雷

我看了看收到的邮件，不安感向我袭来。上面写着池野内征尔的名字。

　　将近一个月前，这个人边说着"万分抱歉"，边递过名片来，上面就印着这个名字。他担任着都议会议员的职务，所以我记得当时我还呆呆地想，这又长又难的名字，选举的时候会很不利吧。

　　我们见面的场所是在我们公司的董事办公室，作为基层员工的我很少有机会进入这个房间，所以我很不自在。牧场课长却说："岸君很努力了，可以堂堂正正地待在这里。你有接受谢罪的权利。"

　　"真的非常抱歉。"

　　这时，眼前的池野内征尔以完美的角度鞠了一躬。可我在意的却是，议员是不是有完备的轮流传阅的谢罪手册。

　　"我太太也在反省。"

　　"为什么您太太要这么做呢？"

　　棉花糖里混入了图钉这件事是这位池野内征尔的妻子捏造的。据说他儿子吞下了原本就掉落在家里的图钉。除了慌张之外，这还涉及自尊的问题吧。妻子难以忍受同住的婆婆的斥责，就把责任推给了放在桌上的糕点，也就是敝司的新商品。"那个糕点里有图钉！我和儿子都是异物混入事件的受害者啊，妈妈！"而婆婆从一开始就断言她是在说谎，更是让事情雪上加霜。为了对抗婆婆说她"反正你是在说谎"的态度，她给生产商打了投诉电话。结果搞得进退两难。

"她好像有很多精神上的压力。"

"不好意思，因为有很多精神上的压力这种模糊的理由，可是让我们公司倒了大霉啊。"宣传部长从刚刚开始就稳坐在董事办公室里被称作董事座的位子上，可这时他站了起来。他走近池野内议员，滔滔不绝地说道："就连我也在电视上丢了脸，惨极了。我家的孩子也在班级里被戏弄，连学校都去不了。您府上的太太，给别人造成了很大的麻烦。"

"实在是万分抱歉。"池野内议员说着又深深地低下了头。他才四十五岁左右，作为议员来讲还算年轻吧，看上去很爽快。

"这不是道个歉就能解决的问题吧。"

"部长，具体的事情会由法务来交涉。"牧场课长插话道，"而且，部长您本人在公司里的好感度也在提升。"

就算部长怒斥"你开什么玩笑"也无可厚非，毕竟并没有什么测试公司内部好感度的手段。不过部长出乎意料地露出了温柔的表情，不好意思地说了声"是吗"。

"因为您在那场记者见面会上毫不畏惧，始终相信自己的公司。"牧场课长进一步说着很给部长面子的话。可实际上，部长在记者见面会上说的"工厂里怎么可能有图钉混进去呢？这是不可能的"，可以说明显只是出于自暴自弃，不过只看字面上的意思的话，人们会觉得这是断然宣称自己公司清白的了不起的发言。部长自己跟客户见面的时候也会吹嘘说"我一直是那样坚信的啊"，找回了当初丢掉的面子。有传言说，部长的孩子在学校里也相当顽皮，绝对不是那种会成为霸凌对象的孩子，所以也许没什么需要担心的。

池野内征尔和我们公司达成了什么样的协议没有被公开。不过，最近池野内征尔频繁在综艺节目中登场，一个劲儿地反复道歉，这场景我看了都同情他的不容易，也不禁为他的家庭担心。无论面对什么样的追查，他都彬彬有礼地反复道歉，甚至让人对他产生了好感。

我惊讶于议员中竟然还有这么好的人，可见我内心里对议员是相当有偏见的。

他庇护了捏造异物混入事件的妻子，低头承认责任全在自己，反复说着向身为受害者的我司和因此次事件而感到不安的人道歉的话。

当然也有很多媒体抨击他没有资格当议员，暗示他应该辞去议员一职，不过他家乡的选民们却说了很多池野内议员平时的善行和谦逊的优点，这次谢罪的态度也有大受好评之势。

"不知道他是原本就是这样的好人呢，还是善于塑造这样的形象呢？"说出这话的是交替地看着电视和姓名测试的书籍的妻子。

"不知道，不过无论是哪一种，也许作为议员来讲他是很有能力的。"

"照我看来，这个人很可疑。"

"是吗？"

不知道我俩谁看人更准，一天就这么过去了。正当我快要忘记的时候，眼前的电脑上显示池野内议员发来了邮件。

那个时候我确实给了他名片，所以他知道我的邮箱本身没什么奇怪的，不过他要是需要联系什么人的话，应该不是联系我，而是发邮件给更高层的牧场课长才对吧。

我还以为是同时发给大家的，可称呼写的却是"岸先生"。总之，这封邮件好像确实是单独发给我的。

针对前几天的谢罪一事，需不需要进一步的谢罪？是不是有新的投诉，有没有需要商量的？那个时候，我一见到您就有一种直觉，岸先生，您能不能来做我的秘书呢？也不可能写这种东西吧。

反正这不可能是一封让人愉快的信，我轻轻地做了个深呼吸后，读了邮件的正文。不过那封邮件里写了一些我意料之外的内容。

"非常感谢您百忙之中抽空前来。"池野内议员比我大一轮，身上穿的西装也明显要比我的高级，可他却跟前几天来我们公司的董事办公室谢罪时一样谦逊。

在咖啡店前和他面对面时，我毫不犹豫地摆了摆手说："您不用太在意，我不是您那个选区的居民。"

池野内议员愣了一瞬间后露出了笑容。他说自己不是因为这个才跟我接触的，之后又接着说道："我的眼里还有国政啊。"

过了一会儿我才反应过来他是在开玩笑。

"那个，关于邮件里说的事情……"

"突然收到那样的图片，您一定吓了一跳吧。"

"啊，是的。为什么给我发那张鸟的图片呢？"

他发来的邮件里添附了鲸头鹳的图片，而且有好多种类，正文里写着"您见过这只鸟吗"，还加了一句"我们能聊聊吗"。

我当然知道要是答应了这种可疑的邀请那就太愚蠢了。这几乎就是一封骚扰邮件嘛。

不过我前来赴约还是因为在意那只鸟。自从上个月在电视上看到之后，我的脑子里就一直记挂着它。我总觉得在哪儿见过这种鸟，明明它长得也不是很好看，却让人涌出一种亲近感，连我自己都觉得惊讶。

"请问，您做梦吗？"池野内议员说。

"梦？欸，那个……"

我以为他会拿"一起实现梦想吧"来说服我，说些"一起梦想这个国家光明的未来吧"之类的话。

"小时候我做过一些奇怪的梦。"

"啊，是那种梦……吗？"我意识到自己会错意了，有些不好意思。

"比起将来的梦想，昨晚的梦更真实。"说完，他拿出自己的手机给我看。上面是那只鸟。

"鲸头鹳。"

"您见过吗？"

"在电视上见过。"

"不，不是在电视上。您没有更近距离地见过吗？"

我没能立刻回答。我在哪里见过这种鸟的记忆，不是以影像，而是以颜色和气味这种模糊的形式残留在我的大脑某处。这是真的。上个月看电视的时候，我也被这种感觉缠绕住了。

正因如此，我才没法无视池野内议员的邮件，而来到了这里。

"难道不是在梦里见过吗？"

"欸？"

"我是在梦里见到这种鸟的。"他说。

"在梦里见到是指……"

这时，他第一次露出了沮丧的神情。"我刚刚也说了，因为我从以前开始就会做奇怪的梦，所以我有把梦的内容记录下来的习惯。"

我听说过有些人会写做梦日记。"我倒是基本记不住梦的内容，哪怕醒来后立刻去回忆也想不起来。"

"我在梦里经常见到这种鸟。"

那又怎么样呢？我很诧异。

"要是占梦的话，会怎么判断呢？"

我端正姿势，在心中按下了警戒按钮，就像面对销售电话和可疑的劝诱时一样。他说些什么鲸头鹳啦梦啦之类的，让人觉得他的精神稍微有些不稳定。还是尽早和对方保持距离，离开此地比较好。

"还有一个我记录下来的场面。"

"哈……"

"在一个有鲸头鹳的广场的一角排列着很多柱子，上面绑着绳子似的东西，我以为绳子上垂挂着万国旗，走近一看却是像招贴画一样的东西。可是这串东西规模巨大，横幅好像是无限长的。"

"毕竟是在梦里嘛。那是什么招贴画啊？"

"好像是西部片里的那种悬赏通缉令。"

"啊，就是写着 WANTED 的那种？"

"梦里的我站在很多招贴画前，并在它们当中挑选。"

就跟打零工的招工和乐队成员的招募启事一样，我想象着。

他就像看完这个场景后再来和我说似的。对于我这种基本上不记得梦的内容的人来说，能用断定的口吻描述睡眠时见到的场景实在是太不可思议了。

能明确地说出一些模棱两可的梦想是政客的特质吗？

"那张招贴画上的人和岸先生你一模一样。"

"那张纸上的人和我？"

这心情就像是突然有人手指着你说你就是命中注定的人一样，我更加严阵以待。他到底要卖什么东西给我？

"去贵司拜访的时候，见到岸先生后我立刻就明白了。说起来也许那是我第一次想起招贴画的事情。我揭下来的招贴画上的人脸和岸先生的脸完全重合在了一起。"

"哎呀，池野内先生真会开玩笑。那张纸上的是照片吗？"

"既不是画也不是照片。"

"那您还说跟我长得像？"

尽管说的都是臆测，可他却用了确信的口气，让我有些不知所措。

"招贴画上还写着一个八位数，我记得那个数字。"

"八位数？"

池野内议员点点头，说出了八个类似密码的数字。

我有些动摇了："那是我的出生年月日吗？"

我公历生日的年、月和日排列在一起和那八位数字是一样的。

"您给我的名片上写了出生年月日吧。"

"那是敝司的方针。"

"我看了名片以后大吃一惊。我知道那八位数代表着生日，也确信了那个人就是岸先生。"

"那个……"我战战兢兢，却又不得不说，"如果池野内议员站在相反的立场上，您会作何感想呢？"

"相反的立场？是说如果现在是我在听岸先生说这些话吗？"

"是的。"

"那自然是……"池野内议员毫不犹豫地说，"因为太可疑了，所以不想扯上关系啊。"

我忍不住笑了出来。不可思议的是因为这一句话我就开始相信他了，不过我还是慌忙紧张了起来。

"您仍然没有记起什么来吗？"他看起来有些遗憾，所以我都产生了想告诉他关于鲸头鹳我还是有一些印象的念头，可我有预感，这样一来事情会变得很复杂。

可是也没法说现在就散了吧，社会人的感觉让我意识到还是再闲聊一些不碍事的话比较好。于是我转移了话题说道："池野内议员为什么想成为都议会议员呢？"我推测他至今为止估计已经回答过很多遍了，所以应该不会给他造成什么困扰。

和我预想的一样，他就像念事先准备好的剧本一样说了起来。可这时他一开口说的内容让我大为震惊。

"最主要的契机是八年前在金泽的酒店里遭遇了火灾。我是因为对我照顾有加的人的法事去金泽的。"

"那个时候您已经是议员了吗？"

"那时感觉我还在学习中吧，担任一位议员的秘书，俗称'拎包的'。那次我住在金泽站前的一家老酒店里。"

"嗯。"我和刚才判若两样，变成了探出身子的姿势。

我忍不住心想，莫非……"那家酒店……？"

"怎么了？"

我确认了酒店的名字。"一样的。"我说。

"一样的？"

"我那个时候也在那家酒店里。"我提高了声音，"正和朋友去毕业旅行。"

"欸？"

"我也经历了那场火灾啊！"

那次是我和两个朋友去旅行。我们租了车行驶在千里滨的海岸上，开心地品尝豪华的回转寿司，三个人一致同意说"毕业前来旅行真是来对了"，没想到之后竟然会发生火灾。

可能也是累了，我们都睡得很熟。最早发现情况不对的人是我。不知道是因为气味还是声音，我突然醒了过来，站在厕所里的时候觉得整个房间里都很热。

"恰好是正下方的房间着火了。"后来知道这件事的时候，我不禁毛骨悚然。我们住在六楼的605号房间，火源是505号房间。据说是孩子玩耍时点燃了买回去当伴手礼的蜡烛。

"我就在隔壁的506号房间。"池野内议员高声说道。

我也兴奋地回答说："是吗！"

当然了，我们当时没有见过面，可是像现在这样，和八年前的那个时候位于自己斜下方房间里、和自己遭遇过同一场火灾的人面对面，让我有些奇妙的感动。"擦肩而过时，衣袖轻轻掠过也是前生的缘分。"我不由得脱口而出，"虽然意思可能有些不同。"

接下来的一段时间，我们两人就像聊自己坐在什么位子上观看历史上的足球赛似的，聊了聊火灾当时的情况。

警铃没有及时响起来是酒店的过失，因此那场火灾之后酒店遭到了谴责。虽然酒店毫无疑问会接受法律的惩治，可总之我醒来的时候，火势已经蔓延开了。

我们飞奔到了走廊里。烟雾遮蔽了视线，让人越发焦虑。我用浴衣[1]的袖子捂住嘴巴，沿着刚刚确认好的避难路径朝通道的右边走去。

"我也是，走的是安装在建筑物外面的逃生楼梯，对吧？"

我打开门走出去的时候，人已经排起了长队。我一心只想着快点走下去，可队伍却完全没有前行。我听见后面传来"快点走呀、走下去呀"这种近似怒吼的声音，可是前面的人不走也没办法啊。

"发生什么事了啊"，大家都吵嚷着。就像瞄准了特卖品而排着队，可是队伍却完全不往前进，人们焦躁地发起了火，那时候事关自己的性命，发火的人们也很拼命。拼命的劲头和焦躁感

1　一种在夏季穿着的和服。

混杂在烟雾里，充斥着整个空间。

"池野内先生您也住在那么老旧的酒店里啊。是因为当时还不是议员吗？"

"我现在也住在那样的酒店里。"

"现在也是吗？"

"当然了，不过是逃生楼梯没问题的酒店。"

那时候的那家酒店的逃生楼梯走到一半就断了。其中一个原因大概是老化吧。虽说很久之前就说生锈了很危险，但火灾发生前几天被卡车撞了应该才是直接原因吧。因为这次冲击，原本就很脆弱的逃生楼梯塌了。

也就是说，逃生楼梯在三楼的楼梯平台处就断掉了。从那儿可以看见底下，但也不能跳下去。

等到把情况像传话游戏一样从前方传过来的时候，楼上已经传来"火势蔓延开了，回也回不去了"的绝望声音。

"下也不行，上也不行，我心想完了。我孤注一掷地觉得这只能从三楼跳下去了嘛。"

"因为云梯车也没开进来啊。"

"我没想到竟然要靠碰运气。"

我想起了那时候和酒店一条马路之隔的大楼一楼的情景。好像是作为活动场地在举办展览会和特卖会，那时正在举办的是"骰子展"。里面陈列着全世界各式各样的骰子，还装饰着骰子造型的物品。

"很感谢消防员们。"不管是那个时候还是现在，我都发自内心地这么想。

池野内议员也重重地点了点头。"是啊。那种情况下，他们为了救我们，努力地推敲方案、采取行动。那时候使用的类似电动双板一样的东西好像是消防车上的常备物品，貌似叫引擎切削机。那灵活程度让我大吃一惊。所以我满心都是感谢和尊敬之情。以那件事为契机，我强烈地想成为政治家，那样不就能提出类似提高消防员待遇的政策了吗？这也算是公私不分吧，我还因此烦恼过。"

池野内议员越聊态度越柔和，既没有摆架子，也没有慌慌张张的。虽然我对他抱有好感，但是政客无疑都很擅长让别人对自己留下好印象，我要是不保持紧张的话，说不定明天也会成为一名热烈支持者，去他的主页上留名。我的警戒之心油然而生。

"可是我还是不敢相信，那个时候池野内先生您也在那个楼梯上。"

"可能岸先生在比我更上面的楼层吧。"

这时，旁边出现了一个不认识的年轻人，所以我把话咽了下去。

"你是政客吧？"他没礼貌地说道。

就连池野内议员也没有立刻反应过来。他没有不高兴的样子，而是直直地盯着那个年轻人的脸。

"我家正门口就贴着你参选的海报。"

"我没有恶意。"池野内议员低下了头，他的语气既不像开玩笑，也不是认真的。紧张感得到了缓解。

"我无论如何都不能接受那件事。"年轻人很认真，目光略微有些可怕，"之前，我高中的校长自杀了。"

"校长？"

我很困惑，这到底是在说什么啊。为什么现在非突兀地说校长的死不可呢？

不过，池野内议员远比我要通晓人情。"莫非是因为流感？"他说。

年轻人轻轻地点点头。

什么？我大吃一惊。他是那场新型流感骚乱达到顶峰时，因为举行了修学旅行而遭到责难的高中的学生吗？我重新凝视起他来。这是前年的事情了，所以现在他应该是大学生了吧。

"我们的校长为什么一定要遭受那样的待遇？本来我们出发去毕业旅行的那天，大家也都还没有太在意。"

据说他们毕业旅行到达加拿大的第二天左右就出现了重症患者，日本国内的紧张感也高涨了。

"我们也不想被感染的，说起来……"他拼命强忍着不大声说话，"那些把我们学校当成罪犯谴责的人，后来肯定也患上了流感。"

确实如此吧。虽然那种新型流感迅速地蔓延开来，但想来规模和病毒的强度与此前的流感引起的结果相比并没有什么差别。当然，因为流感致死的人不少，所以的确不能掉以轻心，不过现在看来，当时确实引起了没有必要的狂乱骚动。

"那次真的很惨。"我说。

"你要是政治家的话，那种时候才更应该做点什么吧。"

那是政治家的工作吗？好像不是吧。我心里虽然这么想，可是要说谁能解决那种由集体癔病引发的不幸，以及媒体勾结进行的过度报道，谁能救助受害者，是无法立刻指定"那个团体的那个人！"的。

"至少……"不知道池野内议员是不是在选择措辞，他缓慢地说，"我认为传染病是个重要的课题。"

"我说的不是这个。"年轻人的眼睛充满了血丝，"那种像优等生说出来的台词我根本不想听。"

"我没有想成为优等生。"池野内议员平静地回答道，"优等生政治家是什么都做不成的。政治家得毁誉参半才行。"

"毁誉参半之类的都是借口。"年轻人发泄道。

"算了，也许你会这么认为。"

"既然如此，那为什么不成立一个毁誉参半党啊？"

我正害怕年轻人会一直这样紧咬着池野内议员不放，结果他饱含着对成年人幻想的破灭，叹了一口气后迅速地离开了，也许心里还带着些不愉快吧。

我和池野内议员沉默了一阵子。过了一会儿，"也许……"他说，"也许，在毕业旅行中感染了的就是他吧。"

"啊……"我再次朝年轻人离去的方向看去。

他对于被指责成从国外带入了病毒的破坏者、没有常识的重罪犯感到怒不可遏，对于因为自己的过错而造成了校长的死亡也一定充满了罪恶感。

"不过，对池野内先生说这些，您也很困扰吧。"我向他抛去了同情的话语。

"不。"池野内议员露出了奇怪的表情，"这是很重要的问题。像我这样的一名都议会议员，肩上的担子很重。"

他说传染病是很重要的课题似乎不是在说谎，那件事之后不久，他就表达了对现有的预防接种和疫苗开发的不满。

"国家应该发挥更好的带头作用，支援疫苗和治疗药的开发。"

"是啊。"虽然我口中说出的附和轻飘飘的，但内心却有同感。我个人认为，与其召开大型活动、建设无用的设施，或者是兴办一个劲儿地消耗经费的事业，不如把精力放在传染病的对策上。"那样做大家才会高兴。"

"可能也会有不高兴的人。"

"是吗？"我目不转睛地盯着池野内议员。难道还会有人对开发治疗传染病的药物感到不快吗？

我差点以为他是在开玩笑，可他却一脸认真地看着我说道："你知道不久前储备的治疗药丢失的事吗？"

"治疗药？"我喃喃自语着，突然想起来了，"是仓库着火那次吗？"

那是刚刚我们在聊的高中生去毕业旅行遭到了大量谴责时候的事情。政府保存的治疗药因为仓库失火被焚毁了。

"我和岸先生对火灾是有切身体会的。"他苦笑道，"结果，那次失火的原因一直没有查明。"

"明明已经调查得很细致了啊。"

也许是因为我的说法太可笑了吧，他的表情有了一丝缓和。可之后，他又立刻紧张了起来。

"有人不希望进行调查，也可能是有些人。"

"欸？"

"政治家当中有些人和海外的资本家渊源颇深。而那些资本家也投资了海外的制药公司。"

我有些困惑，感觉这听起来就像网络上流传的坊间传闻。一本正经的成年人，而且还是都议会议员，如此认真地说这种令人生疑的话真的好吗？

"如果国内的治疗药大量缺失，比如因为火灾被焚毁的话，就不得不依靠海外的药物了。"

"池野内议员，这话您还是不要再往下说了吧……"

"像我这样区区一介议员的发言是没有影响力的。"

"哈……"

"政治家贪图自己的利益我是不会在意的。可怕的是，他们把自己的利益摆在国家利益前面的时候。"

"这是什么意思？"

"那个时候，海外的流感治疗药起了作用，所以没有引起什么大问题。可要是只有被烧掉了的国产药才有疗效的话，那事态可能就严重了。"

"但是，在这种性命攸关的时刻，不会舍弃有疗效的药物而去贩卖没有疗效的吧。"

"你知道 VHS 和 Beta 吗？"[1]

"嗯。"

"那时候大家正在开发录像机的驱动器。各个公司开发了

1　VHS 即 Vertical Helical Scan（垂直螺旋扫描），Beta 即 Betamax，两者都是录像机系统使用的一种格式。

形形色色的规格，最终变成了 VHS 和 Beta 这两种规格之间的竞争。"

我听说过这件事。内存占用更小、画质更好的 Beta 最终却输给了 VHS。有这样一种说法，即使性能优异，也会因为其他因素从市场上消失。"不过，那是因为 Beta 的录影时间更短吧？"

如果 VHS 能录两小时，Beta 只能录一小时的话，那么想要将电影录下来的人自然会选择 VHS 吧。

"是吧。让 Beta 的录影时间达到两小时的话，画质就会变差。还有一个主要原因好像是 Beta 对成人录像带态度消极。"

"这样的话，也没办法了。"果然 VHS 能生存下来也不是全无道理的。

"但是，如果是 Beta 生存下来，被进一步开发的话，有可能出现更好的产品。"

"您要这么说的话，那可能的事情就太多了。"假设的事情那真是要多少有多少。

"也是啊。"池野内议员笑道，"但不一定是好的东西生存下来，这一点是事实。就算是刚才说到的祖护海外治疗药的政治家，也不知道他们是预见到了多久以后的事情，所以才采取了这样的行动。盲目地只考虑眼前的利益和自己的得失，很可能简单地就说药物不行。比起自己的利益，将大众的、国家的利益摆在前面的政治家能有几个呢？"

"您快别说这种可怕的话了。"嘴上虽然这么说，可我自己也在心里思考起了这样的政治家能有几个。

"汽车制造商也好，小说家也好，咖啡店经营者也好，对于勒住了自己脖子的东西，无论它对这个世界有什么好处，他们都会反对的，至少不会赞成。能说出为了大家好，对自己不利也没关系的人是很珍贵的。"

"所以才把重要的治疗药烧掉了啊。"

"可怕的是我没法告诉你'怎么可能烧掉呢'。"池野内议员看上去十分抱歉地说道。

"放到其他的箱子里就好了啊。"我无意中说道。

"什么？"

"我们公司就发生了这样的事情。好像那款棉花糖的库存商品被放到了写着其他商品名的纸箱里，所以没能及时掌握库存情况。大家都以为不够了，其实还有很大的余量。"

"这是什么意思？"

"也就是说，比起里面的内容，大家更容易相信箱子。"

池野内议员露出了笑容。"说别人的失败经历很愉快吧。"

过了一会儿，池野内议员从口袋里拿出了手机，倒并不是看准了时机。"工作电话。"说着他离开了座位，很快就回来了。

"不好意思，我有事要走了。"他低下头说，"今天只说了这些，您一定很混乱，下次我们再找机会聊吧。"

不用了，已经聊够了。这话我无论如何也说不出口。

"对了，我刚才说我在梦里看见岸先生你的招贴画了对吧？"

"嗯。"

"还有一个人，其实我还选了一个人。就像想给你找个伴似的，我又选了别人。"

"哈……"

"我最近知道了那个人是谁。"

"不是我们公司的职员吧？"我本打算开个玩笑。

"啊，不是的。不过，也是因为这次事件的契机我才知道的。"

"这次的事件？"

"我太太给你们添了麻烦的那起异物混入事件。"他的脸上又露出了谢罪的表情。

"异物混入事件里出现了您认识的人吗，除了我们公司的职员之外？"

"我没有和他见面，是在电视上看到的。"

"在电视上？"

"是那个叫小泽圣的人。他是个名人吧。"

在购买正月福袋之后，已经很久没有见过这种热情高涨的队列了吧。听我这么说，身边的妻子冷静地回答道："比起买福袋那时候，今天买这个的人们从排队开始看上去就很开心。"

我们在购物中心一楼的特卖会场。长长的队伍蜿蜒曲折，看不到头。一到四楼都是楼梯井，我抬头往上看，只见楼上的楼梯扶手边排着许许多多的人，他们正在往下看着我们。对人群充满了兴趣的人又形成了新的人群，他们又召集来了更多的人，就是这么个情况吧。

"你是打算对他宣传糕点的事表示感谢吗？"

"我正发愁呢。"虽然我很想表达我的谢意,但又不想让对方认为我是为此而来的,"他们可能会觉得我明明对此不感兴趣,只是出于商务上的需要才来的。"

欢呼声沸腾了。一个人的声音响起后,到处都连续不断地响起了娇媚的声音,就像为了呼应这个声音而发出的远吠一样。小泽圣登场了。万里长城似的队列很碍事,我也是这碍事队列的一部分,可却弄不清楚前面发生了什么事。

看上去像是主持人的人拿着话筒说道:"欢迎小泽圣先生和欧洲藤原先生。"

这个容易和庇护了义经的那个奥州藤原氏[1]搞混的名字吸引了我的注意力,不过我能想象到他大概是和小泽圣同属一个组合的成员。

"请确认一下放在已购买的商品里的票据。因为有很多顾客到场,所以等待的时间会很长。"

播放广播的时候,妻子探出身子想要窥探一下前方的情况。她说这说那的,好像还是想看一眼小泽圣。她大腹便便,因此心情不太好。

"不过,议员还是很趾高气扬的嘛。"妻子突然想起了什么似的说道。

"为什么这么说?"

妻子也没有见过池野内议员。

---

1 源义经被哥哥源赖朝猜忌,之后投奔奥州,受到当地豪族奥州藤原氏当主藤原秀衡的庇护。日文中"奥州"与"欧洲"发音相同。

"我只给你提供情报，接下来就靠你自己了，他就是这么拜托你的吧。"

"倒不是这种感觉啦。"

前几天我们见面的时候，池野内议员得知了小泽圣握手会活动的日程，分别之际还给了我参加活动的门票。

"您方便的话就去参加吧。"他说，"那天我无论如何也去不了，如果您能替我去确认一下的话，我会很高兴的。"

"他还说了'如果方便的话'。"

"说好听的话不用付钱嘛。"

"你这话说得真苛刻啊。"

"小时候，县议员出席了我们的运动会。他的发言实在太长了，我和其他同学都中暑了，接二连三地倒在地上。可是那个议员却没有注意到，一直不停地在讲话。难以置信对吧？"

"那要怪太阳。"

"我又不是加缪[1]。这不能怪太阳，该怪那个议员呀。"

"因为那一个议员，你就形成了这种偏见。"

"我说的都是真的。"她一脸认真地说。

我向妻子说明道："池野内议员拜托我，在握手会上跟小泽圣确认一下他知不知道金泽火灾的事情。"我知道我和池野内议员经历过同一场火灾，可是他说的梦里的招贴画，以及他知道我

---

1 作家加缪既热爱阳光，又不相信阳光背后尽是美好。他的代表作《局外人》中"阳光"的意象，就是建立在这种"不相信""不美好"的内涵基础上。

出生年月日的事情，我自己还是不能接受，所以对妻子还是说不出口。

"池野内议员为什么会认为小泽圣当时有可能在那家发生火灾的酒店里呢？"

"网络上的信息。"我暧昧地回答，"他想要确认一下信息的真伪。"

说实话，即使去网络上搜索也不会出现这种信息的。小泽圣经历过火灾不过是池野内议员的臆测罢了。要说根据，就只有在梦中看见了招贴画这种可疑的说辞。他和在他梦里出现的我拥有的共通之处就是"金泽的火灾"，因此他认为小泽圣也是如此。三段论完全靠不住，这推理实在是牵强附会。

"如果火灾当时，小泽圣在那家酒店里又怎么样呢？"妻子问了一个合理的问题。

"可能希望他来参加应援演讲吧。"我随口说道。

"议员就只会考虑这些事情啊。"

"谁知道呢。"

"你没必要帮这种忙吧？"

"不过，我也想知道小泽圣是不是在那次的火灾现场。"

妻子对于不太熟悉的议员来拜托我帮忙这一点有所不满，可最终还是点头说道："算了，这样的机会也不多，看起来还挺有意思的。医生也说稍微运动一下比较好。"

我把目光投向她巨大的肚子。

"和人气组合见面对胎教会有好处吗？"

"可能会变成看重颜值的女孩子。"妻子恶作剧似的说道。

队列开始挪动了，前方竟发出了类似惊叫般的欢呼声。随着我们登场时间的临近，我紧张了起来。虽然我也不是什么粉丝，不过能近距离地见到原本只能在电视上看到的名人还是很宝贵的体验。

当下下个就要轮到我的时候，工作人员说着"请您到这边等候"，把我领到了一个稍远一点的特殊区域里。我心想这里就像是次一击球员的准备区[1]，妻子也说了类似的话。

终于轮到我们了，场地里站着两个高挑的男人。小泽圣站在里侧，面前的就是欧洲藤原吧。

"感谢你们特地前来！"欧洲藤原说着伸出了手。要握手的粉丝排了那么长的队伍，这疲劳可不是开玩笑的，他还能用这么爽朗的笑容面对我们，反倒是我们感到抱歉了。

我握了他的手后立刻说了声"加油！"，那个时候我是发自肺腑的。他回答完"我会加油的"之后，整个人又显得闪闪发光起来。

我往前走了几步，这次站到了小泽圣的面前。我面对着他，感觉他的体格比我还大两圈。他胸板厚实，胳膊粗壮，可脸却像孩子一样，头发柔软得甚至让人觉得摸上去能奏出悦耳的音色。

"请往前走。"工作人员对我说。

小泽圣露出了微笑，向我伸出手来。

我必须赶紧跟他握完手，然后离开。流程我也理解，我没打算给他们制造麻烦。

1　棒球比赛中，下一个出场的击球手的准备区域。

妻子似乎是察觉到了我的犹豫，她迅速地走到小泽圣面前说："那个……我丈夫在糕点制作公司的宣传部工作。"她也很紧张吧，看上去一副因为羞涩而吞吞吐吐的样子，"很高兴你说糕点很好吃。"

"啊！"小泽圣睁大了眼睛，"是那家公司的！我很喜欢。"

我不知道他是否知道异物混入的事情，但他毫无烦恼的笑容让我十分安心。

我和他握了手。

小泽圣露出了专业的微笑。只能说让流水作业看上去不像走走形式确实是专业人士的功力，我完全没有不快感。我正烦恼着要不要说那些话。我对池野内议员没有义务，他也不是个会对我说三道四的人。

不过，我心里还是有些犹豫不决。这种感觉就像是有人递给了我一个可疑的箱子，我不确定应不应该看一下里面的内容。不打开盖子就不会有危险，可之后又会抓耳挠腮地想这里面究竟是什么。不，抓耳挠腮可能有些夸张了，但确实有可能会后悔。

那么怎么办呢？现在是选择的时刻、判断的时刻，不过仔细想想，无论选择怎么做，对我的人生都不会造成什么特别巨大的打击。

我的肩膀突然卸下了力气。

我向握手的那只手上加了力道，一边说道："那个……"

"嗯？"

"那个，八年前，您遭遇过金泽的酒店里发生的那场火灾吗？"

小泽圣的表情有一瞬间短暂地凝固住了，就像包裹着的外皮被剥了开来，展现出了真实的他似的。

"欸？"

和想象中不同的触感让我觉得有些兴奋。

"其实我当时也在那里。"

"啊！"小泽圣似乎是因为这次奇遇而兴奋地叫出了声，可脸上又立刻浮现出了怪异的表情，似乎想问我为什么会知道。

尽管没有详细说明的时间，可既然已经来了这里就不应该逃避。"另外，您见过这个吗？"说着，我把手中手机的画面对着他。上面显示的是我事先打开来的鲸头鹳照片。

其他人一定觉得我行为可疑吧，事实上我也确实做出了可疑的行为，工作人员不知道从哪儿冒了出来，我正吃惊地想着这些粗鲁的男人之前是在哪里等着呢，他们已经左右夹击了我。

"请您不要拍照。"

我想说我不是要拍照，只是想让小泽圣看一下，可问题不在这儿。妻子也没有特意争辩，而是微微低了低头，说了声抱歉就从活动场地出来了。

强壮的工作人员在出口附近把我放了之后，我偷偷地回头看了一眼，正在和下一位粉丝握手的小泽圣有一瞬间朝我这里看了一眼。他会戒备地觉得我是一位奇怪的客人呢，还是有什么在意的事情呢？

"那么，根据那位池野内议员的指示，接下来我们要做什么呢？"在购物中心的饮食角咀嚼完了汉堡的妻子说道。最近因为担心肚子里的孩子，她已经远离垃圾食品之类的东西了。这次久违地吃了这么多。她满足地说着好美味、好美味。

周围有很多带着孩子来的客人，吵吵嚷嚷的。人的声音和餐具碰撞发出的声音混杂在一起。

"也说不上是指示，总之他只说请我去跟小泽圣确认一下火灾的事情。"

"果断的行动力也是他的优点呢。正因如此才能当议员吧。"

"那是因为你对议员的偏见太过分了。"我笑道，"况且强行拉着还在犹豫的我前来的可是你。"

妻子承认确实如此。"可是，小泽圣那个反应说明有些隐情啊。"

"隐情？"

"我猜是的。"

"关于火灾吗？"

"鲸头鹳也是。"

是吗？这话由我自己说可能不太合适，但我和妻子当时的行为非常可疑。也有可能是他产生了戒心，才会有那样的反应。

回到家后，我拿出了池野内议员的名片，给上面写着的邮件地址发去了一封邮件。

我去了小泽圣的活动，尝试向他传达了火灾的事情。他"啊！"了一声，作出了想起来了的反应，可是仅仅如此而已。很抱歉没能帮上您。

这实在是一次新鲜又宝贵的体验，不过到此也就结束了。我当时心情就是这样。

在异物混入事件，准确来说应该是捏造的异物混入事件之后，我们公司也稍微有了一些变化。

因为"棉花糖里混入了图钉！"造成的冲击太强烈了，报道了事实并非如此后，依然有人信以为真。另一方面，由于在新闻里被报道了出来，所以知名度确实得到了提升。好评里还掺杂着恶评说的就是这种情况吧。况且，那些恶评是错误的，这可能也是获得同情心泛滥的日本人的好感的一大因素。

要说影响是好还是坏，那当然是非常好的。虽然不如小泽圣在电视上发言后大卖特卖的状态，但持续销售的状况依然称得上畅销。这款商品在产品线中就像徒花一样，所以能不能变成长销品还是个未知数，不过已经大大超出了当初的预期。

上面的人都曾说"难吃""不可能卖得好""会给自己的职业生涯留下污点"，拒绝跟这款产品扯上关系，这对负责宣传的那位组长来说应该是一场痛快的大逆转，可是今天早上上班后去厕所的时候，我却看见她在放置了自动贩卖机的休憩点，脸色暗沉。

"发生什么事了吗？"

吓了一跳的组长看着我说道："啊，岸君。"

她就像念了一句台词似的，所以我也模仿道："啊，岸君。社长奖太差劲了，所以你很失望？"

对在业绩上有贡献的职员，公司会不定期地授予他们社长奖。其实这个奖的名称还要更长一些，但由于社长拥有唯一、独断的权力，还有人开玩笑说要决定社长奖获奖人员了，快去把社长叫来，所以员工全都把这个奖称作"社长奖"。

前几天，棉花糖的新商品开发和宣传负责人刚刚被授予了社长奖。

"啊，社长奖。"组长"扑哧"笑了。

"啊，社长奖。"我重复道。"那个奖有什么奖品啊？"我问她，"你得了二等奖吧？"

"我要是告诉你了，就没法在公司里待了。"

"这么重的奖品吗？"大家都不知道社长奖二等奖的奖品是什么。甚至有传言说，获奖者还签署了不对外泄露奖品内容的字据。

组长放松了脸上的表情温柔地说道："还是让大家充满好奇比较好吧，可能大家都会想要这个奖品。"

"确实很令人在意呢。"

"其实不是什么大不了的东西。"她压低了声音，"是自费出版的书。"

"那是什么？"我追问下去真的好吗？

"我们公司有个创始人对吧，那本书就是类似他自传的东西。"

"我不需要。"我立刻就说道，"能高价卖出去吗？"社长奖二等奖的奖品是创始人的自传，这确实令人失望。

"可能真相就并非要我们闭口不提，而是奖品本身是不值一提的东西。岸君也一定要拿社长奖。"

算了吧，我摇头拒绝。"那么，你真的是因为这个才脸色暗沉的吗？"

"怎么可能呢。"组长说，"你也真是的，别人脸色不好，你还上来搭话。"

"我是个爱管闲事的人，又是剖宫产生下来的[1]。"

"爱管闲事和剖宫产的玩笑？"她苦笑道，"我是在为姓氏烦恼。"

"姓氏？"

"我姓栩木，初次见面的人基本上都不会念。告诉他们是栩板[2]的栩也没人知道。我正在烦恼自己要是姓枥木县的枥木就好了。"她说完后又无力地叹了一口气，"哎，开玩笑的。其实是担心我家孩子不去上学的事情。"

以前我听她说起过"孩子提出不想去学校"的事情，也许情况变得更糟糕了。

我没那么厚脸皮，没再接着追问是不是被霸凌了。

"而且，至今为止都没有伸出过援手的公司的部长们突然都热情十足，这也是让我郁闷的一个重要原因。"这话她是用开玩笑的语气说的。

就在最近，那款新商品的宣传小组突然进行了重组，以宣传部长为首的几个人加入了进来。在外人看来，这明显就是要抢

1　日语中爱管闲事（節介）和剖宫产（切開）的发音一致。

2　日语词语，指用来铺屋顶的板。

夺功劳。这位部长就是说出了著名台词"工厂里怎么可能有图钉混进去呢？这是不可能的"的那位，还宣称这是自己热爱公司的精神的体现，虽然底下的人态度冷淡，不过上面的人却对他评价很高，因此他本人觉得这是趁势上位的好时机吧。他精神头好得就差说出"这下将来坐上社长交椅的道路就清晰可见了"这样的话了。

"这次他干劲满满地说要邀请'Sky Mix'呢。"

Sky Mix 是小泽圣所在组合的经纪公司。

"是想要正式拜托他们出演广告吗？"

"他说要趁着势头正好展开行动。"

"至今为止他明明都对栅木组长你采取的行动视而不见啊。况且现在算势头正好吗？"

"岸君，拜托你了。"组长像参拜似的双手合十道，"那个，我给出信号之后，你要大声说出来啊。"

我笑着说包在我身上，然后就离开了。走到半路上我又回过头去，只见组长叹了口气，又变得垂头丧气。

我听见了相当有精神的打招呼声，转过头看去，部长正快活地问候着大家走进宣传部。明明是一大清早，我被他那不需要预热就满负荷运转的引擎似的样子惊呆了，心中感佩不已。

那天下午，在宣传部内的例会上，那款棉花糖系列新商品的追加宣传措施成为讨论的议题。一言以蔽之，就是如何说服小泽圣。

栅木组长结束了对产品出品至今的经过和她总结出来的资料的说明。

"栩木做到这一步已经是竭尽全力了啊。"部长的这种说法听起来让人觉得是在断定栩木组长的能力不足。岂止是听起来觉得，他可能就是这么打算的。

也许正是因为栩木组长去跟 Sky Mix 交涉，小泽圣才会在电视节目上发言。

我在心中大喊"我有异议！"，当然了，实际上却没能说出口。

"栩木非常投入，所以我也就交给她去做了。"部长的鼻孔鼓胀着。

我看了看坐在左前方的栩木组长，她正低着头。大概是为了掩饰苦笑或是失笑的表情吧，可在周围的人看来，她就像是因为能力不足而感到羞愧。

"从今往后就由我和课长们去现场发挥力量，不久后大家就能收到喜讯了。"

部长如此说道。他口中的"课长们"主要可以理解成"和我关系好的、捧我场的人"，把"现场"替换成"应酬"会更具体一些吧。

他的想法也太过时了。通过过度应酬来商谈工作的做法虽然不能说毫无效果，但有些对象也会觉得反感。

我到底还是在心里唱着反调。

栩木组长举起了手。她的态度很柔和，也很克制。

"情况基本上就如部长所说，Sky Mix 的田中社长通情达理，很重视效率，所以对以前的那种应酬印象不好。"

部长的脸上明显笼上了一层阴云："不过，说这话的栩木你的做法不也没有效果吗？甚至还起了反作用。"

"我自己固然能力不足，可我看了田中社长的采访，应酬真的没有用。"

"好了好了，没关系。"部长紧绷的脸上露出了笑容，以维护他的威严，"尽管接受采访的时候是那么说的，可没有人会因为接受招待而心情不快。接下来就交给我们吧。"

接着，他可能是想一口气突出自己的优势地位。"说起来，栖木你有要提案的商品吧。"他说起了其他的话题，"那个导弹。"

"是火箭吧。"栖木组长委婉地订正道。

近几年来，国内外成功发射了好几枚火箭成为话题，况且我们公司的常销商品里就有类似火箭形状的巧克力，栖木组长提出了制作促销用的周边的方案。

"那个，图钉混入事件发生后，这种前端尖锐的商品的提案会不会有问题啊？"部长得意洋洋地说道。

什么尖锐啊，图钉和火箭根本就连共同点都很难找出来，它们的形状就不一样。只能说部长是在刁难栖木组长，她没有再强硬地表达自己的观点，可能体会到了无力感吧。

牧场课长依旧稳重得像那首《牧场绿油油》听上去的感觉，他说也应该参考栖木的意见，却被轻易地当成了耳边风。

之后，部长讲了过去在自己主导下顺利进行的合约和交易，他说了泡沫经济时期的过度应酬、毫无新意的挥金如土的话题，满心欢喜。

会议结束，大家都像从无聊的课堂中解放出来似的站起来，各自朝出口走去时，"栖木，你可以把肩上的重担再卸下来一些。"部长用一如既往的大嗓门说道，"作为一个孩子的母亲，你家里也有事吧。”

部长的后半句台词大概没有什么其他意思吧，可是对于为家庭问题操碎了心的栩木组长来说，肯定就像胸口被刺中了一样。

工作和是不是一个孩子的母亲没什么关系。

“部长，您是几个孩子的父亲来着？”

谁在说话？

是我。我没能把这话保留在心底，一不小心说出了口。

眼睛呈倒三角形的部长看上去表情僵硬。冒冒失失地表现出狼狈可不行，部长塞上了情绪的栓塞，故作平静地问现在几点了，想用这种无聊的俏皮话蒙混过去，可他没能如愿。

回去的时候，我见到了栩木组长，安慰她说“太过分了啊”。

“反正只要最后是为了公司就行了。”

“我不能接受。”

“即使短期内有些艰难，但只要大局上能取得好的结果就行。”

“这是什么话？”获得社长奖时得到的感谢之词？

“我的父亲经常说这句话。‘即使短期内会被人谴责，但只要大局上能救很多人，那就行了。’”

“您父亲是做什么的？”

栩木组长笑了起来：“他是个官员，之前在推进大型间接税的导入。”

到底有几分是真实的呢？我只好生硬地笑了。

电视里正在播放晨间新闻节目的天气预报环节。年轻的天气预报员手持指挥棒似的东西，正轻轻地敲打显示着日本列岛的画面。

　　过了一会儿，画面切换成了东欧的马戏团即将来宫城县的人造陆地圣胡安湾的新闻。

　　"小时候我倒是去看过马戏。"妻子说，"现在的马戏和以前的内容也没什么差别吧。"

　　她无意识地抚摸着肚子，是在想象将来带着孩子去看马戏的场景吧。

　　电视上介绍说黑熊等兽类的演出很受欢迎。

　　"用猛兽演出听上去很吓人啊。"

　　"这在当今社会，说不定还会被怒斥虐待动物呢。"妻子连我没有想到的部分都注意到了。

　　就像是为了打消我的担忧似的，电视画面里出现了一个男人，他灰色的头发像火一样立着，正自信满满地说着英语。看字幕的意思大概就是"只要有我在，不管是黑熊还是老虎都会乖乖听话，所以请你们放心"。在之后播放的视频里，灰发的男人看上去跟动物非常亲密，就像朋友似的互相触摸着。

　　我突然想到了职场上的部长和栅木组长，心想人类之间反倒更为生硬笨拙。

我一上班就收到了邮件。是池野内征尔发来的，我感到胃部一下子抽紧了。明明没有干什么坏事，可我却心怀歉意。

邮件中礼貌地写着：今天下班后您有时间的话，是否能见一面？

突然这么问我，我也不是很闲啊。

我正想这么回信，可实际上也并没有那么忙。最近也许是因为"改革劳动方式"这句缩短劳动时间的咒语，公司建议大家尽量准时下班。无论怎么建议，也有那种"做不到的时候就是做不到"的情况，不过今天因为没什么预约，可以准时下班吧。

"那么晚上七点在上次见面的咖啡店。"我回信道。顺便我又补充写道："小泽圣的事情在那次活动之后就没什么进展。"

池野内议员不到十分钟就回了邮件。

"很感谢您在百忙之中抽出时间。那么晚上七点就在前几天的咖啡店见。希望我们能互通一下信息，包括小泽圣的事情在内。"

他的态度很谦逊，实在是太谦逊了。我想起了"貌似恭维，心实轻蔑"这句话。暂且态度谦逊地蹲下来，不就是为了之后跳起来吗？我不禁胡乱猜测。

上午我把做好的资料交给课长，吃过午饭后，腾出时间来处理了上个月去关西出差的报销。

"岸前辈，你听见了吗？"

我听见有人叫我，往旁边看去，只见同属宣传部的后辈正半弯着腰站着，小声地偷偷跟我说话。

"部长们好像那么干了哦。"

"怎么干了？"

"好像和 Sky Mix 的社长去应酬了，很明显是在拍对方马屁，而且还一个劲儿地跟对方鼓吹协助我们公司拍广告的好处。"

"老套的做法。"

"老套得跟战国时代似的。"

确实，这种做法也许在战国时代都能通用。

"不过栖木组长提了建议，说 Sky Mix 的社长对这种做法很反感。"

"哎呀呀。"

"哎呀呀？"

"栖木组长肯定要去收拾烂摊子啊。要去修复和那位 Sky Mix 社长之间的糟糕关系，看起来也只能由栖木组长负责了吧。"

"欸？什么时候？"

"就现在。"后辈向北边偏了偏下巴。

现在是会议室里的高层们开例会的时间。由于后辈的工位就在会议室旁边，因此他说"仔细听的话，能听见会议的内容"。

将由于自己的过错而造成的损失推到部下身上，这不正是没用的上司的样子吗？我真是服了他们了。

会议室的门打开后，课长和组长们各自分散地从里面走了出来。我寻找着栖木组长的身影。

也许是我的心理作用吧，小跑着回到工位上的栖木组长满脸通红。她把抱过来的资料文件放到桌子上后立刻离开了这个楼层。

要是我的话，这时候肯定想仰天大叫吧。

部长不但无视栖木组长劝诫他不要那么做的话，还命令她去收拾烂摊子。到底要让人怎么办才好啊。

我又把目光投向了会议室，那位当事人部长正和其他课长谈笑着走了出来，就像把自己的感冒传染给了别人，自己倒痊愈了似的。我都想给他发句像电报一样的话：衷心祝愿您痊愈，为您今后的健康祈祷。

到了晚上六点，我回去的时候经过了栩木组长的工位。她神情疲惫，可还是拼命地盯着电脑屏幕，我很难跟她搭话。放在她桌边的手机显示有来电，也许是因为开了静音模式，所以她没注意到。

手机屏幕上显示的是小学的校名，我想大概是关于孩子的联络。我想跟她搭话，可几乎就在同时，栩木组长也注意到来电话了，她惊讶地抓起手机，就这么飞奔去了走廊。

"工作量也好，责任也好，为什么没法平均呢？"我对坐在对面的池野内议员吐露道。虽然我也不是故意说这些的，但心中的不舒畅不吐不快。我告诉了他无视别人的忠告，在冷天任性地穿着单薄衣服走出去得了感冒的部长，和无奈被传染的栩木组长的这个组合。

"工作会集中到在工作上有能力的人手上来，很遗憾，这是理所当然的。无能的人的工作量会减少。如果双方都能获得同样的报酬的话，这就有问题了。"池野内议员说，"老话就说小人偏得势，厚脸皮的人说不定真的占了便宜。"

"我还是不能接受。"

"本来对于这种完成了许多工作的人，应该给予很多报酬。

可在现实的公司里却很难实现。"

确实如此，我点头称是。活儿干得快，甚至连别人的活儿都处理了的职员，只会方便别人任意驱使他们，但工资却不会上涨。这必然会让所有人都觉得工作轻松就是赚到了。偷懒的人的获胜法则，长远来看只会两败俱伤，可是我们只以短浅的目光来看待大部分事情。

接着，我说了和小泽圣握手时的事情。这跟我在邮件里说明的内容应该并无二致，可池野内议员却像第一次听似的附和着。

"很抱歉，没能帮上您的忙。"

"不过，他还是稍微做出了一点反应对吧。"

"我不知道他是因为看到了鲸头鹳的照片而吃惊，还是被我强迫他看手机里照片的行为吓了一跳。"

"原来如此。"

"那个，今天您到底要跟我说什么？"

"啊，对了。是梦。"

"又是梦？"

"岸先生，您昨晚没做梦吗？就像我之前说的那种梦。那正是和鲸头鹳的关联所在。"

"啊，我没做梦。"

"昨晚，我梦见了。"

"鲸头鹳？"

他说他一醒来就记了笔记。让一个记录做梦日记的都议会议员负责都里的政务，似乎让人要捏把汗。

"之前我说了那个挂着很多招贴画的地方，对吧？"

"悬赏人头那个吗？"

"嗯，真的有岸先生您的招贴画。我也确认了面部照片和八位数字。我在那儿跟岸先生见了面。"

你说在那里跟我见了面，我也不知道啊。

"因此我就想会不会在岸先生的梦里也发生了什么呢。我记得清楚的就只有这些。然后我有话想问您。

"有一首叫《在梦里相逢》的曲子吧。

"如何？昨晚的梦中您有什么记得的东西吗？"

看着认真说着的池野内议员，我会想尽可能配合地去回答他，可是我不擅长说谎，所以只好回答"我一直以来都不太记得梦里的事情"。这也不是谎话。我早上起床后几乎完全想不起来做过的梦。

"是吗？"池野内议员并没有露出特别失望的样子，"岸先生，您不觉得您和我之间有什么关系吗？"

"请不要说这种让人不舒服的话啊。"

"还有前几天说的火灾的事情。"

"啊，是啊，那件事。"我确实很在意。

"可能还有其他的共同点。"

"我和池野内议员吗？"除了同样是人类和男人外，我没发现我们有相似点，"也许池野内先生一直是一帆风顺、潇洒地活到现在吧？而我却非常平凡。"

"不，没有那种事。没有人能一直潇洒地活着吧。比如说我，小学的时候还受到了同级生的讨厌，就是霸凌。由于我是个头脑聪明、比起感情更重理性的孩子，因此被周围的人讨厌。"

能这样分析的时候就已经毫无可爱之处了啊。这句话我没有说出口，而是喃喃自语："我跟你一样。"

"一样？"

"嗯，我小学的时候也遭受过霸凌。"

"那可真是……"

"都是些蛮横无理的找茬。"事到如今我只能想起一些模糊的场景了，比如藏起我的教科书、下达我不想遵从的命令、给我扣一些毫无印象的罪名。我没能找父母商量，就连"霸凌"这个概念都没有好好理解，"'希望他们停下来'这句话我也没能好好说出口，还曾委婉地跟父母商量能不能转校。"

"您过得这么不容易啊。"

"我想逃跑。"

"最后怎么样了？"

"有一次，我大喊了一声'住手！'，然后头朝对方的脸上撞去。"

"对方停手了吗？"

"他还手了。"我笑道，"不过，这么持续了一段时间，某天霸凌就消失了。"

对方可能也觉得麻烦了。

"这是非常重要的共同点啊。我和岸先生小学时都遭遇过霸凌，并且克服过来了。"

"这种事情也许很常见。"

"青春期还有什么其他的事情吗？"

"青春期……"我一边说着，脑海里浮现出一件事情。"父母……"我脱口而出。

"我也是。"池野内议员像已经确信了这是命运一般用力地点了点头道，"父亲由于脑溢血病倒了。"

父亲倒在了自己家的房间里。被发现的时候已经太迟了，送到医院时父亲已经失去了意识，医生也断言"假使能捡回一条命，也会留下后遗症"。

"不过父亲恢复了意识。这真让我松了一口气。"

"那可真是太好了。"

"岸先生您父亲恢复意识了吗？"

"不，我们家不一样。父母各自找了情人，情况非常糟糕。"我觉得把我们家的情况和他父亲的脑溢血相提并论也十分失礼，"结果，两人离了婚。"

他好像觉得很混乱，所以我父母现在复婚的事我没说出来。

"不，对孩子来说是件大事。"池野内议员就像有脚本似的流利地说道。

"这不算是共同点吧。"我说。

"不，把这些总结成孩提时代关于父母的烦恼的话，也不能说不算共同点吧。"

"要是这么总结的话，那几乎所有人都有共同点。"

"确实如此。"

池野内议员为什么想跟我说话呢，对此我感到很不可思议。"只是因为做了有鲸头鹳的梦就这么在意吗？"

"不光是岸先生，连小泽圣先生也出现了。果然我是选择了你们二人。"

"选择？您还见过其他人吗？"

"没有。那里张贴着许多人的招贴画，所以我说还有其他人。但是我明确确认的就只有岸先生和小泽圣先生两人。"

"这是怎么回事啊？"

"可能组合是决定好的吧。"

"组合……"我一边口中念叨着这个词，一边觉得他果然像是要说命运了，心想要提高警惕。

"那个梦中像是小泽圣的人也有八位数字吗？"

"对。他的生日是公开的，所以我马上就明白了。"

不是查了他的生日之后，那八位数反映在梦里了吗？"您不会是想让我们三个人组建一个政党吧？"我打算狠狠地讽刺他一下。

"那很不错啊。"池野内议员笑了。

"您有没有野心？"我如此说道，并没有开玩笑。

"有野心啊。"他立刻回答道，"我想要权力。"

"真直接啊。"虽然他看上去和地位、名誉、权力这些充满男性荷尔蒙和攻击性的志向没什么关系，但成为候补议员的人理应有欲望和野心吧。

"没有权力就什么都做不成。"

听了池野内议员的话，我在心里接话道："因为没有权力既接受不了招待，也享受不到勾结串通的妙处啊。"由于我基于武断的想法胡乱猜测，所以在他继续认真地补充说"因为必须救更多人的时候，没有权力就什么都做不成"之后，我觉得十分羞愧。

"比如，为了救众多人，有时候一部分人必须先忍耐。"

"是有这种情况。"

我想起了栩木组长的父亲的话。他说即使短期内有些艰难，但只要大局上能取得好的结果就行。难道池野内议员说的也是同样的意思吗？

"这种情况下就需要政治家做出决断。自己被憎恶也好，被记恨也好，要为了众多的人、国家的未来做出决断。"

"比如导入消费税？"

"如果那对国家来说真的有必要的话。"

他的发言直接又幼稚，甚至让我怀疑他到底哪句话是发自真心的。"我以为议员净是包养情人、挥霍政治资金的人。"我暴露了自己的严重偏见。

"我有情人。"

"欸？"他回答得实在太坦然了，我很吃惊。

"到处都有，四十七个都道府县各有一个。"他笑道，"从拥有私人飞机和直升机的美女富豪到不卖座的美女声乐家、美女料理研究家，各种各样的情人都有。"

"这不全是美女嘛。"我不由失笑，"而且池野内议员是都议会的议员，所以不是在都道府县而是在都内二十三区，或者说是选举区内找情人不是更好吗？"

池野内议员露出了笑容。

他太太打投诉电话到我们公司来说"糕点里混进了图钉"。

虽然我只听过她的声音，但还是想起了那种压迫感。

池野内议员仿佛看穿了我似的说："我的妻子可厉害了。收件人是我的信件啦、邮件啦，她全部会检查，问我是不是有情人啊。"

"有的吧？"

"和那样一位妻子待在一起，隐瞒的技术都得到了锻炼。"

"分手比较好。"我是发自真心说的，他却好像当成了玩笑话。

"岸先生，真有趣啊。怎么样，今晚一定来我家的寝室一起做同样的梦啊。"

我没有立刻回答。

"骗你的。别那么害怕。"

认真的人说起谎来真假难辨，而且一点也不有趣，所以性质恶劣。

"有什么有趣的新闻吗？"正在会议室桌子的角落里看着手机屏幕的我被突然搭了话，就像在午饭时间前的课上吃便当被发现了一样。我跳起来道歉说对不起。

"会议还没开始呢。"栶木组长说。

会议预定的开始时间是下午一点，但是部长没有来。

"不过，不好意思啊，要你代为记录。"

"不，没关系。"会议的纪要由各部门轮流记录。因为经常整理会议纪要的年轻人正在休假，所以由我代为出席。是我自己主动要求替补的。倒不是闲的，而是因为会议要讨论的是那个 Sky Mix 的事件，所以我很感兴趣。

"有什么进展吗？"我看了看栖木组长，这几日来她更显疲惫了，眼睛周围出现了眼袋，脸颊也消瘦了，"说起来，也没办法吧。因为是部长他们把关系搞得那么差的。差不多就放弃吧。也没什么必要执着于小泽圣。"

"是吧。"栖木组长无力地说，"不过，他们还是不想因为自己的失败而撤退啊。"

"啊。"通往社长的道路，那条通道突然变得岌岌可危了。

"说到底还是怪部下不得力所以才没成功。"

"那是有些不讲道理。"

"我也是因为意气用事所以才没做好。"

"您是在意气用事吗？"

"因为替部长们的失败背锅太痛苦了。"

这时，会议室的门开了，部长走了进来。他看上去好像不高兴，抱着文件慢吞吞地往前走，弄出了巨大的声响后坐了下来。

人总是会窥探别人的脸色。对于不和善的、发火的人就会提高警戒，对待他的态度会变得慎重。

很狡猾吧。

我曾经有过这样的想法。不在意周围的人，采取粗暴的态度反而会被人重视，他稍微笑一笑，大家就会像放下心来似的高兴。

原本就平和地待人接物的人，以我为首的大部分人都是这一类的，却会被其他人轻视。妻子说我有被害妄想症，可我的这个念头却挥之不去。

发火的人得便宜。

事实上，现在部长迟到了，态度明明应该更加谦和、抱歉，可他却只是露出不愉快的、困难的表情就能逃避责难。反而是大家在留心。

"那么，能报告一下现在的状况吗？"部长保持着生气的样子说道。

答应着站起来的是栩木组长。她带着一脸倦容，开始报告道："上周去拜访了 Sky Mix 一次。"

"然后呢？"

什么然后啊。我忍住没有笑出来。组长可是为了替你们的事态善后才前去的。

"对方好像不想为我们安排出时间来，不过我好歹见到了田中社长。"

"然后呢？"

栩木组长一定是弯腰低头，带着诚意为部长们的失礼赔礼道歉，部长也不能那样说吧。"我把提案资料给了田中社长，请他有兴趣的话就联络我们。"

部长"哗啦哗啦"地翻着资料，显然没有在读。接着他又说："反正这本来就是栩木组长的项目啊。请一定要做出成绩来。"

有好几个人朝栩木组长看去，视线里都带着同情。

"我明白了。"栩木组长说着鞠了个躬。

可是，她马上又站了起来，周围的人都吃了一惊。

"不过，这是不是有点过分了。"

会议室里鸦雀无声。

忍耐的那根弦，绷断了。我只能看着站起来的枥木组长。

"我明确地传达了旧有的那种应酬对田中社长会起反作用。部长们对此……"

"我们对此怎么样？"部长发怒的语气像动物的威吓声。

糟蹋、搞砸，也许她对要不要就这么说出这些词语感到了犹豫。"给田中社长造成了不快。"过了一会儿，她继续说道，"之后要继续跟进的却是我。"

"原本就是枥木组长负责的。"

"话虽如此……"

部长的手段是无论自己有多少错，都要抓住对方的口误，让对方觉得自己也有过失。

"我这么说也许不太好，不过枥木组长的做法无论到什么时候都没有成果。对吧？现在也是，问你是什么情况，你只会说等着对方来联系。"

"可是……"

"没什么可是的。把计划书的资料交给对方，把自己的名片放在那里，对方就会来联系你吗？没那么简单吧。"

也许部长是想发泄一些对 Sky Mix 的应酬失败的懊恼和屈辱。他像是被按下了辩解按钮一样，开始生动地说了起来。

"小泽圣来了我们公司，会说'我是看了枥木组长的名片才来的'吗？你以为会有他说'对广告的事情很感兴趣'这种事情吗？"

枥木组长条件反射地想要开口反驳，可她不希望让事情发展成像小孩子吵架一样，所以紧紧地闭上嘴坐下了。

会议室里的气氛冷冰冰的，大多数出席者都低下了头。

商量善后对策的场合为什么变成了现在这样净是往后看、回顾过去的状况。我也不想记录会议纪要了，只想写下"部长进行职权骚扰[1]发言。详略。会议的气氛差到极点。"

我很在意栩木组长的状态，偷偷看了她一眼。她正直直地盯着自己制作的资料，可能在强忍着不要落下悔恨的泪水吧。

"接下来，也有必要讨论一下 Sky Mix 以外的广告。"负责推进议事进程的课长仿佛突然想起了自己的使命似的说道。

"是啊，讨论一下比较好。"部长抱起了胳膊。

有人敲了敲会议室的门，一名宣传部的女职员走了进来。

"现在在开会。"课长粗鲁地回应道。

"十分抱歉。但是，因为有紧急事件……"她低下了头。

是谁遭遇了不幸吧。

首先浮现在我脑海中的就是这个念头。她的表情十分认真，看起来事态很严重。

可她口中说出来的却是我从没有想象过的内容。

"小泽圣先生好像在前台。"

我们沉默着，脑袋上方悬挂着巨大的问号。

"他说他有话跟栩木组长说，是看见了名片才过来的。"

1　日本厚生劳动省将职权骚扰定义为：凭借自身地位、专业知识以及人际关系等职场优势，超出正常业务范围地给人造成精神和肉体痛苦或恶化职场环境的行为。

地点是在时常会光顾的车站前居酒屋的包厢，点的是经常吃的料理，可因为眼前是那个小泽圣，所以一切都不太真实。我们俩面对面坐着。

　　也许他平时就是这样吧，把帽子压得很低，戴着眼镜，低着头走了进来，因此店员也没想到这位竟然就是风靡世间的舞蹈组合的人气成员。

　　"不好意思，我想尽早跟您聊聊。"他为突然不请自来道歉。

　　刚才公司里处于有些轻微混乱的状态。

　　以部长为首的众人对小泽圣突然独自来访大吃一惊，不安得不知道要做什么才好，正当他们惊慌失措之际，唯有栩木组长较为沉着，她发出指示："有空着的房间吗？请把他带到那儿去。不要引起过分的骚乱。"

　　小泽圣好像说有话跟栩木组长说，当然了，部长坚持说自己也要同席。

　　"我想见岸先生，一直在想怎么联系您才好。"

　　那次握手会，在我为那款糖果糕点向他道谢的同时，妻子应该说了我是这家糕点制作公司的职员。

　　"然后前几天我们社长的桌子上放了一张刚才的那位栩木小姐的名片。

　　"我一看，上面写的是你们糕点制作公司宣传部的职位。

"我委婉地问了社长，他就说是前来邀请我出演广告的公司。"

"很抱歉一再前去打扰。"

小泽圣笑了："这不是什么稀奇事儿。只是说明我还是有利用价值的。"

"说什么利用啊……"如果不是利用的话那是什么，我一时想不出其他的表达形式。

"所以我打算先见组长，然后问她公司里有没有姓岸的人。要是通过公司再指定场地的话太费时间了。"

"可是您就这样突然来访也……"

他排列整齐的牙齿闪闪发光："要是我事先联络的话，你们公司就会打电话到我的事务所去咨询，会搞得很复杂。而且事务所肯定会阻止我。"

"是吧。"

"从结果上来看，我这么做果然是对的，因为能见到岸先生。"

小泽圣见到和栩木组长在一起的我后，立刻就察觉到了。

"你是那个时候的……"

包厢门被打开，男性店员把料理端了进来。他放下盘子的时候，悄悄地看了一眼我和小泽圣的脸，但没有做出什么特别的反应就离开了。

"那就进入正题吧。"小泽圣用筷子夹起凉菜放进嘴里，"这个真好吃啊。"

"这是正题？"我一下子指出来之后，他左右挥了挥手。

"不，是火灾和那只鸟的事情。"

"您有印象吗？"在那场握手会现场，他"啊！"了一声之后，就没有再对我说什么了。

"我太吃惊了。"小泽圣说，"因为火灾的事情我并没有公开。"

"欸？也就是说，发生那场火灾的时候您在那家酒店里？"我探出了身子。

"在啊。在我进入业界前，有一个小型的舞蹈大会。"

"在金泽？"

"对。我是第一次去，不过是个很不错的地方。"说着他又谈到了兼六园和食物的美味，然后不好意思地笑了，"另外，有一个我自己一直很在意的场所。"

"是哪里？"

他说"是法船寺"的时候，我也笑了。

"猫！"我说话的方式就像招呼朋友似的。

"岸先生您也……"

"我听过一个传说。"是人们为定居在寺里的大老鼠所困之时，两只猫消灭了老鼠的故事。这个故事没有过激的情节，是个正统的传说，可不知为何，我对大战老鼠后丢了性命的猫非常在意。

"我去了法船寺。"我记得那里静静地立着一座吊唁救了寺庙的猫的义猫塚。幼年时期父母好像带我去过那里，可我记不起来了。

"舞蹈大会前我也顺路去了。"小泽圣微笑道,"然后,晚上的事太吓人了。哪里是晴天霹雳啊,根本是梦中起火。"

"您还记得在几号房间吗?"

"在起火房间隔壁。"

"504号房间?"

"是的。"他长长地叹了一口气,"没想到会发生火灾。"

"小泽先生是从逃生楼梯逃生的吗?"

"岸先生也是?那太令人震惊了,三楼以下……"

"就没有了。"我一脸不快。因为得救了,所以现在能笑着说这些,可当时的状况令人相当绝望。"云梯车也没有开进来。"

"岸先生在那里吗?"

"可能我在更高的楼层。"

"真的吗?那可要吓一跳。不过那之后的发展也吓死人了。"

"是啊,用了骰子。"

"用巨大的骰子,亏消防员们能想出那样的办法啊。"

发生火灾的酒店对面举办骰子展的会场里,有一个宽六七米的立体巨型骰子装饰在那里。也许就是个为了让展览会看起来更热闹一点的大型装饰吧,它大得让人不知道是怎么放到室内的。就像小泽圣流露出的感想那样,我也不得不感叹他们竟然能想到让那个东西派上用场。

"在那之后,我对跳舞稍微认真了起来。因为人生不知道什么时候会发生什么事情。"

"那就是了不起的人和普通人的差别。"我半开玩笑地说。池野内议员也说他遭遇了那场火灾后,萌生了政治上的使命感。

怎么说呢，在我心里就没有发生这种积极的意识改革。

我拿出了手机，和握手会时一样放到了他的面前。

画面上是鲸头鹳。

"那个那个！"提高了音量的小泽圣突然露出了孩子般的表情，那样子非常可爱，吸引了我的目光，"就是那个。我见过的。我曾经在哪里见过，脑子里一直惦记着。"

"鲸头鹳啊。"

"为什么想要给我看这个？为什么会知道我很在意这只鸟？"

服务员又端来了料理，我再点了一杯啤酒。

"其实如果光是火灾的事情的话，我是不会想要来见岸先生的。当然了，因为我没有跟任何人说过火灾的事情，所以我很惊讶。"

"为什么没有说火灾的事呢？"因为营救的方法很少见，所以那场火灾被新闻报道，引起了大众关注。"看上去会成为大家感兴趣的逸事。"

"我讨厌变成那样。那家酒店因为火灾已经很不容易了，和他们毫无关联的我还要以此为话题的话也太过分了。"

"我倒是经常自豪地跟别人说呢。"我挠挠头。

"我也会跟熟人说起，不过不太跟工作上来往的人说。所以一开始我就想岸先生你会不会是从我的朋友那里听说火灾的事情的。"

"原来如此。"

"但是那只鸟的事情绝对是谁都不知道的。而且，在我的意识里，火灾的记忆和那只鸟的记忆很大程度上是一致的。"

"这是什么意思？"

"在遭遇火灾前，是当天还是再之前，我记得我见过那只鸟。它呆呆的，眼睛溜圆，好像有什么指示似的。"

"指示？鲸头鹳说话了吗？"这可能不是该用认真的表情问出来的问题。

"好像是用手指了一下吧。不过留存下来的记忆真的很模糊。我还心想，看见了鸟的幻觉会不会是火灾的预兆呢。"

"预兆？"

"不是有地震云之类的东西吗，火灾鲸头鹳。岸先生拿这两样东西击中了我，所以我吃了一惊。这到底是怎么回事？那只鸟有什么意义吗？"

"其实，我也是从别人那里听来的。"

我说起了池野内议员的事，其实我应该一开始就说的。因为异物混入事件的契机，我与这位都议会议员相识，想象小泽先生可能遭遇了金泽火灾的人也是他。

"前几天在购物中心的活动也是池野内议员拜托我去的。"

"议员先生特地拜托？"小泽圣有些惊讶。

"鲸头鹳好像在池野内议员的梦里出现过。"

"梦吗？"小泽圣说了句"原来如此"，手就像在打鼓，"也就是说我也在梦里见过鲸头鹳？"

"或许是吧。"

"从占梦上来说，鲸头鹳代表火灾之类的意思？"他的眼睛发亮，显得很焦躁，我却因为他的这种耀眼而困扰。要是现在被人看见的话不就糟了吗？粉丝会极其愤怒地围殴我吧。我感到毛骨悚然。"谁的梦里都会出现吗？"

自己都接受不了的事情是无法让别人接受的。这是我在宣传部最初学到的基本知识中的一条。

"不，不是谁都能梦见的。"真抱歉说了这种奇怪的话，我想道歉。

"只有被选中的人才能看见啊。"说这话的小泽圣洋洋得意，他的这种少年般的态度让人心生好感，"关于预知火灾的鸟的梦吗……"

"我不太清楚它们之间的关系。"虽然是我主动接触他的，但我给出的回答几乎都是"不知道"，附和的时候就说"原来如此"，我实在是很过分。小泽圣也真是一点都不生气啊，我心下感叹。

至少应该把知道的都说了。我把从池野内议员那儿听来的和梦相关的信息都说了出来。

不好意思，净是些可疑的话，无论如何也难以相信吧，这实在不是可以轻易相信的事情。我慢吞吞的说明就像在警戒线上又拉了一条警戒线，可小泽圣看上去很感兴趣似的边点头边听着。也许只是因为他有跟各种各样的媒体打交道的经验，所以很擅长如何对待对方的胡说八道吧。

"呃，那个招贴画是……"

"我也不是很清楚，好像是池野内先生在梦里顺路去过那么个区域。他说招贴画整齐地排列在那里，他是从那里选的。"

"选了岸先生和我？是在梦中吧？选了以后会怎么样呢？"

这我也不知道："那个招贴画似的东西上好像记录了脸部照片和出生年月日，据说他也是凭这些认出那个是我。"

"也是这样认出了我？"

"小泽先生的生日查一下立马就知道了。"

"所以，那位议员先生和岸先生是真的住在了金泽那家发生火灾的酒店里吗？"

"我知道这难以置信。"

"不，这也不是没可能的。"

"我在楼上，池野内议员在起火房间的隔壁，小泽先生的房间好像是在另一侧的隔壁。仔细想想，在离起火房间那么近的地方还能平安无事，真是太厉害了。"

"消防员们也吃了一惊。不过，以此为契机，我开始认真跳舞了。"

"那个……"这时，我想起了和池野内议员之间萌生出来的话题，"我有一个冒昧的问题想问您。"

"请问请问。"

"小泽先生在学校里有过被霸凌之类的经历吗？"我想起了我和池野内议员的共同点。随后我又立刻说道："啊，其实我有过这种经历。有段时间，我被霸凌过。"我坦白了自己的事情。

"啊，被霸凌……"小泽圣对我有些顾虑似的说，"没有啊。"

"我想也是。"很难想象像他这样脸长得帅、运动神经发达的孩子会遭到霸凌。

"但是也没有朋友，所以一直一个人。"

"是吗？"

他点头说是。"不是快乐的少年时代。"

"虽然没有被霸凌？"

"是的。"

之后我们又就"鲸头鹳""火灾""梦"交换了意见，不过我本身没有什么可供交换的意见，大部分都是杂谈。我提心吊胆地问了小泽圣工作上的事，他也向我确认了我们公司的商品内幕，时间就这样过去了。

"我们到底在干什么啊？"

最后，小泽圣这么说道。他惊讶于今天这次会面没有任何意义，非常焦虑。每天的工作日程明明挤得满满当当的，现在到底在这种地方干什么啊。他这么一说，我也没有什么可以反驳的。"是啊，非常抱歉。"我耸了耸肩。

"您道什么歉啊。"小泽圣笑道，"我说的是在梦里的事情啊。"

"啊。"

"如果，像那位池野内先生说的那样，我们在梦中聚在一起的话，那又是为了什么呢？"

"是为了什么呢？"

"在梦中组队？"

"什么队伍啊？"

"就是字面上的梦之队。"

我笑了一会儿，可在接下来的谈话中也没有找到答案，议题不过像被扔向远方的气球似的，在我和小泽圣之间轻轻地漂浮。

"尽管如此，今天还是很痛快。"我说。

"为什么？"

"我们组长，就是小泽先生你来的时候拿了她名片的那位。"

"栖木小姐。"

"对，栖木组长真是祸不单行。"

我说了最近和 Sky Mix 相关的诸事，以及部长的过分之处。"小泽先生今天过来，大家都吃了一惊。栖木组长的走势也上扬了，部长陷入了慌乱。"

"那位部长先生是个典型的无用之人啊。"

"您知道？"他明明今天只在高管会议室里见了部长一个小时左右而已。

"因为他把自己看得很重要，只说了些奉承我的话。"小泽圣微笑道，"我不擅长应付那种人。"

"您真敏锐。"

"所以在回去的时候，我说了下次还是部长不在的时候来比较好。"

"当场说的？"

"不太妙吧？"他熠熠生辉的眼睛看着我，让我十分紧张。

"没什么不妙的。"可我还是答道，"反而是帮了忙了。"

小泽圣愉快地笑了。

过了晚上十点半左右，店员来问我们还有没有要下单的。我这才意识到我们比想象中聊得更久。

差不多要告一段落的时候，他说："虽然稍微有点远，这次我在宫城县有个活动。您知道圣胡安湾吗？它在东北部的牡鹿半岛上，从那里到太平洋沿岸的出海口有一片人造陆地，形状就像一座人工岛。"

"啊，前几天的新闻里播过。"

过了离牡鹿半岛五百米左右的桥后就是填海而成的人造陆地。外侧的区域是基于即使有很高的波浪来袭也不会遭受灾害的新规划而设置的，似乎也有说法称人造陆地是作为实践这个规划的试验中的一环而建造的。将来在上面好像能造住宅地，但目前在平地上造的是野营场所和简单的活动区域。

"在那里有个揭幕的首次公演。演出的主要节目是我们的现场表演，听说马戏团也会来。就在这个周末，虽然有些匆忙，但如果您能来的话就好了。"说着，他递给我四张票，"因为容纳人数有限，所以那天的活动只面向中了抽选的粉丝俱乐部会员，媒体们基本上都被拒之门外了。"

这么说来，这票肯定是相当难拿到的，我甚至忘了客气，立马就收了下来。

结账是 AA 制，可走出店门的时候，女性店员跑了过来，希望和小泽圣握手。不知道是不是因为感慨万千，我的眼里噙着泪水，呼哧呼哧地大口喘着气。

我因为工作来过仙台，但那个时候是当天来回，只去了车站前的客户公司大楼，所以这次对我来说是初次去宫城旅行，甚至是初次去东北旅行。

"接下来坐专线巴士吧。"下了新干线，在车站里行走时妻子说。

我把目光移到她的肚子上。因为她怀有身孕，所以我觉得别说是出远门了，就连野外的活动都不应该参加，我也说了好几次。可她却回击我说"有必要转换一下心情""你是想让我老老实实、一动不动地待着吗"之类的。我要是说"万一肚子里的孩子有个好歹"，她就会抓住我话里的破绽，说"你不是在担心我吗"。

她都说到这份上了，我也只好接受，可是心里还是很在意。

人类真是不可思议的生物，直到前几天，我对小泽圣，当然也包括他所属的舞蹈组合还毫无兴趣，可最近发生了一连串的事情，我和小泽圣本人在居酒屋共处了一段时间而产生的特别的情绪，尤其是他留给人的印象是一个没有算计、让人愉悦的青年，不知道是不是出于这些原因，别说是我，就连听了这些的妻子也突然萌生出了粉丝之心。

在专线巴士乘坐点排队的年轻人在聊天，内容包括人造陆地圣胡安湾的土地、通过那里的桥梁的交通关系和参加活动的人数有限，最多不超过两千人吧。也就是说，被抽选中的人真的很幸运。

不知道妻子是不是听了周围人的话，也在思考同样的问题，她突然说道："以前我还是高中生那会儿，中午去买东西的时候，经常买的果汁卖完了。"

"你到底想说什么？"

"我回到教室后，发现朋友已经买了那种果汁。听说我没买到之后，朋友就边吮吸边笑着说：'哎呀，突然变得好喝起来了呢。'"

拥有别人得不到的东西，那种优越感确实令人心情愉悦。这说的就是现在的我们吧。虽然这不禁让人想到人类的卑鄙，但为了人类的进化，这种优越感和嫉妒的牵引力也许是必要的呢？我想着这些，思绪飞驰。

专线巴士驶出仙台站附近的巴士站后上了收费道路，朝东北方向驶去。

我发现栅木组长也乘坐了同一辆巴士，是在坐了一个小时车后，巴士进入石卷市，行驶在牡鹿半岛的蜿蜒道路上的时候。我眺望景色时往旁边一看，发现了隔着过道的对面座位上的组长。

"哎呀。"栅木组长笑道。

我把从小泽圣那儿得来的票偷偷地给了栅木组长两张，所以她今天会来这儿本身也没什么奇怪的，不过会乘同一辆车我倒是没想到。

坐在旁边的少年急忙向我点头鞠躬。他是组长的儿子吧，大概上小学高年级。

我介绍了一下妻子，然后又对她说了组长的事情。

"啊，那位组长。"妻子表情明朗地点点头。

对于只是听我叙述了公司事情的妻子来说，也许她心中的印象就是善良的栅木组长和邪恶的部长吧。

栅木组长得知妻子怀着孕后笑说："哎呀，在妈妈肚子里的时候不用掏票钱，真划算啊。"

"就算是出生以后，婴儿也是免费的吧。"她儿子冷静地指出。

"带着宝宝来很辛苦的。"枥木组长说，"还是在肚子里的时候比较老实。而且再过一阵子就快行动不便了，趁着现在赶紧来。"

"啊，说起来，你没邀请那个人吗？"妻子小声问道，"那位国会议员。"

"池野内议员？他是都议会议员。当然了，一开始我就联系他了。"我和小泽圣能成为熟人也是因为池野内议员跟我说的那些事情，虽然这些事情本身暧昧不清，令人难以置信，但是门票的事情当然应该告诉他。

"池野内议员也很想来。不过，他正好有安排了，好像是要去福岛视察什么的。"

"都议会议员到福岛来视察到底算怎么回事嘛。"

虽然池野内议员笑说这是"用公费旅行"，不过这好像是为了提前避开社会对他如此批判的固定回答。不知道他后来补充说的"然后再去见仙台的情人"是不是也是固定回答。

"我说了万一情人临时取消了幽会呢，还是把票给你吧。"

"他婉拒了？"

"嗯，他说如果有时间，真的能过去的话，他会想办法去观看的。"

"想办法？"

"他说他打算说'你当我是谁？我可是都议会议员'，然后强行进场。"

不知道妻子是不是当真了，她轻蔑地说："议员有那种权力吗？"还说"真是讨厌"。

穿过山路，就来到了牡鹿半岛前端的平坦区域。我看见了鲸鱼湾的招牌。这一带曾是因从事捕鲸业而繁盛的港口城市，因此鲸鱼湾好像是用来展示那段历史和资料的设施，不久前似乎翻新过，模仿鲸鱼圆鼓鼓形状的屋顶很漂亮。

鲸鱼湾往视野斜后方退去，巴士朝着大海的方向前进。宽阔的车道直接和巨大的桥梁连接在一起。车上的乘客们因这焕然一新的景色而兴奋不已，接二连三地趴到窗外用手机拍照。

单向两车道的大桥画出了一道弧线，延伸到人造陆地圣胡安湾。桥梁的设计撇去了多余的支柱和墙壁，因此景观很不错，上坡时缓和的斜面让人觉得不像是在桥上，而像是在海面上悠闲地飞行。

顺着和上坡时一样的角度下了坡，我们到达了装备齐全的人造陆地上。巴士在车站停下后，我们陆续下了车。虽然有欢迎来到圣胡安湾的招牌也不奇怪，但没有这种东西也许会更具现代风格。

"栩木小姐，那包行李是什么？"

下车后，我才发现栩木组长背上背着的双肩包非常大。我问她是不是登山用的。

"我很热衷于工作。"

"所以是带了电脑之类的东西来吗？"

说话间，大家排起队朝着活动会场的入口走去。

"很期待吧。"妻子跟栩木组长的儿子搭话道。他上小学六年级，好像叫瑛士。

"你是谁的粉丝？"

我最近才知道，这个组合由七人组成，全员都很有个性，各自拥有很多粉丝。

瑛士君瞥了一眼栩木组长后说"小泽圣"。

"妈妈见到真人了哟。"栩木组长自豪地挺起了胸膛。

"我也见到了。"

"啊，这么说起来，我也见到了。"确实，妻子也在那次握手会上和小泽圣本人面对面了。

"什么嘛，大家都见过啊。"我流露出了单纯的感想。

"对没见过的人来说，这次才是宝贵的机会。"栩木组长说这话有些滑稽。

前面有扇华丽的门，在那儿拿门票交换腕带，我把它系在了手腕上。

会场划分成三大区域。一块是搭着彩色大帐篷的场地，上面写着马戏团的名字，还画着熊的插图。东欧的历史并不悠久，却因演出现代秀而出名，这完全是网上的报道说的，但眼前应该就是现代秀的演出会场吧。帐篷里停着大货车、露营车，还有装载着集装箱的拖车。这是为马戏团的工作人员和动物准备的吧。车子的旁边是一片草坪，上面有几座小屋，很容易让人猜到这里是露营区。

"会有人住在那里吗？"妻子说。

"今天因为有这个活动，所以我想是不允许露营的。因为人一多容易混乱。"

只见远处的露营区拉着绳子一样的东西，告知大家这片区域是禁止使用的。

还有一片区域是用作今天活动会场的场地。那里设置了舞台，前面排列着座位。因为限定两千人参加，所以和广阔的场地比起来座位区显得很小巧。一半以上的人已经落座了，正在等待公演开始。

贩卖饮食和商品的摊位以及简易厕所整齐地排列着。

我和妻子准备前去买食物的时候，瑛士君抬头看着天空喃喃道："那片云好黑啊。"

我往那个方向看去，只见澄澈蔚蓝的晴朗天空中，很远的地方有一片像是被涂了墨汁似的漆黑的渗透痕迹。那是云吧。可它就像企图侵蚀健康身体的恶性肿瘤似的，透出一种不祥感。

公演在太阳下山前开始了。不知道是不是考虑到从圣胡安湾出发，跨过大桥再回到仙台市中心所需的时长，演出结束时间安排得比较早。

激烈的、充满跃动感的音乐突然奏响，各种颜色的镭射光线在空中搅动，一瞬间把我们从现实的地平面上拉了起来。

我们倒吸一口凉气，吃惊得说不出话来，等回过神来时，舞台上已经浮现出了七个人影。惊叫般的高昂欢呼声像闪光一样炸裂开来，这次人影变成了男性的身形，他们开始跳舞。

之后的感觉就像坐在行驶中的不靠站的列车上，我还没思考多久，表演就一个接一个地进行下去了。歌声创造出了动听的和声，正当我陶醉其中时，蹦蹦跳跳的动感舞蹈又从身体内向我们敲打过来，似乎是在诱惑我们摆脱重力和常识，获得自由。

观众们从一开始就全体起立，我也不知从何时开始自然地摇摆起了身体，自成一派地跳起舞来。要是身为孕妇的妻子做一些激烈动作的话，我就打算制止她，不过她在这方面还有自知之明，只是踏着稳健的步子，就跟摇篮摇晃的程度差不多。

舞台上的七个人既没有喊出什么矫揉造作的说明，也没有表现出煽动观众的粗野，只是一心一意地从和我们相同的角度享受着，这种态度也令人心情愉悦。

小泽圣他们暂时从舞台上消失了，我们拍手要求加演的声音响起时，马戏团帐篷的方向美妙地回响着动物远吠的声音，这也许是之后发生的事情的预兆。当然，此时的我们不过是享受着动物的叫声而已，妻子也只是抬头望向空中，陶醉地说："那里的动物们是不是也很兴奋啊。"

是狼或者狗的叫声吧。我还听到有人说是不是大象。

"云走得好快啊。"它们也和我们一样在歪着脑袋看着天吧，瑛士君说道。

被他一说我才发现，天空中刚才还笼罩着一尘不染的夜色，现在薄薄的云朵却缭绕着延伸开来，抚弄着月亮流转而去。

舞台上的照明灯光突然打开，观众们高昂的声音像绽放的烟花般沸腾了起来，表演又开始了。

低音大鼓有规律的声音从下方把我们顶了起来。鼓声愉悦地敲击着地面，我们的身体似乎因为敲击的反作用力而跳跃起来。

彩色激光束似的灯光从下至上投射到空中，它们仿佛相互纠缠着一般不停回旋着。

我痴迷地凝视着舞台，忽然回过神来觉得还不尽兴的时候，表演结束了。舞台上的七个人和大家打招呼，音箱里播放的是他们一个劲儿地在说“这次真的结束了哦”的声音。

在场的每一个人看上去都恋恋不舍，可又都被爽快的感觉渗透了。

“怎么样？”听栩木组长问他，瑛士君没有回答，可双眼明显熠熠生辉。

“真帅啊。”我说，“要是明天不用上班就完美了。”我开玩笑道，栩木组长也点头表示正有同感。当天返回东京，明天早上还要和往常一样去上班实在太辛苦了。我看见周围几个毫不相干的陌生人也不假思索地点了点头。在这个场合里，要是组织结成“明天不上班党”的话，也许能集结到不少成员。

我们排队等候回程的巴士。工作人员似乎不多，好像都在巴士停车场和去往那里的道路上维持秩序，因此情况不像我担心的那样，而是大家都顺畅地排着队往前走。

这样按次序坐上巴士，沿着来时的路摇摇晃晃地回到仙台站，再坐上回程的新干线，这次活动就算顺利结束了。

可是，事实并非如此。

我们没能在仙台站坐上预约好的新干线。在此之前，我们也没能坐上巴士。

按照顺序来说明的话，最初发生的是生理现象。瑛士君突然想上厕所，这就没办法了。

还差一点就到巴士站了，可是考虑到从这里到仙台站的距离和时间，不去厕所就坐上巴士的话可能得要忍很久。

"岸君，我们就在这里告别吧。我带瑛士去厕所。"

栩木组长说着就离开了队伍往回走。"您辛苦了。"我像平时下班的时候一样回答道。可这时妻子却说"其实我也想上厕所"。于是我也像打哈欠被传染了一样，突然间产生了尿意。

我举手说我也想去上厕所，结果四个人脱离队伍，折了回去。

"不好意思啊。"栩木组长向我们道歉，我笑说这也不是瑛士君的错。

"巴士不会全都开走了吧。"途中瑛士君担心地说。

"我相信那是不可能的。"

最后一班巴士发车的时候，为了以防万一，工作人员不是会确认一下是否有被落下的客人吗？

"要是被落下的话，好像能在那片露营区过夜。"妻子开玩笑地说。

我们去完临时厕所，再次回到巴士站继续排队，队伍已经缩短了很多。

"排到最后面了。"瑛士君抱歉地小声嘟囔。

这不是你的错，你说出来了反而是帮了忙了。我和妻子都向他说明，还说出了"拿别人挑剩下的东西有福气"这种像固定台词似的毫无新意的话。

"最后一班巴士有什么福气啊。"栩木组长温柔地笑了。

事态发展变得奇怪起来，是从字面上的云移动的状态变得奇怪开始的。[1]

巴士站前方的可视区域突然像停电一样暗了下来。巴士顺利发车了，人少了很多，剩下原先的三分之一或四分之一，可所有人都忽然仰望着天空。

云正好处于我们的正上方，像卷起旋涡一样地集结在一起。我大吃一惊，它们刚才明明还在那么远的地方。云漆黑得即使在夜晚的黑暗中也依然看得出来。

"这云真奇怪啊。"枡木组长说。

不过巴士一辆接一辆地出发了，乘上车以后，到仙台站之前都会在车里度过，所以就算是枪林弹雨也让人安心。

我太天真了。

开始下雨大概是在还差两辆巴士就轮到我们的时候。一开始是手心感觉到雨滴落了下来。不会下雨吧，我祈祷着，打算忽视手心的触感。可雨就像是在说"我才不会让你说没注意到呢"那样较真起来，雨势渐渐加强了。

我都怀疑是不是出现了一个透明的花洒放起了水。我们的身体没一会儿就被淋透了。我自己也就算了，但我很担心怀着孕的妻子，却毫无办法。我问了她好几次"不要紧吗"，她回答说"完全没事"，可正因如此才不知道她到底是不是真的没事。

雨云不像是要过去的样子，简直像极了刚才等待着加演而不离开场地的观众，一直停留在我们头顶。不仅如此，云还开始膨

胀，等我注意到的时候，云里已经放出了闪电，响起了巨大的轰鸣声。

大家都觉得赶紧坐上巴士比较好，队伍的移动速度加快了。引导的工作人员也拼命喊出响亮的声音，不输给仿佛敲击着水泥地般的雨声。

还差两辆，下一辆、再下一辆巴士来了就能坐上车了。事情就在这个时候发生了。

光线呈龟裂状散射开来，就像一双巨大的手揪住了夜空，强力地将它撕裂了一般。

是闪电。

我们还没来得及出声，空中又发出了仿佛掉落了大量水盆似的巨大声响，我全身僵硬。突如其来的轰鸣声和闪光，即使没有发生接触也能让人类静止。

全身湿透的我们面面相觑，不经意间"扑哧"地笑了出来，那是因为还有闲情逸致觉得这预料之外的糟糕天气很有意思吧。

我们没想到巴士没法出发了。

队伍怎么也不前进，巴士停靠处的周围聚集了许多人。大概是工作人员和负责人穿着雨衣在和排队的人说话。

"发生什么事了？"妻子说。

这样一来也能成为特别的回忆啊，我正要这么宽慰瑛士君的时候，不知从哪儿传来了广播的声音。

广播说由于刚才的雷击造成了大桥损坏，现在无法坐巴士过桥了。

"雷把大桥劈坏了？那桥看起来挺结实的啊。"栩木组长说。

事实上也正如她所说，那是一座能用机械装置升降桥桁[1]的了不起的建筑，应该不是那种会因为雷击就"嘎巴"一下断裂的木制桥梁。

过了一会儿我们才知道，是雷击使得机械的控制装置无法启动了。是电路短路了吗？机械似乎也有机械的弱点啊。

要是坐巴士不行的话，那只能叫出租车了。我突然想起了这种不相干的事情，也许是脑子里太混乱了吧。

周围的人们看了看手机，说出了让人不安的话。电磁波无法传输进来了。工作人员说明道，这是因为这片人造陆地上设置的小型基地局受到刚才那个雷击的影响而无法使用了。

雨渐渐开始停了，这算是不幸中的万幸。要说还有什么愿望的话，我不禁想到雨要是在桥受到雷击前，再早十五分钟左右停就好了，不过也可以说是因为打雷，所以乌云消散了。

"非常抱歉。"四处的工作人员都拿着扩音器在叫喊。留在圣胡安湾这一边的人们，也就是我们，解散了队伍，反正巴士也不开了，没必要排队了，大家都聚集到停车场的空地上听工作人员的说明。

工作人员也跟我们一样都全身湿透了，突如其来的恶劣天气不是他们的责任，而且他们也没有摆出自己也是受害者的姿态，而是传递给人一种想尽办法做到最好的态度，令人心生好感。

当然了，对于在场的人来说，比起雷击，被留在人造陆地上

---

1 桥梁的架空的骨架式承重结构。

这种经验实属首次，因此会感到不安也是理所当然，虽然也有人在控诉现在怎么样了、该怎么办好、什么时候才能回去，但也并不是在苛责工作人员。

我们会开放露营区，今天晚上就请你们在那里过夜。

这是运营方给出的方案。

关于食物，运营方还说将免费提供出摊售卖的食品材料和商店里的库存商品，虽然量不能满足大家，但希望我们能忍耐一下。

"我们将优先为小孩和老人分配小屋，但是由于数量不够，剩下的人请在草坪上露营，或者请使用没开走的巴士。""工作人员人数有限，只能轮流巡逻，以防止发生纠纷。"

这下大事不妙了。我终于意识到了事态的严重性。枞木组长也很担心我妻子和她肚子里的孩子。

"哎呀，雨也停了，现在也不冷。"妻子重复说着积极向上的话。气温不低，反而还很热，这倒不假。"也许明天可以坐船回去呢。"

"可我还是很担心，"我又把目光看向她的腹部，"你肚子里的孩子……"说完我立刻补充道，"还有你。"

"露营一个晚上反倒是个很有意思的活动呢。"妻子说。

不知道其他人是不是也是同样的心情，四周渐渐开始漂浮起一种享受的气氛。在小屋的安排和好不容易准备好的帐篷的分配上，都没有发生什么大的纠纷。妻子和枞木组长感叹着被雨水淋掉的妆容，可反过来说，她们的烦恼也就仅此而已。

瑛士君果然没什么精神，从东京到这里的移动距离以及一直站着看表演都让他疲惫不堪吧。虽然才刚过晚上八点，但他明显困了。

多数观众都是年轻人，他们体力充沛，对活动也十分喜爱。他们似乎主张"太麻烦了，我们大家就在这里睡觉，没关系的""我倒更想露营"。像瑛士君这样的小学生很少，况且我的妻子还是个孕妇，大家劝说我们优先去小屋。

我们抱着行李，朝工作人员指示的小屋移动。由于雷击，收发信号用的基地局等电力系统出现了几处故障，不过好像不是所有的灯都坏了。孤零零地伫立着的街灯还亮着，它并没有被黑暗覆盖住，这让我们感到从容不迫。

工作人员分发的毛巾吸水性能很好，湿透了的身体和衣服带来的不快感得到了很大的缓解，这实在是太好了。

由木头搭建的小屋里并排放着两张木制的床架，还有勉强够容纳三个大人躺下的地板空间。地板也是木材的，因此睡起来不舒服，不过瑛士君就不用说了，栩木组长也很快进入了梦乡。

我对妻子说，今天可真是状况百出的一天啊，可她没有回答我，我悄悄看了一眼，她也睡着了。

手机还是没有信号。连不上网竟然让人如此不安，再加上毫无事情可做，我一边感到有些惊讶，一边又觉得这也是一种宝贵的体验。

我沉沉地陷入了梦乡，没有预想到在此之后才是骚乱的最高潮。

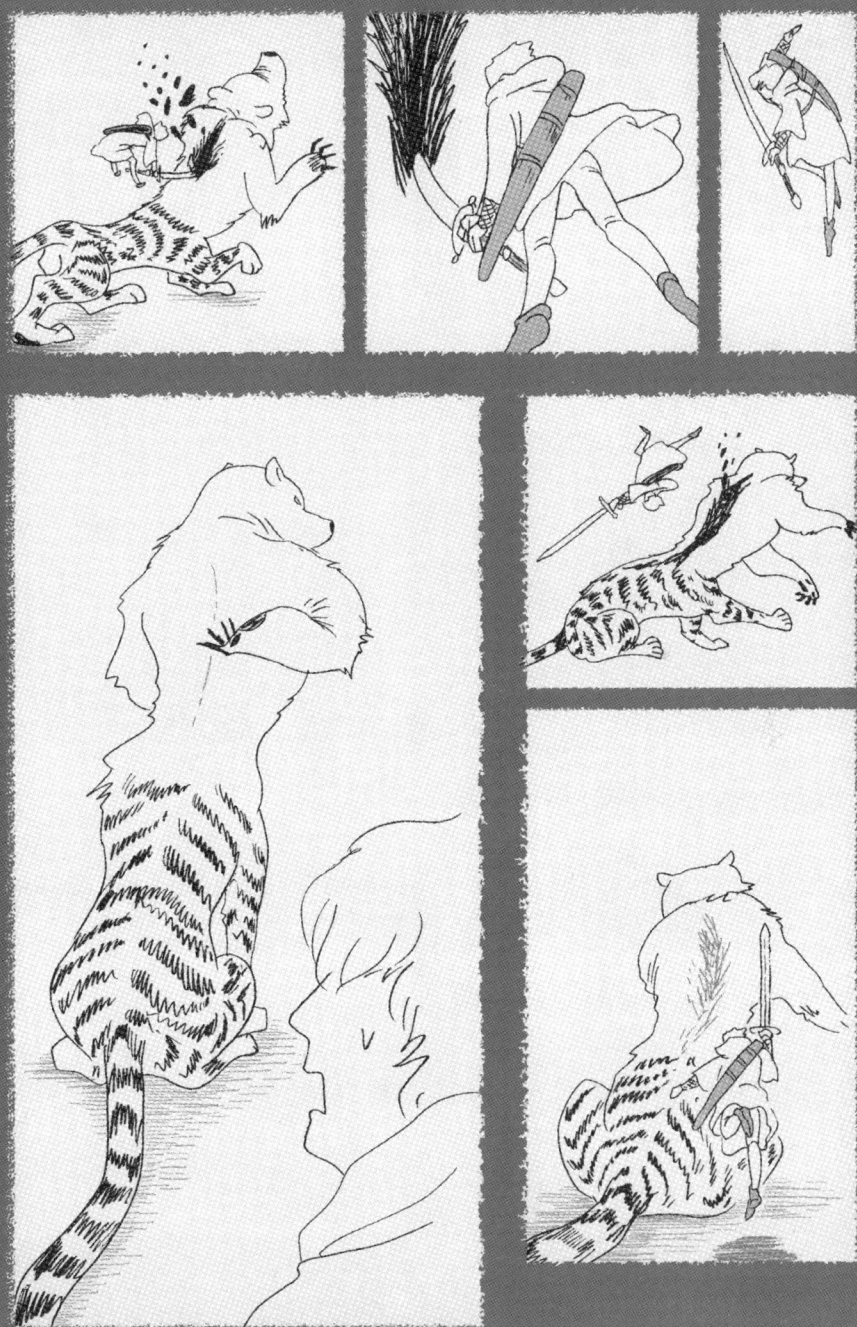

我醒来是因为听见了外面大概是年轻人们发出的声音。倒不是很吵，而是远处有稀稀拉拉的高昂欢呼声沸腾了起来。

　　我起来后看手机确认了一下时间，是早上五点钟。因为我直接睡在了地板上，所以背上很痛，可头脑却出乎意料地清醒。

　　我去妻子那里，确认了她身体状况没有什么变化。

　　之后我走到小屋外面，昨晚的黑云已经完全消失了，天空呈淡蓝色，就像笼罩在宁静中没有起浪的湖水。露营区域有几个人，但是因为有霭，所以我不知道远处的状况。这不是霭而是雾吧，雾气相当浓。

　　只能听见声音在四处响起。

　　我暂时回到小屋内，栅木组长也起来了。

　　"天气怎么样？"

　　"雨停了。不过雾很浓。"

　　"什么声音？"

　　"不知道，年轻人从早上开始就在闹腾啊。"

　　"真有活力啊。"栅木组长笑了。

　　这时，有人敲了敲小屋的门。敲门声很轻，可能就是想打探一下情况吧，我心想会不会是工作人员来巡逻了，就把门打开了，结果门外站了一个意想不到的人物，所以我一瞬间无法理解眼前的情况。

　　"啊，岸先生。"小泽圣眼睛睁得浑圆地站在门外。

"咦？您怎么来了？"我不安地问道。

"岸先生您被留在这儿了吗？"

"嗯，啊，是的。"我变得语无伦次。

"哎呀。"栩木组长也吃了一惊，朝我们走过来。

"小泽先生也被留在这儿了？"

"可不是吗，我们本来打算演出结束后马上上巴士，可我慢吞吞地换衣服的时候，成员们先回去了。"

"真的吗？"我想起了昨天的精彩演出，不太确定那个在舞台上光芒四射的人现在正在亲切地跟自己说话。

"我以为他们只是恶作剧，谁知道居然会无法渡桥呢。"

"根本想象不到啊。"我点头道，"您在哪儿睡的？"

"在这个露营区。我借了个帐篷。大家都很累了，为了不打扰他们，我的行动都是悄悄的。"

确实，要是知道小泽圣在这里，年轻人肯定会不顾疲劳，再次热情高涨地举行活动的。

"早上去工作人员那里的时候，我发现了这个。机会难得，我就想把它们分发了。"

我注意到小泽圣抱着一个箱子。那是一个很大的纸箱，侧面印着我们公司的商标。

"这是……"

"我们事务所大量采购来提供给工作人员休息时吃的。我喜欢吃糖果糕点也是其中一部分原因。"说着，他给了我们四个那款包着棉花糖的糕点，"拿到自己公司的产品，你们的心情也许会有些复杂吧。"

栖木组长接过来后笑说："就像圣诞老人一样呢。"

"我发的是糖果糕点，所以好像还合并了万圣节的功能。"

原来如此，早上小泽圣就开始分发糖果糕点，所以外面才那么热闹。在这种突发状况下，也许这就是他特有的服务精神吧。

这时，坐卧不安的瑛士君起来了。他像是忘了昨晚发生的事情，发现这里不是自己家后，神情有些混乱。可能是还没睡醒吧。

"咦？"他见了小泽圣，也只是发着呆。

"万圣节快乐。"小泽圣诙谐地说着把糖果糕点递给了瑛士君。

瑛士君这才吃惊地叫了出来："哇，阿圣？"

"桥能修好吗？"我问道。

"情况会怎么样呢？电力系统的故障我觉得马上就能维修好吧。可是还有比这更困扰的。"

"是什么？"

"是雾。这雾有点浓啊。也许靠直升机和船也行不通了吧？"

啊，是吗？我有点惊讶。我还以为到了早上，就算没有桥也会有船来的。雾天的话，从安全方面考虑，确实不能轻易行动。

"要是没有雾的话，电视台的直升机早就迫不及待地飞过来了，可现在就连螺旋桨的声音都没有。"

我们送小泽圣出去，来到了小屋外。这下所有人都见过小泽圣了，瑛士君说。

稍远一点的地方传来了悲鸣声。

完全没有喜悦之情、饱含着恐怖和惊讶的叫声像是给了晨起后还朦朦胧胧的整个露营场地一记耳光。

瑛士君迅速地靠近栅木组长的身边。

我和小泽圣对视了一眼。

我记不清有没有对妻子说一声我去看一下。回过神来的时候，我已经朝着悲鸣传来的方向跑去了。确切来说，我是跟在毫不犹豫地跑出去的小泽圣身后拼命追赶出去的。雾像帘子一样笼罩着四周，所以看不清远处的情况。

我经过露营区的厨房，再往里面走了一点，事发地就在那儿。

七八个人围聚在那里。小泽圣问了一声"发生什么事了"。回过头来的人看到小泽圣出现都吃了一惊，但是脸上还是充满了害怕的表情，无法平静下来。

情况这么吓人吗？

我偷偷往里面窥视了一眼，明白了他们害怕的理由。

一名男性俯身倒地，他的 T 恤上包括背上有一条斜的裂口，裂口很深，血流不止。

"我刚刚来的时候，他就倒在这里。"一名身着黄色 T 恤的短发女性面无血色地说道。发出悲鸣的似乎就是她。

聚集在周围的人也只是茫然地看着倒地的男性。

小泽圣迅速地蹲了下来，将自己的脸凑近男性的头部。

"他还有呼吸。"

"欸？"

"是吗？"

大家都发出了惊讶的声音。出血量这么大，再加上背上裂口的情况让他们随意就断定这名男性已经死了。虽然他失去了意识，但还有呼吸。

总之，先把他搬到另外的地方。搬去哪儿？一开始我想的是搬到我们的小屋去，但考虑到瑛士君，我犹豫了。他不会吓一大跳吧。

"搬到舞台的后台去。"小泽圣像在确认方向似的伸长了脖子，把目光投向了大雾的深处，"离这里很远，要是能背过去就好了。"

受伤的男子身材有些高大，但是小泽圣毫不犹豫地一口气把他抬起来，背到了背上。

男子口中发出了呻吟声。

"我把他背过去。"说完，小泽圣仿佛重现了在舞台上展现出的轻盈，从地面上跳起来似的迅速跑了出去。

这时，我听见了类似犬吠的动物鸣叫声。

留在原地的我和其他几人对视了一下。刚才那名男性的伤痕给我留下了深刻的印象。

那伤口是被动物的爪子，而且是巨大、锋利的爪子袭击后留下的伤口，这是说得通的。除此以外，很难再想到别的理由。

"是熊吗？"不知道谁说道，"可是这里没有森林啊，这里是人造陆地。"

答案大家都已经清楚了。

千里迢迢从东欧过来的马戏团现在常驻在此地。

会不会是马戏团里的动物逃出来了？

这个念头一定萦绕在在场所有人的脑海里，可能是因为谁都不想接受吧，所以没有人说出来。

但是，现实很快被摆到了眼前。

几个穿着类似雨衣的厚重服装的人，突然从白色的大雾中现出了身形。我们先是被他们的突然出现吓了一跳，接着惊讶地发现他们是外国人，然后又被后面一人携带着的猎枪吓得倒吸一口凉气。

"非常抱歉。"站在前面的小个子洋人用日语说道，"请进屋去，请躲起来，请保持安静。"他似乎在拼命说出仅会的那点日语。

"怎么了？"我问这话的时候，也开始察觉到大概是发生什么事了，"是笼子被破坏了吗？"

懂日语的男子点了点头。"昨晚因为大雨，库房被破坏了。库房倒塌压坏了笼子。"

令人不可思议的是，这些话用彬彬有礼的日语说出来，听上去好像不是什么重大的问题似的。

从笼子里跑出来的两头黑熊在大雨和雷声中兴奋地发了狂。接着它们猛烈地撞击其他笼子，把笼子撞翻了。

"所以老虎也逃跑了。"这句日语听起来异常悠闲。

"老虎也！"

老虎会突然从旁边发动袭击的恐惧感让人汗毛竖立。赶紧到屋子里去，其他人说着就慢慢地从现场离开了。

"请问管理动物的人呢？"那个灰发倒竖的男人前几天出现在介绍马戏团的电视节目上，说"只要有我在，不管是黑熊还是老虎都会乖乖听话"。要是他在的话，总会有办法的吧。不过与其说这些，事态会演变成这样就说明他自己已经发生了什么事吧，我想象着。

果然不出我所料。

"格雷医生被踢得昏迷了。"

我叫他医生，但不知道他真的是医生呢，还是只是外号之类的。总之，不得不思考一下驯兽师不在后的猛兽问题。

我立刻就回到妻子在等我的小屋，向她说明了刚才那里有个背部被抓伤，浑身是血倒在地上的男性，现在被搬到舞台的后台去了。

矮个子洋人翻译给其他人听后，所有人都眉头紧锁。因为他们并没有显得很惊讶，所以也许还有其他同样受了伤的人。

带着猎枪的男人浑身都紧张了起来。

一发子弹能让情况发生什么变化吗？就连这点也无人知晓。

一回到小屋，我就想告诉妻子和栩木母子俩事情的严重性，可是不知道是不是出乎意料的恐惧和紧张感让我的身体摇摇晃晃的，好几次话到嘴边又咽了下去。

"你想说什么，冷静一点。"

"岸君，怎么了？"

我说出了"熊"，可后面却说不下去了。"熊、熊，还有老虎。"我好不容易说了出来，可听上去却像在开玩笑。

"熊逃跑了，老虎也是。"我终于说出来了，却没有把情况传达清楚。

瑛士君一脸担心地抚摸着我的后背。似乎在拜托我调整一下呼吸，详细说明一下情况。

雷电弄坏了笼子，两头黑熊和一头老虎逃了出来。刚才听见的悲鸣是因为背后被袭击的人倒地了，首先可以确认的是，他被熊或者老虎袭击了。

"被袭击的人还活着。"我不想让他们不安，所以没忘记补充道，"小泽圣背他到安全的场所去了。"

安全的场所？我不禁自问。黑熊和老虎走来走去的时候，哪里还能说是安全的？要是有这样的地方，大家应该立刻转移过去。

枪声在什么地方响了起来。

虽然没有悲鸣声传来，但我们都向着枪声响起方向的墙壁转了过去。

没有听见类似动物鸣叫的声音。

"要怎么办才好？"妻子说道。她也并不是想跟我商量。

"也许只能待在屋子里了。"小屋还是很牢固的。因为只有一个进出口，所以也有逃生路径有限这一缺点，不过比起外面还是屋里更让人安心。

妻子和栩木组长也不会有异议吧。我坐下来，蜷缩起身体，注意着外面的情况。

自己心脏跳动的声音很响。

快冷静下来，我的心仿佛在说给自己听一样，怦怦直跳。

虽然我知道熊有多大、有多强，可从来没有近距离见过。

刚才倒在地上的男性背后的伤口还清晰地留存在我的脑海中。既没有顾虑也没有留情，那个伤口展现出了猛兽的攻击有多恐怖。

"马戏团的动物不是应该被驯化了吗？"妻子的声音颤抖着。

"它们可能因为大雨和雷声而十分兴奋，处于混乱的状态。而且最重要的是，驯兽师，也就是猛兽的管理员自己好像也倒下了。"如果慌张的工作人员使用粗暴的手段，有可能会让它们更加兴奋。

小屋是由木头搭建的，有一个小窗，能从那里确认外界的情况真是帮了大忙了。

外面静悄悄的。

露营的年轻人在哪里避难呢？

栩木组长拿出了手机。好像还是不能用，她遗憾地叹了口气。"岸君，这要怎么样才能解决啊？"

"什么意思？"我挪开几乎压在墙上的脸，回过头来。

"工作上也是这样吧。出现问题和课题的时候，首先要分析出事情结束时的状况，然后再列举出达到那个状况的途径。现在这个情况……"

"最平安无事的情况就是，"妻子回答说，"动物们恢复正常，回到了笼子里吧。"

我觉得对于猛兽们来说，"正常"也许指的是被人类饲养驯化之前，遵循自由和野性的规则。要是它们回复到那种正常的话，就太令人头疼了。

"要是能有谁来帮忙的话就好了。"瑛士君说，"比如船之类的。"

"这也许是最现实的了。"我表示同意，"要是能避开熊和老虎坐上船就好了。"

不过，也像小泽圣所说，还有雾的问题。如果能见度不好，出于安全性的考虑，救援船也有可能不会立刻出动。

"如果没有船来的话，那要大家齐心协力抓捕动物吗？"

"虽然很危险，不过比干等着要好。"

"逃出来的动物是三头？"面对栅木组长的提问，我只能说"可能吧"。没有人告诉我详细情况。"两头黑熊，一头老虎。"

"黑熊跑起来很快吧。"瑛士君好像在电视上知道了这个信息，"电视上说跑着逃走是不行的。"

如果离援助到来还需要一定的时间，那不安的因素就会增加。食物会怎么样？我们的神经够坚强吗？还能再忍受一晚的恐怖吗？不，一晚上够不够还不好说。

"啊，有声音。"瑛士君最早注意到，"好像是广播。"

我吃了一惊，心中立刻被仿佛有了指望、想要立刻飞奔出小屋的心情驱使着。那听着就像是电车车站里播放的广播，我以为是船到达的通知来了。

很快就听到了"请找一个安全的场所，不要从那里出来"的广播，我非常失望。

说话的是昨天活动的负责人吧，他认真的语气里充满了使命感。

广播里反复播放着部分电源已经恢复，能够进行广播了，会随时传达信息，请大家不要听漏，以及动物逃跑后在四处徘徊，所以不要外出走动的内容。

有了指示真令人安心啊，我心想。虽然既没有新情报，也不是事态有什么新发展，不过想到遵循某个人说的话去做也许就能得救，心情就变得轻松了。当然了这就类似于错觉。他在播音的时候，也不知道该怎么办才好。即使是经验丰富的活动策划人，也应该不会有"在由于桥梁坏了而被隔离起来的人造陆地里，野兽从笼子里逃出来了"时候的经验，也没有指导手册吧。

广播里还说："正在讨论预备船只，但是无法确认运行的安全性，所以还不能预计什么时候能来。"

"也就是说他们跟外界联系上了啊。"栩木组长说。

从预备船只这些话听起来，好像是这样。"可能是有线的电话线路还能用。"

"该说这消息让人心里有底呢，还是并非如此呢。"妻子夹杂着苦笑说道。

马戏团的猛兽逃了出来，至少有一个人身负重伤，这样的信息也许已经传达给外界了。不过，没有什么方法能把猎枪和猎友会的成员送到这里来吧。

时间就这样静静地流逝。

瑛士君和栩木组长靠坐在小屋的墙壁边，闭着眼睛。与其说他们是在睡觉，倒不如说是一边祈祷着时间的流逝和平安无事，一边等待着。妻子和我并肩站着看着外面。我们没有说话，只能听见两人呼吸的声音。

左右两边十几米距离的地方有两间小屋。里面的人一定也和我们一样在屏息凝神吧。

让我觉得不妙的是身边的妻子开始心神不宁了。

"孩子没事吧？"

妻子不会是感觉到肚子里的孩子有什么异样了吧，我脸色苍白地问道。

她摇摇头，断定地说孩子不要紧。

那么是因为体内积攒了太多紧张和恐惧的感觉，所以表现出了焦虑吗？我心想。

过了一会儿，我想到了其他的理由——上厕所。昨晚，晚坐巴士也是因为去了厕所，只有这件事是没办法忍的。

露营区域设置了简易厕所。刚才我去外面的时候看见了，不过是在往东走三十米左右的地方。

"趁现在去吧。"

"我一个人去去就回。"

"我也去。"妻子在厕所里的时候，我在外面观察周围比较好，我不可能让她一个人去，"可以的话，我也想去上个厕所。"

我和妻子一前一后在散布着小屋的草坪上前行。每次发出声音，就觉得黑熊两眼发光猛冲过来的恐惧感挠抓着脚脖子。我为要缓慢地、静静地走，还是快速地、粗鲁地走而烦恼，结果选了中间，一边拼命抑制着声音，一边快速地移动。

雾消散一点了吗？也许只是心理作用吧，我感觉和一大清早时相比，雾好像变薄了。

景色开始朦朦胧胧地浮现出来。

不过，不知道早上有浓雾的妻子小声说"这雾好大啊"，又看着我的手问我在干什么。

我把捡来的长树枝像拖在地面上似的画出了一条线。"要是因为大雾找不到回去的方向就糟了。我这是在做标记。"

"你真聪明啊。"和她认识以来，我第一次有这种被尊敬的感觉。

到了简易厕所后我们松了一口气。

妻子先进去上厕所，等着她出来的时候，我就像勤勉的灯塔似的，"咕噜噜"地缓慢转动着脖子和身体，观察着四周。周围既没有人影，也没有动物的气息。感受到动物气息的时候不是已经太迟了吗？想到这儿，身体一下子泄了力气，我想要坐在地上。

不行，我使劲叉开双脚站住。如果发现动物，应该做的事情只有一件。这样一想就稍微轻松了点。没有必要烦恼。

那件事就是离开这里，跑开，充当诱饵。至少必须要避免它们靠近妻子和她肚子里的孩子。

问题在于能做到这一点吗？

周围实在太安静了，我闭上了眼睛，甚至想用肌肤感受一下风的温度。

厕所后面有一根照明用的灯柱，我看见上面停着一只鸟。要是能飞就好了，我逃避现实般思考着，发着呆。

啊，那只鸟。

因为它在很高的位置，所以刚才我没有看清，等看清是那只长着皮鞋似的嘴的鲸头鹳的身姿时，我大吃一惊。它不应该不在动物园里，而出现在这种地方。

我摇摇头，再把视线挪回去的时候，鸟已经不见了踪影。

就在最近，我见过这只鸟。

是什么时候呢？

在梦里。我脑海中浮现出说这句话的池野内议员的身影。

"没事吧？"

妻子轻声对我说。她从厕所里出来了。

我立刻进了厕所，尽可能快地小便完。我打算按来时的路返回，妻子也跟在我身后。

用棍子在地面上划拉出的线比预想的还要有帮助。只要追寻着脚下的足迹就可以了。没有线的话可能会走到错误的方向上去。

我想快点回到小屋。

当然，我不认为小屋就是安全地带，可是在这个开阔的场所里处于毫无防备的状态令人恐慌。

中途我让妻子先走。她单手挡住腹部，可能是在向孩子传达"没事的"。

"是那边吗？"往前走着的妻子停下了脚步，手指着前方的小屋回过头来。她向我确认，是不是去能看见的两座小屋中右边的那座。

我点点头。

雾变稀薄了许多。远处的小屋好像也比刚才看得清楚多了。这是个好消息。雾散了以后，在小屋里等待时间过去，救援就会到来吧。

但是妻子却不再往前走了。

"怎么了？走啊。"

我轻声说完后，发现她的视线越过了我，投向我身后的方向，手放在肚子上。

怎么了？

我想再问一次，却没有问出口。我也想象到了是什么状况。她为何双目圆睁，两颊绯红，我能想到的事态只有一种。

我缓缓地转动脖子看向背后。

就在前方几十米处。

雾基本上消散了。

有一头黑色的野兽。它正缓慢地走来走去，并且注意到了我们。

它既没有激烈的动作，也没有粗暴的姿势，只是待在那个地方就让我无法挪动双脚。

慢慢地，一点点地。

妻子转过身面朝熊所在的方向后，就这样开始后退。

我也同样朝后方退去。

还有一段距离。

可是，要是熊跑了起来，这点距离就跟不存在一样吧。我们很快就会被追上，脑袋会被挖开。这幅场景浮现在我的眼前。

我时不时地确认小屋的位置，一步一步向后退去。悄悄地、慢慢地、一步一步地，我低声说。这是对着妻子暗诵，同时也是说给自己听。

熊正看着我们。很明显它识别出我和妻子了吧。重要的是，它现在处于何种程度的兴奋状态中，它到底能听懂多少话？

实际上时间还不到几分钟，可是我却觉得像永远那么长。脚每动一下，就会感觉到眼前被熊覆盖住的恐惧。

妻子到达了小屋，像飞奔似的逃到了里面。虽然我自己还在外面，可心底也觉得安心了一半。

"快进来。"

背后传来妻子的声音。

我当然打算这么做。可就在打开木门想要跑进里面去的时候，我停下了脚步。

身体改变朝向的时候，另一间小屋映入了我的眼帘。

那里站着一对年轻男女。他们是现在刚刚出来吧。直到刚才应该还没有这两个人的身影。

可能是跟我们一样，想去上厕所。

我慌张地挥着手，想告诉他们有熊，可是他们没注意到我。他们在发现我之前，更早地发现了黑熊。在我向他们发出保持安静的信号前，那对男女发出了巨大的悲鸣声。

下巴上长着胡子的男子手指着熊所在的方向，浑身僵硬。而女的则脚步慌乱地一溜烟朝自己的小屋跑去。

那名男子也想跟在女的后面跑去，可不知道背对着黑熊是不是成了开始逃跑的信号，黑熊突然跑了起来。看着黑色的野兽蹦跳着跑了过来，我动弹不了。

"快点。"妻子在叫我，可我全身僵硬。

黑熊来到了男子的面前，速度快得听不到声音。男子摔倒在地，仰面朝天，双手撑在身后。

就在这一瞬间，他看见了那个巨大的生物。

巨大生物的嘴被箭穿过的场景在我的脑海中掠过。

箭向宛如老虎和熊的合体似的巨大生物射去。

比起进小屋，我选择了留在那里。我远离我们的小屋，移动到某个场所后，就像字面上的意思那样，激烈地踩着地面。这是为了制造出声响。

黑熊的脸转向了我这边。

那一瞬间，我的胃一阵抽搐。身上能被称为体毛的毛发都倒竖了起来，来吧，死了就一了百了了，我心潮澎湃。

黑熊比我想象的还要大，它已经把我定为了目标，身体正与我面对面。不知道是真的听见了还是我自己想象出来的号叫声，总之我感觉到了低沉的震动。

我的脚边有一根棍子，是一根长度在五十厘米左右的粗木棒。我不假思索地把它捡了起来，棍子有些分量。就在我想着"这样能打熊了吧"的瞬间，黑熊仿佛越发被激怒了似的朝我奔袭而来。

我一步一步地朝后退去。

我已经没有了逃回小屋这个选择。怎么样才能不把任何人卷进来并且成功击退黑熊呢？

我的脑子转不起来。

无论怎么想都是穷途末路。

我觉得小屋里似乎传来了妻子和栩木组长的声音，却没有传进我的脑子里。我边向后退，边和黑熊保持距离。不能用后背对着它。

刚才倒地的、下巴上长着胡子的男子匍匐着爬到了小屋。里面的人把他拉了进去。虽然我看不见大家，但是他们都在为我担心。我感受到了大家夹杂着紧张的目光。

黑熊要是跑起来的话，我应该往哪里躲呢？最坏的情况就是站着不动。

我不能在心理上就败下阵来。

话虽如此，可是就凭心理我要怎么跟黑熊战斗呢？

我的脸上浮现出呆呆的笑容，也许是一瞬间心情放松了吧。我完全没发现自己跟熊的距离比刚才要近了。

熊比刚才还要大。我心想这是错觉吧，其实是我希望这是错觉。

黑熊缩短了我们之间的距离。

我正想往后退的时候，脚后跟却被刨开的土给绊住了。我摔了个屁股蹲之前，仿佛过了很长时间。我悬浮在空中，饱尝着万事休矣的绝望感，接着就倒在了地上。

我知道黑熊没有放过这个空隙，它猛冲了过来。

我已经要闭上眼睛了，可这时，熊却向旁边摔倒了。有什么东西猛力地从它的左边撞了过去。

我没能立刻判断出那是小泽圣。他后空翻，也就是俗话说的向后翻着跟斗向熊靠近，好像就这么翻着跟斗把熊踢倒了。因为他没有跑，而是翻着跟斗，所以熊大概也感到混乱吧。

黑熊从地上起来，有些害怕似的往后退了几步，然后又摆出了反攻的姿势。

小泽圣也面朝着黑熊。

我和黑熊以及小泽圣就像画了一个正三角形一样，处在等距离的位置上。

"没事吧?"小泽圣保持看着黑熊的姿势说道。

"谢谢。"我一说话，发现声音是沙哑的，"小泽先生您没事吧?"

"我把它激怒了。"虽然他的语气很轻松，可声音里却充满了紧张感。

黑熊明显出于兴奋状态，它虽然没有发出号叫声，但对翻着跟斗突然出现的小泽圣充满了警戒，正在威吓他。

我又觉得好像过了很长时间，但实际上应该不过是一瞬间的事。黑熊站了起来，两只前脚像高呼万岁般举了起来。

它看起来比我们要大得多。

我们不可能打得过它。

就连小泽圣也全身僵硬了。

就在这时，周围传来了"呼啦呼啦"的声音。我感觉有东西从左侧被扔了出来。我一看，从小屋里跳出来的栩木组长扔出来一个纸袋。

是我们公司的那款糕点。糕点从纸袋里飞了出来，七零八落地掉在了地面上。

黑熊似乎是受到了声音的惊吓，朝纸袋的方向看去，它好像是对栩木组长逃进小屋的身影有所反应，一口气跑了起来。

危险。

我已经没有多余的时间感觉到危险了。但是，我听见了声音。

拜托了，就是现在！

谁在叫喊？是谁？在哪里？

我是不是在哪里经历过相似的场面？

我感觉就像是在描摹自己做过的动作似的，虽然不知道这是什么时候做过的动作，但是身体却自己行动了起来。

我抓着粗木棍的右手向后举起，像投标枪一样双腿叉开，可我却从来没有投过标枪。我毫不犹豫地朝黑熊投了出去。

伸出去的熊爪差点就要碰到枢木组长的后背了。木棍猛地撞向黑熊的头，它当即倒在了地上。

周围寂静无声。

我精神恍惚，周围谁都没有动，时间仿佛静止了一般。

黑熊一动不动。不知道该说它被击中的部位不好还是很好。

我觉得时间就这么过了几分钟。

"它死了吗？"终于，我好不容易发出了声音，对小泽圣说道。虽然黑熊很可怕，但要是夺走了它的性命，我也会有罪恶感。

"不知道啊，可能只是倒下了。"

"要不趁现在把它绑起来吧。"

小泽圣说"对啊"，然后确认起周围有没有绳子和网。我也同样环顾了一下四周，可这时我的身体又僵住了。

我还以为时间倒流了。

黑熊在十几米远的地方紧紧地盯着我们。它刚才明明倒下了啊，我怀疑自己的眼睛。

当我意识到这是另一头逃走的熊时，心想万事休矣，再加上小泽圣朝这里看了以后，也表情扭曲地说"糟了，被包夹了啊"，所以我的脚感觉像被冰冷的手抓住了一样，害怕得直抖。

我稍微倾斜身体，缓慢地朝背后看去，只见那里有黄色和黑色混杂的皮毛。是老虎。

被黑熊和老虎盯着，除了自己的内脏被嚼成碎块之外我想不出其他的场景。

敌我双方实力并非寡众悬殊。

从人数的差距来说，我们明显占优，但是黑熊和老虎身上漂浮着的不遵循法律、毫无宽宥且不受桎梏的凶猛传达给我们的是，无论我们怎么挣扎都没有赢面。

我把目光投向落在地上的糕点。

我又看向小屋，只见妻子正站在门边担心地看着我。为什么不回屋里去，我朝她挥挥手。

我又摇摇头，用手比了一个叉。

妻子露出疑惑的表情，暂且回到了小屋里。小屋里只有一扇在另一个方向上的窗户，所以她可能是透过拼组起来的木头之间的缝隙在确认周围的情况。

黑熊正从前方缓慢靠近。小泽圣配合着它靠近的步伐往后退，来到了我的旁边。

"这是前门之虎[1]的真实版本啊。"虽然他用开朗的语气说着，可其实也是想让自己稍微冷静下来一点吧。

"不过老虎是在后面。"我也说道。

1　前门有虎，后门有狼，意指一个灾难还没过去，又来了新的灾难。

不知道黑熊和老虎在想什么。他们或者是她们并不是被我们激怒了，只是兴奋得行为粗暴，也就是说他们（她们）只是处于混乱状态中。

终于把这两个人逼到绝路了，它们也不会这么想吧。

倒不至于说跟它们说话它们就能听懂，不过也许置之不理就不会增加危害，它们可能会经过这里离开。我们和它们并不是敌对的。

我想到了妻子和她肚子里的孩子。无论如何我都想平安无事地闯过这个难关。这份强烈的信念还有除了恐惧之外的理由，那就是想要见证和守护妻子生产。

"岸先生，我想起来了。"站在我旁边的小泽圣悄声说道。

"嗯。"

"是梦。我想是昨晚做的梦里，我和岸先生就像现在这样并肩站着。"

"在梦里？"

"好像是在跟巨大的生物对峙。距离更近，就在那里。我拿着的武器掉了。"

"武器？"

"是一把大得离谱的剑。我就这样拿着。"

我的脑海里突然浮现出一片荒地。干燥的空气在红色的地面上扩散开来。面前是熊虎合体的巨大生物。它的身体比消防车还大，无法看清全貌，可怕的双眼紧紧盯着我们。它的体毛优雅地摇曳着，还能看见太阳的热流。

我身边穿着红色装备的男子拿着一把巨大的剑。猛地一看，我也穿着近似银色的铠甲，被泥土弄得很脏。

突然，巨大的熊头像猛冲过来的车一样，气势汹汹地撞了过来。我往旁边一跳，避开了，穿着铠甲在地上翻滚。

虽然我拼命想从地上起来，可是巨熊却瞄上了我。我正想着它是不是晃了晃脑袋，它又猛冲了过来，地上被踢飞的泥土像冰雹一样飞散开来。

地面被挖出一个坑，飞散的泥土从我的头上落下来。

我向旁边一个翻滚，躲开了攻击。

巨熊再一次摆出了猛冲的姿势。不知道下一次我还能不能避开。

可我避开之后就会永无止境地这么重复下去。我必须要把武器，把掉在地上的武器捡起来。

穿着红色装备的男子也在寻找着对手的空隙。

它什么时候会攻击我？眨一眨眼都很危险。

这时，头顶上发射出瞬间的闪光。

我抬头望向天空。

紧接着，这个场所不再是有着广阔红土的荒地，而是回到了刚才我所在的露营区。

草坪和土地的颜色以及远处的小屋都清晰可见。

光去哪儿了？不对，那不是这里的场景。我身体里的另一个自己回答道。

不是这里的场景？那是哪里？

这时，上空响起了轰鸣声。

我没法迅速判断发生了什么事，声音和强风压制着我的身体。小泽圣也是一样吧，他弯曲胳膊，抵挡着风。

然后，位于前方的黑熊的身影消失了。我没工夫去确认身后的老虎，但估计肯定也逃跑了。

飞过来的直升机旋转的螺旋桨和引擎的声音伴随着风在脑袋里一个劲儿地搅动。我怎么也没想到我们得救了。

"岸君，你在紧张什么？"牧场课长来到我旁边笑道。

我的视线落在会场前方横着排列的桌子上，回答说："没什么，记者见面会果然很恐怖啊。"

"而且部长可能又会失言。"

牧场课长虽然用悠闲的语调说着，但也不能天真地笑出来。还是很有可能发生这种情况的。

"没关系，我今天不是来责备大家的。"

圣胡安湾发生的事不知道该说是"事故""事件"还是"事变"，总之这成了大家的话题。

"要是再有个坏人的话，也许就更热闹了。"

"课长，快别说这种可怕的话了。"

那是一场没有明确恶人的纠纷。首先，雷雨是令人束手无策的天灾。关于桥梁的损坏、机械的电力故障，如果原因是施工不完备或是建筑承包公司竞标有猫腻，也许会被谴责，但也没有这些情况。也没道理去责怪两头黑熊和一头老虎。它们也有它们感到混乱的地方，只是惊慌失措了而已。它们被乘船来的猎手用麻醉枪击中后，就被保护起来了。马戏团当然受到了批评。只不过监控录像中也拍到了驯兽员格雷医生为了阻止动物们逃走而牺牲自己的努力的样子，这样一来，整个氛围就变成了虽说世上还是有感到愤怒的人，但大部分人却想生气也没法生气。

指责恶人不会成为特别的新闻。相反的，会有努力的人被拿出来说。

其中一马当先的就是小泽圣。事实上，因为他的大显身手，我才得以从黑熊那儿逃脱，在露营地的所有人也是因为他才获得了勇气。

还有我。我也被表扬了。我只是一个劲儿地拼命而已，只是害怕得颤抖而已，不过我走出小屋去阻止动物们的样子好像被周围的人看见了。

更有甚者，敝司的商品也大显身手了。这也是栩木组长扔过来的罢了，不过它确实成了解决危机的要素。

今天的记者见面会，我第一次被要求出席。上次因为有异物混入事件，所以命令我去就必须得去，但是这次的情况和谢罪无关，所以我请求说，我只是个普通人，希望能够放过我，部长举手说"我来代为说明"。我不知为何就答应了。

宣传部长认为这是"宣传自家公司的机会"，可是以牧场课长为首，多方都表示"做得太露骨的话，反而会招致反感"，感觉扎过来的钉子都快没地方钉了。

"那么，就说说我们公司的创始人吧。"宣传部长干劲满满，大家也劝他别这么干。

战后，将小小的粗点心屋哺育成了一家大型糕点制作公司的创始人有许多得益于幸运的逸事，在公司里称得上是个名人、大伟人，不过社会上的人并不会对此充满好奇心。

虽然部长说要在公司本部大楼安装创始人梦寐以求的大型屏幕，然后大规模地播放，不过幸好没装。

幸运的是，社会和媒体感兴趣的首先是小泽圣，其次是那个时候乘坐直升机前来营救穷途末路的我们的池野内议员。

总之，池野内议员那天在宫城县内的情人家里时，知道了圣胡安湾的新闻。到了早上，由于浓雾，空路、海路和陆路都无法出动，大家都在等待，他却硬是要求直升机出发。而且据说那架直升机还是他情人的所有物，我烦恼着该从哪里开始、如何理解这个情况，有一大堆想要问他的事情。

那位情人好像是他的小学同学，现在住在宫城县。您公开情人的事情没关系吗？议员生涯就此结束了吧。虽然是别人的事情，但我还是很担心。不过令人颇感兴趣的是舆论那边并没有很严苛。

池野内议员率直地回应着，若无其事地承认了情人的事情，他说为了在圣胡安湾遭遇不幸的人，自己的事情是其次的。总之，也许是他想要让直升机先飞过去时的样子，给大家留下了"他做了好事"的印象。

虽然也有人指责他有沽名钓誉、赚取选票之嫌，但是存在拥有直升机的情人一事曝光后造成的损伤更大，如果计算有利点和不利点的话，什么都不做才是最明智的，也就是说可以看出池野内议员并非是出于狡猾的、精于计算的野心，而是优先遵循了耿直的助人之心。实际上，社会上有一半的人没怎么责备池野内议员。

大家都被欺骗了啊，尽管我很想这么说，但是我想起他之前曾经说过"比起自己的利益，将大众的、国家的利益摆在前面的政治家能有几个呢"。或许他要亲身来实践这一点吧。

再加上池野内太太的若无其事可能也造成了一些影响。因为那位太太评论说"我都不生气，为什么其他人要代我生气呢"，所以多数人也就不想责骂池野内议员的情人问题了。

见面会开始后，记者们连珠炮似的提问、拍照的闪光灯，各种各样的东西在这个会场里交错。

我移动视线，还看见了栮木组长的身影。她站在会场的角落。前几天我问她的时候，据说由于她儿子瑛士君是这次事件的当事人，不管怎样，他同时目睹了小泽圣、黑熊和老虎，所以同班同学都对他另眼相看，他也借此机会恢复了上学。

小泽圣耀眼的外貌和直率的性格，池野内议员的一本正经以及坦白出轨的行为让人颇有兴趣，我司宣传部长不合时宜的不对劲态度，也许使得这些保持了良好的平衡，见面会的场面非常和谐。

手上拿着的手机收到了信息。可能是从圣胡安湾回来后，新闻上报道了我的事情，朋友、常去酒吧的老板、研修时承蒙照顾的便利店的店主等等，都接二连三地来联系我。当然，父母也打电话来了。母亲感叹说，你到底卷入什么事件了？我真想现在就赶过来，但是你爸的腰又不好了。我回答说，我这边的麻烦已经解决了，没事的，你照顾父亲吧。

现在发来短信的是那位学生时代的友人，就是一起在金泽经历了火灾的同级生。他既是关心我的状态，也表达了对我战胜危机的称赞，还说"下次见面的时候说给我听听"。

到底要从哪儿说到哪儿呢？我呆呆地思考着。圣胡安湾事件、恐怖的事情始末也许可以说一说，但和这些相关的，比如"梦"就没法说了吧。我连对妻子都没能说出口。

发生了圣胡安湾的事情后，在石卷市内的医院里接受检查，我和池野内议员还有小泽圣有时间偷偷聊了聊。

我们聚在深夜医院里灯光几乎全熄了的楼层尽头。

"昨晚，我和两位一起在和巨大的生物战斗。"池野内议员说。

小泽圣重重地点点头："我记得。那是头巨大的熊吧，好像是和老虎的混合体。"

巨大生物的身姿浮现在我的脑海里。就是黑熊在我面前时，我的脑海中出现的那头生物。梦里的事情我想不起来了，可是我看见了那幅光景是事实，所以我没有一笑置之。

多亏了池野内议员从远处扔过来的光球使巨大生物感到害怕，我才得以捡起武器。

那是什么？那究竟是什么？

是梦。池野内议员再次用断定的口吻说道。

"金泽的酒店发生火灾的那一晚，我们也在梦中一起战斗。那个时候是巨蜥，喷火的巨蜥。"

不知道是不是因为写在做梦日记里了，池野内议员如此断言道。

"我从招贴画中选择了小泽先生和岸先生。我们三个人一起战斗。"

第三章

炎とサイコロ

火焰与骰子

身穿黑色铠甲的男子走在用石头垒砌而成的类似隧道的道路上。虽然响起了沉重的"咔嚓咔嚓"声，可他脚下的动作却很轻巧。阳光从石头与石头的缝隙间照进来，形成了好几道光束，所以视野并没有那么暗。道路的宽度刚刚够两个人擦肩而过，但那个时候正走在路上的只有他一个人。

　　他来到了一片宽阔的区域，那里摆放着圆形的桌子和椅子。里面的一角垂挂着纸张，是比实物稍小一些的面部照片。许许多多人的照片长长地排列着，脸部下方还写着数字。

　　黑色铠甲男依次浏览着那些面部照片。

　　上面既有男人的脸，也有女人的脸，可每张脸都很模糊，没办法认清楚，眼睛凑近了、拉远了都认不清。可是其中有一张照片上的脸他认出来了。那是一个年轻男子的脸，他并没有费什么劲就辨认出了这张脸。就在这时，那张照片消失了。稍远一些的地方还有一张照片清晰可辨，于是他就抓住了照片上方的一角，把它揭了下来。

　　以此为信号，我醒了过来。我从床上起身，保持着坐在床边的姿势发了一会儿呆。

　　我做了个什么样的梦？我想要想起来，却一点线索都没有，很快我就放弃了，站了起来。

　　这里是以前的那间小屋。我站起来，感到有些意外。因为我总是会在这里拿到地图。

我找了，但是这次哪儿都没有。

没有地图该怎么办才好？今天做些什么？什么都不做也可以吗？

想起来了，我总是一起来就去城镇外面，以击倒巨大的猛兽度日。

应该也可以有无所事事的日子吧。话虽如此，但也不能一直在这里睡着。至今为止，我已经睡了好几天了。

我打开了房间角落里的箱子。里面放着一件铠甲，我把它取出来，穿在身上。

我携带的武器是固定的，是箭上挂着绳子的被称为投掷用箭头的东西。

我究竟是在为什么作准备？我感到疑惑，却无法停止工作。身体好像是自己在动。

我走出小屋，不一会儿便来到了熟悉的圆形广场。

这一带和往常的情形一样，那只鸟——鲸头鹳也像平时一样，宛如雕像似的立于喷水池附近。

要是有地图的话，它会迅速地指出要从这里往哪个方向前进，不是用手指而是用羽毛来表示。可是现在没有地图，这和平时稍微有些不同。

鲸头鹳面前站着一个我不认识的男子。

他穿着黑色铠甲，手持短剑，腰带处垂挂着一个球。

"还有一个人会来，再等等。"

他如此说道。

不知道是刚才忘了自己原先就知道这个预设呢，还是现在了解了情况，总之我说了句"啊，是吗"表示理解。还有一个同行者。

我的视线稍微往外看去，远处似乎有个人影，轮廓模模糊糊的。也许就像海市蜃楼一样，只是看上去离得很远，其实他就站在近处吧。似乎是和我们无关的缘故，那人只显现出淡薄的身影。

"地图。"我指着黑色铠甲男的手说道。那被卷起来了的东西和我此前在小屋里拿到的地图一样。"一直都是我拿着的。"

"这次好像变成了挑选同行的伙伴。"

"变成了？"

"无论何事都是这样形成的，所有过程都是为了形成最终的状态。对吧？"

"为了形成最终的状态？"

"自己之外的什么人在操纵着自己。你没有这种感觉吗？"

"有吗？"我只能如此回答。是被命运操纵着的意思吗？

"只有一个人的话，它肯定是个不好对付的对手。"他慢慢地把地图举起来，"所以，不如带上同伴。"

终于，另一个身穿红色装备的男子出现了。他的装备看上去比铠甲要轻便，上面有污渍，还有几个伤痕像是过去战斗留下的。不过装备没有破损。此外最主要的是，他还背着一把巨大的剑。那是一把明显超出了他身长的大剑。

黑色铠甲男展开了手中握着的那张纸。上面描绘的是地图。他把地图给鲸头鹳看后，鲸头鹳羽毛微动，指示出西南方向。

黑色铠甲男开始前进。紧随其后的是身穿红色装备的男子，他动作轻盈得似乎感觉不到巨剑的重量。我也跟在后面，可横眼窥视鲸头鹳时，它的那张大嘴嘴角上翘，看上去像是在偷笑。等我猛地回头的时候，它又恢复了以往面无表情的样子。

小块的岩石碎了。要是错过了时机的话该多危险。刚刚我还在那个地方。

我没有马上意识到是什么东西猛冲了过来，只能看见粉碎的岩屑散乱地在空中飞舞。

我听见有人说危险，是身穿红色装备的男子用手指着在大叫。我忽地飞身跃起后，脚下的土地登时崩碎。我虽然避开了它的直接攻击，但像被风按着似的承受着压力，在空中失去了平衡。我摔在地面上打了几个滚。

我拼命从地上站起来，重新看向巨蜥。

保持着四肢爬行、腹部着地的土色生物用冷酷的眼睛看着我。

它的身体仿佛被干涸的岩地包裹着，舌头在形似鳄鱼的嘴巴里扭动。

就是那个。

那条舌头就像快速球[1]似的飞了出来，击碎了岩石。

我看见它的舌头迅速动了一下。要飞过来了。我做好了跳跃的准备，可它瞄准的却是黑色铠甲男所在的地方。

---

1 棒球中速度快、有威力的投球。

单手持剑的黑色铠甲男躲避得迟了一些，脚遭到了攻击，当场就跌倒了。

红色装备男飞身跃起。他是瞄准了巨蜥伸出舌头那一瞬间的空隙吧。他迈着大步，轻快地在岩石群上跳跃，用双手将背后的巨剑高高抢起。他竟能如此轻松地操纵那么大的东西，这令我十分吃惊。

巨蜥的尾部像鞭子似的甩了过去，将红色装备男一圈圈地卷了起来。

现在不是干看着的时候。我也飞身跃起，边跑边准备好投掷用的箭头抓在手里。

等我非常接近巨蜥的时候，才发现它的身体开始变红了。

一开始，我还简单地以为是夕阳照在了它土色的外皮上，把皮染成了红色吧。也许还能感受到红色的日光被反射出来的美。

我打算将箭刺向巨蜥的头部，便左脚踩着一块大岩石，跳了起来。

我漂浮在空中俯瞰巨蜥。

我早有觉悟它的舌头会飞击过来。为了赶在那之前将箭掷出去，我竭尽全力地举起右手。

我是在之后才发现，位于视野下方的巨蜥的尾巴一直伸到了它背后的池子里。

池子里漂浮着鲜红的莲花。本身就是红色的池水摇曳晃动着。

"那个池子里的是炎之水。"

不知从哪里传来了声音。在未来召开的反省会上追溯起来，我才明白这声音是那时的发言。

"它的尾巴成了抽水泵，正在吸水呢。"

其实，它的胃部在微弱地震动，看起来像是在汲取池中红色的水。

我心想"糟了"的瞬间，巨蜥"啪嗒"张开了嘴。我架起盾牌，朝着前方。

它不是吐出舌头，而是喷出了火焰，我被那团火焰包裹着飞了出去。

我被龙卷风般的旋风卷了起来，一圈一圈打着转地被吸进了巨蜥的身体里。

"我从招贴画里选中了小泽先生和岸先生。我们三个人一起作战。"

　　从圣胡安湾被运送到了这个医院，池野内议员在楼层尽头的休息处如此说道。他又补充道："梦里的战斗和我们的现实有所关联。金泽的酒店发生火灾的那天晚上，我们也在梦里一起战斗。"

　　"这些也是记在做梦日记里的吗？"我不禁问道。

　　池野内议员使劲点点头后又说："是巨大的蜥蜴，从嘴里喷出火的蜥蜴。"

　　真是让人头疼啊。池野内议员的主张脱离常轨，而且他似乎还很断定，我觉得还是不要去接他的话比较好。可我自己在面对黑熊的时候，在穷途末路的紧急情况下，脑海中也浮现出了自己利用装备和武器与巨大生物争斗的幻觉和鲜明的反应，这也是事实。

　　池野内议员就像敏锐地看穿了我的迷茫似的，探出身子问道："想起什么了吗？"

　　我不愿意完全同意他说的。

　　"不，只是稍微有些印象。"我尽量暧昧地回答。

　　可是小泽圣却明确地说："我看见了。"

　　"看见了？"

　　"被黑熊和老虎夹击的时候，我看见了类似巨大的熊一样的怪物。"

应该说有一种在别的什么地方把巨大生物作为对手的感觉留在了我身体和大脑的某处。这是事实。虽然备好了投掷用的箭、穿戴着装备的男子背着巨剑的样子很明显是非现实的，就像漫画里的场景，但是不知为何我却感觉这是发生在身边的现实的回忆。

"在梦中的战斗和我们的现实有所关联。"池野内议员又说道。

"有所关联？"

"什么意思？"小泽圣也和我一样，发出了讶异的声音。

"简单来说，在梦中战胜了那个生物的话，在现实中直面的问题就能得到解决。"

池野内议员像是已经确信了这是事实似的断言道。

"战胜的话，就能解决？"

"您说的问题是指什么？"小泽圣也问道。似乎跟不上上课内容的人不止我而已，我放心了。

"也许就是在现实中发生的问题和事件。"池野内议员没有苛责差生，而是认真地继续说道，"比如今天发生在圣胡安湾的事。"

由于落地雷引起的桥梁损坏，被熊和老虎围困。

"在那种情况下救了我们的不是池野内议员吗？"而不是什么梦。

"虽然是这样，但我也只是碰巧在仙台。"

为了见出轨对象。

"我的那位女朋友把直升机借给我用，是在我梦里击倒了类似大熊的生物之后。"

你要这么想也悉听尊便，虽然我也有这种放弃的念头，可是这跟我和小泽圣也不是毫无关系，所以我也没法听之任之。他看起来就像个热心传教的信徒似的，特别想让我们接受他的说法。那断定的口吻使得我们无比不安。

"岸先生公司的事件也是这样。那时候我也做梦了。根据记录梦的笔记来看是确认无疑的。"

"异物混入的事件吗？"

"事实上那是我妻子的自导自演，是个谎言，并没有混入什么异物。但是，也是岸先生在梦里取得了战斗的胜利后，情况才发生了改变。在梦里，某些敌人在和岸先生战斗。您刚才自己不也说了吗，找回了战斗的记忆。"

我好像没有说得那么断定吧，我很困惑。

"因为那场战斗胜利了，所以岸先生公司的异物混入才没有变成重大事件，而是得到了解决。"

不可能有那种事，您是怎么了，我想这么接话但使劲忍住了。取而代之的是指出道："那次异物混入事件对池野内议员来说不是很严重吗？"知道异物混入事件是自己的妻子弄虚作假后，他召开了谢罪见面会，蒙受了损失，"如果在梦里取得了胜利的话，对池野内议员怎么没有用呢？"

"因为我输了。"池野内议员淡淡地回答。

"尽管我赢了？"

"那个时候，我们没有在一起战斗。那时的对手是……"池野内议员翻开了像手账一样的东西，往上面一看后他说，"是巨大的猿猴。"

那是记录了梦的内容的本子吗？

"我一个人和巨大的猿猴在战斗。"

"等一下，您说刚才我们是在一起战斗的？"

"我想每次的情况都不同。这次遇上大熊的时候，是两位一起把敌人击倒的。也就是说是团队作战。不过，异物混入事件那时候的猿猴是……"

"个人作战？"

"我输了，所以遭遇了那样的事情。"

原来如此，虽然我想这么说，但有些地方还是没能彻底理解。如果那个时候，池野内议员也在战斗中取得了胜利的话，情况会变成什么样呢？会变成异物混入不是池野内议员的太太干的吗？不，异物混入的骚乱是在那之前发生的，因此追溯原因也很难想象事情会发生变化。可能会变成池野内议员的太太撒谎没被揭穿而收场吧。这样一来，如果我在战斗中输了的话，我们公司就有恢复不了信用、陷入泥沼的可能性。

"梦和现实相关联这种事情，"我据实以告，"我还是搞不太明白。"

"熟睡之后，第二天身体就能活动开，这种事情倒是有过。"小泽圣开玩笑道，"您说的不是这个意思吧？"

"两位都有战斗过的记忆吧？"池野内议员向我们确认。

要说我的话并不是那么明确，只是在脑海中见过和巨大生物战斗的场景而已。

"我们最初见面是在八年前火灾的时候。我们住在同一家酒店里。并且可能梦里也聚在一起。"

"在梦里。"小泽圣似乎也不太能接受，他复述道。

"那个时候是巨大的蜥蜴。"

巨大的蜥蜴，我正这么想着的时候，感到眼前有红光。那是放射出高热的红色光芒的场景。不是光，是火焰。蜥蜴张开嘴的瞬间，喷出了火焰。

我摇了摇头。这个场景究竟是怎么回事？

"蜥蜴的尾巴。"我说。巨蜥长长的尾巴伸进了红色的池子里，把水吸了上来。这个场景就像闪光灯发出的闪光一样浮现在眼前，虽然只有一瞬间。

小泽圣瞥了我一眼。我不是在发呆，而是稍微有些吃惊。他也记得那个场景吗？

池野内议员的表情变得明朗了。我们的反应让他心情变好了吧。

"没错。巨蜥是我们打倒的。"

我想说池野内议员您还是不要说这种话比较好。会对下次选举产生不良影响的吧。

"八年前在金泽那家酒店的火灾中，多亏消防员的机智救了我们。"小泽圣说。

当时的情况是逃生楼梯只能到三楼，逃得晚了的住客被留在半空中悬着。酒店内的火势蔓延得很快，我们在逃生楼梯上的队列里动弹不得。虽然消防车已经到了，但云梯车进不来，四周响起了焦躁的吵嚷声。周围被烟和热气覆盖的时候，人们只能为怎么办才好、事情会变成什么样而感到惶恐不安。

也许已经没办法了吧。就在我这么想的时候，消防员们救了我们。

"我们得救是在战胜了巨蜥之后。"池野内议员丝毫没有犹疑，看上去就像主张自己信奉的神的教诲是绝对真理的信徒似的。

"我说过，小的时候我在学校里遭受过霸凌吧。那肯定也是我在梦里……"

"获得了胜利？"

"那次是像狼一样的生物。那是最初的记忆。我和狼战斗，获得了胜利，克服了霸凌。岸先生不是也说过有相同的体验吗？"

"我也是因为在梦里战胜了狼？我实在是不能认同。"

解决了被霸凌的情况是我自己努力得来的结果。

池野内议员大概是察觉到了我的不服气和不甘心，他说："在梦里获得胜利的人也是岸先生你啊。"

不，那里面的人终究不是我。我想这么回答。梦里是哪里？况且要说那里面的人是谁，我也找不到答案。

"再要说的话，我父亲中风倒下后得以恢复也是因为我获得了胜利。我父母关系不好，最后离婚了。"不过之后又复婚了。

"这都取决于是胜利还是失败。我人生中发生的全部纠纷都和梦里的战斗有关吗？有这种可能吗？"

"不能说全部都有关系吧。"

"您不得不经常战斗。"小泽圣笑道。

不过，那也只是我不记得了而已，所以不能否定"经常战斗"的可能性。

"世界上的所有人都是这样吗？啊，如果池野内议员说的是正确的话，这只是个假设。"我就像在找借口似的，重复了冗长的开场白后继续说道，"我和我的妻子，还有其他人，大家都是在梦里战斗，然后改变现实世界的问题吗？"

"是啊，到底如何呢？关于这一点，我也不是很清楚。"

"这些没有写在常见问题页上吧。"小泽圣开玩笑说，"如果只有被选中的人才这样的话，那就是说我们就是被选中的人吧。这让人挺有优越感啊。"

"可是，这次的圣胡安湾事件里，被留在露营区的人有很多。大家的命运怎么可能由我们三个人来决定呢？"

"也许其他人也在梦里进行战斗，和我们在不同的梦里。"

"也就是说到处都在进行比试？"

"有这种可能。因此，即使我们失败了，也有可能因为其他人的努力而得救。与之相反亦然。"

我们沉默了一阵子，就像商量好了似的啜饮着从自动贩卖机买来的饮料。时间就这么流逝了。

"如果在梦里获得胜利，"池野内议员像是要发表追加宣言似的说道，"现实就会朝好的方向变化。"

"如果在梦里获得胜利……"我重复着这句话。这不就是依靠外力吗？

"这就像是你睡着的时候，精灵替你做鞋子一样[1]，也许很轻

---

1 出自《格林童话》中的《小精灵与老鞋匠》。故事主要讲述了善良、贫穷的老鞋匠夫妇濒临破产时，两个小精灵在夜晚飞到他们家帮他们做鞋，让老鞋匠夫妇过上了幸福、富裕的生活。

松呢。"小泽圣笑了。

靠自己的力量无法改变的现实却会因为其他因素好转，一想到这个，我心里就稍微有了点底，不过也不能无所顾忌地相信这些。

池野内议员说的这些不难理解。但是，因为太不现实，而且太抽象、太不科学了，所以让人既无法相信，也无法反对。

我看了看窗外，天空被夜晚的黑暗覆盖着，只有薄薄的云层依稀可辨。必须睡了，我这么想着，同时也不禁思考：这样又会做梦吗？

"可是，为什么是我们三个人呢？"小泽圣说。

我也对这点抱有疑问。

梦里的胜败会给现实中的问题带来影响，我并不相信池野内议员的这个说法，即使退一万步来说确实如此的话，那么为什么是我、小泽圣以及池野内议员三人组队呢？

"是我在梦里选的。"池野内议员淡淡地回答道，"在选择同伴的地方，我选中了类似二位的招贴画一样的东西。"

"为什么选了我和小泽先生呢？"

"因为只有二位的招贴画能看得清楚。其他的招贴画都是模模糊糊的。"

我想起来了。操作电脑的时候，会用灰色来表示选择范围以外的菜单按钮，也就是不能使用。可以选择的菜单原本就只有我和小泽圣，是已经决定好了要他这么选吧？

"比方说，会不会是这样呢？"池野内议员睁大了眼睛。"这个世界上有正在梦里战斗的人，并不是全人类都是如此，只是有限的一部分人。"

"优越感。"小泽圣细细品味似的嘟哝道。

"那次金泽火灾的时候，那家酒店的住客中就只有我们三个人是……"

"在梦里战斗的人？"

"没错。发生巨大纠纷的时候，如果在场有战斗人员，就会在梦里开始战斗，要是获得了胜利……"

"虽然事实上发生了大型事故，但是因为相关人员里有梦战士，所以事故时间缩短了！是这种感觉吗？"小泽圣笑说。

很明显他是在开玩笑，可池野内议员还是一副很满足的样子，深深地点点头说"正如所言"。

因为没法判断正误，我们在这时又陷入了沉默。

差不多该散了吧，我想看手表了。

"那头巨大的熊，"小泽圣小声嘀咕道，"就像卡车那么大。"

这和在我脑海里闪过的画面中猛冲过来的熊的样子是一致的。它漂亮的毛摇曳着。

虽然池野内议员说的话令人很难接受，但是不可否认的是我们做了同一个梦。这是集体幻觉、共享梦境之类的东西吗？

"我用剑去劈它。我双手持剑，用那把像圆木一样的大剑去劈。不过我记得好像没劈中，反倒被攻击了。这是失败的记忆吗？按照池野内议员的说法，如果失败了的话，事态就不会好转吧。这不是很奇怪？"

自己的说法被指摘后，池野内议员像瞬间回过神来似的，露出了兴奋冷却下来的表情，可他还是说道："关于这些，也只是我还没完全理解吧。"

虽然与我对议员抱有的印象和先入之见相比，我觉得池野内议员是个稳重、不摆架子、温和的人，可是目睹了他对这件事的顽固之后，我感受到了强行诱导大家的指导者给人的那种恐惧。当然了，这不是什么坏事。对于志在成为政治家的人来说，这种强硬和自信应该是不可或缺的。

最终，我们聊到这里就结束了，我回到了自己的病房。我想着池野内议员的话，很想将它们一笑付之，可不知为何却做不到，于是思索起了八年前的火灾。

那是我和大学时代的两个男性友人一起去金泽旅行的某个夜晚。

我们租车行驶在千里浜的海岸上，去了兼六园，接着又按我希望的顺道去了法船寺。

就是那座因江户时代制伏了大老鼠的猫而出名的寺庙。

"你这么喜欢猫吗？"朋友说。

我说我既不喜欢猫，也不讨厌猫。

害怕恐怖大老鼠的和尚身边来了一只猫。和尚期待它能打倒老鼠，可是这猫看上去却完全没有那种气势。

"然后猫就出现在了和尚的梦里，说'我收拾不了那只老鼠。我需要同伴'之类的。于是，它带回了一只能登[1]的猫。"

1　日本旧国名，位于今石川县北半部。

"莫非是要请猫帮忙？"

"事实上，猫带回来了其他的猫。和尚的梦应验了。"

"它们协力击倒了大老鼠吗？"

"没错。不过，好像是一场激烈的战斗，猫丢了性命。"

和尚吊唁这两只猫，每天都叩拜它们。

"不忘恩义的和尚很了不起。"朋友感佩道。

"确实如此。"我也表示同意。

然后那天夜里酒店就遭遇了火灾。

直到醒来前，我还在做梦。之前我完全忘记了，现在想起来了。在广阔的红色土地上，我面对着巨蜥，手持被称为投掷用箭的武器。

让我注意到着火了的不是气味，也不是热，而是声音。肯定是木材之类的东西在酒店某处燃烧的声音。

我以为这火总会停的，可是松脆的噼啪声却响个不停，火势还渐渐变大了，所以我醒了过来。屋子里热得惊人。

过了一会儿，我才意识到这里不是自己家，而是金泽的酒店。

我看了看自己的双手。上面还留有用力紧握过什么的感觉。我记得双手用力得几乎生疼，我摸了摸自己的掌心，想确认是不是有痕迹，不过并没有找到什么特别的。

我做了"嗖"地扔东西的动作，是那种投出去再拉拽的动作。这时，我听见了外面的声音。大概是喝醉了的住客在走廊里走动吧，我心想，要不还是睡吧。

火灾？

我似乎听见了这个词。

我就像脑袋被鱼钩钩住了似的起来了。我立刻叫醒了在隔壁打着呼噜熟睡的两个朋友。"起来，着火了"，我从没想象过人生中还会有说出这种台词的时候，我的声音在颤抖。

不管我对睡迷糊了的朋友说什么，他们都听不进去，结果还以为是我睡迷糊了，但总之我先把他们拉了起来。

我们走到房间的门边，透过猫眼确认外面的情况，却什么也没看见。

我没多想就打开了门。朋友们也从我身后探出了脑袋。我立刻用浴衣的袖子捂住了嘴巴。

过道里充满了烟雾，让人觉得是不是大浴场里热水的雾气乘着电梯到达了这里。而且人们在烟雾中慌张地来来往往。

我剧烈地咳嗽。

这不是热水的雾气，是烟。我突然想起了什么，暂时退到了门的这一边。虽然撞到了身后的朋友，不过现在也不是在意这些的时候。我想确认一下贴在门上的紧急逃生路线。

"出门，往右直走。"我像说给自己听似的发出了声音，"走到头就是紧急出口。"

我也看见朋友们点头同意。

虽然没法掌握情况，但也只能去了。

我们三个用浴衣袖子遮着脸，走出了房间。我们一个劲儿地向右，在让人看不见前方的烟中前行。紧急出口的标志映入了眼帘。

走道的尽头处，紧急出口的门开着。

已经有人在楼梯上了。虽然还没到十分拥挤的混乱程度，但已经排起了队。很多人都穿着浴衣，和我们一样用袖子遮着嘴。

就这样跟着大家继续往下走，下了楼就能得救了。我放下心来。

但是，队伍却纹丝不动。

怎么了？发生什么事了？

人们异口同声地说着，可谁都不知道。

我听见上面传来铿锵有力的声音说"在干吗啊"。楼下不知道谁也在喊"到底什么情况啊"。还有"别推别推，危险"的声音。

的确，要是在这里陷入混乱状态而推推搡搡的话，显然会引起大型事故。话虽如此，可这个时候也许已经开始陷入混乱了。

"冷静一下！"楼下不知道是谁镇定地说道。

没错，必须保持冷静，

我做了深呼吸。朋友们见了也大口地吸气。

这时，大嗓门的人从下往上喊叫着传递信息。

"三楼以下的逃生楼梯坏了。"

"从三楼开始就走不下去了。"

不知道是谁听到了，又继续往上传达情况。

"三楼开始就下不去了？"

"这是什么情况嘛。"

"好像是几天前被车子撞到了。"

"逃生楼梯还能是坏的？"

我们语速飞快、异口同声地说着。排在我们前后的住客也说着类似的话。

"那就去上面吧。"

"去屋顶？"

也不知道说这些的是我们还是其他人。但是很快就弄清楚了，去上面也是行不通的。

屋顶好像上不去，这次是从上往下传递这个信息。

"要回室内吗？"朋友说。我点点头，在楼梯上无处可去也很恐怖。

我们打开了来时的紧急出口的大门。

可是，走道里烟雾缭绕，能想象在这伸手不见五指的地方前进一点点都会呼吸困难。

我慌忙把门重新关上。

"室内也回不去，楼梯也不行。"

"也就是说就只能这么待在这里了？"不知道是谁说道。

一直待在外面的逃生楼梯上？

我从上往下看了看楼梯，排着队的大概有五六十人吧。虽说不是大型酒店，可住客应该还有很多，所以我们大概算是逃得晚的。

我的脑海里出现了"四处碰壁"这个词。

"怎么办？"朋友问。当然我也没有答案。

我抬头看去。

对面有幢建筑物，其后是广阔的夜空。我们并不是被困在什么狭小的场所，还能看见很常见的街道，可为什么逃不出去呢？逃离这个火灾现场应该很容易。我不禁这样想道。

现实却是我在这里动弹不得。尽管地面就在那里，而且能看见道路，可我却无法移动。

"不能从三楼跳下去吧。"

"怎么看也不可能不受伤吧。"我说。必须做好会骨折的心理准备。况且只是骨折的话算很难得了吧。

就在这个时候，我们发现下面发生了事故。虽然知道下方的道路上堵满了车，可我们还以为是由于火灾造成的拥堵。仔细一看，好几辆车翻了，发生了追尾事故。

心跳加速的同时，我的头脑里开始变得昏暗。

焦虑和恐怖在体内侵蚀。

这该不会是梦吧？

这个念头突然从脑海里闪过的同时，我想起了令人不快的土色生物。周围忽然变成了广阔的红土平地。眼前是体型扁平的巨大生物。我倒在地上，朝什么东西伸出手去。

这时，我听见了汽笛的声音。

巨大生物的身影消失了。红土也不见了，眼前只有逃生楼梯。

是消防车驶近了。

它发出要把夜晚街道上的空气搅乱似的喧嚣声音，也像在叫嚣着"重大事件、重大事件！"

太好了，消防车来了。我们都沸腾了起来。消防车来了的话，接下来我们就只需要看着它灭火，等人来救我们就行了。

尽管事态还没有发生变化，但是我们，至少我放心了。酒店内部被火焰吞噬，混乱的状况无法令人安心，不过消防车的到来让我心里有了底。

灭火行动是什么样的，要在什么阶段进行，要花多长时间，我对这些几乎一无所知，但是只要消防队到了，接下来的事情总会有办法的吧，我抱着这种乐观的想法。这样立刻就轻率地判断已经没事了，然后就放下心来，这也许是我性格的缺点吧。

"云梯车来了，应该能让我们下去了。"

可是无论等多久，逃生楼梯上的队伍还是一动不动。还没好吗、还没好吗的焦虑心情传染开来，开始出现焦躁的言行。

云梯车似乎开不进来。

不久，就传来了这样的消息。虽然我们所处的逃生楼梯正对的道路比大路要窄，但宽度还是能供一两辆紧急车辆通行的。消防车不可能开不进来。

可是，发生了事故。据说由于路面上的追尾事故，消防车没办法从大路上开进来。

"所以到底会怎么样？"朋友看看我。

"云梯车不会来了。"

"不来的话会怎么样？"

这是个没有结论的问题。

我慌忙将身体靠近楼梯的扶手往下看。多亏了路灯和远处某处旋转的红灯，我得以看清了下方道路上的情况。

确实没有消防车开进来的样子。

不会吧，我不知所措。

消防车来了却救不了我们，还会有这种事情吗？

周围的人也吵吵嚷嚷的，开始夹杂着响起一些愤怒的抗议声。

我又看了一眼紧急出口的门。门和墙壁的缝隙处钻进了薄薄的烟。建筑物里面的烟一定很浓重了吧。

"实在没办法的话，只能从三楼跳下去了吧。"不知道谁的声音好像从楼梯上滚落下来似的。我脚底打颤。

可能确实如此。跳下去比被烧死要好多了。

下面的情况我不清楚。我们要是用力推，然后强行跳下去的话，会引起大事故的吧？

我看见道路上出现了人影，是在从逃生楼梯往下看的道路上。

要是有谁招手喊救命的话，几乎所有人，包括我也会跟着做的。

是消防员。是消防员来到了楼梯下方，正抬头往上看。

来了好几个人。他们在大声喊着什么，可我听不清。

他们下了车，也就是说道路阻塞是事实了。

就在消防员就这么束手无策地抬头看着的时候，我们不会被火吞噬，或是被崩塌的建筑物压垮吧，我害怕了起来。

消防员一齐行动了起来。

过了一会儿，人们开始慢慢地从楼梯上下去了。

我和朋友们对视了一眼。三楼以下不是下不去吗？我抑制住焦急的心情。虽然不知道下面发生了什么，总之楼梯上的人在减少。

还能听见悲鸣。不过不是那种恐怖的大声喊叫，而是由于吃惊从口中突然发出的声音。

大概是孤注一掷地在从楼梯上往下跳吧。

队伍在陆续往前进。

想快点逃离这里，想把脚踩在地面上，我切切实实地这样想。又有人再次喊道："冷静一点。"

没错，必须冷静。

渐渐地，我听到了水的声音。"啪嚓、哗啦"地溅起了飞沫。我终于来到了队伍的前列，站在逃生楼梯的拐角处向下看的时候，我发出了"啊"的声音。啊，原来如此。

　　虽然有点高，但没有时间犹豫了。我鼓足勇气跳了下去。

我让婴儿睡到准备好的床上。我知道床不大，不过因为上周刚出生的宝宝还很小，我感到一种把她孤零零地放在广阔土地上的不安。

　　"想用包装材料把空的地方填满呢。"妻子开玩笑道。不过我确实有这种想法。

　　虽然从上周开始，我就每天去生产的医院和他们见面，但是产后的妻子和宝宝像这样回到家里，我就觉得家突然变成了神圣的场所，只有廉洁清白的人才能待在这里。

　　很快宝宝就哭了，家里一片喧闹。妻子迅速把她抱了起来，一边稍微摇了摇，一边出声逗弄她。我不知道自己该做些什么好，只好像支援妻子似的，在逗弄宝宝的她周围如卫星般转来转去。

　　我很想帮忙，但不知道怎么做才能帮上忙。我不可能去读父母送来给孩子的那本蜗牛大显身手的绘本，不过我还是翻开了书页。

　　因为初次生产以及不分昼夜定时喂母乳的生活，妻子应该相当疲惫了吧。她的眼睛好像充血了，脸上显出睡眠不足的样子。

　　她坐在客厅的沙发上，手法巧妙地喂起了母乳。我牢牢地盯着喝母乳的宝宝可爱的侧脸看，却发现自己简直就像在瞎起哄，于是立刻移开了目光。

　　"能把电视打开吗？"妻子问。

　　我说"遵命"，立刻按了遥控器。

　　电视里正在播放新闻节目。演播室里主持人正和坐在旁边的评论家似的人说话。

这个人我在哪里见过。

我会对电视上出现的这个人产生这种感觉，会思考到底在哪里见过他，是因为画面中出现的池野内议员气质变了。

"是池野内议员。"直到妻子说出来之前，我甚至都没有察觉到。"多久没见到他了？"

妻子这么一问，我陷入了思考。那次圣胡安湾事件发生后，我们在记者见面会的会场见过面之后就没有再见了，所以应该是过了两个月左右吧。

"好像脸比之前要紧绷了。他之前有那么多皱纹吗？"

以前他的脸看上去就很精悍。眉毛英气十足，鼻子高挺，眼神也很锐利，可是现在眉宇间却有了深深的皱纹，增加了几分威严。倒不是说变成了坏人的容貌，只不过这么短的时间里他竟发生了如此巨大的变化，这让我有些困惑。

"他离婚了吧。"妻子说。

"这事他写邮件告诉我了。"

"还特地告诉你离婚的事情，就像朋友一样。"

"是朋友的话，也许反而难说出口吧。你知道我们公司发生了异物混入那件事，说起来也不能算是不认识他太太。"话虽如此，可几乎也就接近于不认识。总之，在发生了圣胡安湾的事情之后，他太太已经发现了池野内议员有情人，好像立马就达成了离婚协议。也许是因为他太太本来就是个有点怪癖、感性且具有攻击性的人，所以周围有一些声音说终于赶走了瘟神，我在周刊杂志上读到过这样的报道。

"最近对池野内议员的评价很好啊。像这样上电视，做各种发言。"

"你不喜欢吗？"

"倒不是不喜欢，不过池野内议员的气场太强了。"

"也许对于议员来说，制造这种气场，乘势而为是很重要的吧。"

也不知道电视节目里是怎么说到这里的，原喜剧演员出身的主持人假装开玩笑似的奉承道："有传言说池野内议员快要参与国政了，是这样吗？"

镜头转向池野内议员的脸。

"确实如此。"他丝毫没有犹疑。而且，他还在这里露出了笑容，没有忘记让观众，特别是有权势的人感受到亲和力。

梦里的战斗和我们的现实有所关联。

如果在梦里获得胜利，现实就会朝好的方向变化。

我想起了断言着这些，并直直地凝视着我的池野内议员充满热切之意的眼眸。那双眼睛里流露出使命感。

公寓的门铃响了。因为声音很响，所以我担心宝宝会惊慌失措地哭起来，不过她倒没有哭。

是送快递的。我第一次被委派到了帮得上忙的任务，所以威风凛凛地拿着印章朝玄关跑去。

我收下了纸箱，回到客厅里确认快递单。

"啊。"

"怎么了？"

"这是出生贺礼。是小泽圣送来的。"我想起来不久之前他问我这里的住址时，我告诉过他。我揭开了贴得很仔细的胶带。

从箱子里拿出来的是婴儿的衣服。虽然现在还穿不了，不过艳丽的配色很可爱。我面朝坐在沙发上的妻子，一件一件地展开来。

"小泽圣挑选的，真厉害啊。"

"果然很时髦。"虽然我这么说，但出现画着老虎插画的衣服和印着熊的衣服时，我不禁露出了苦笑。

妻子也笑了出来。

箱子底部有一张笔记纸似的东西，上面写着："自那以后，再也没有发生梦里的事了。岸先生呢？"为了不被妻子发现，我轻轻地把纸团起来塞进了口袋。

梦里的事，除了之前说的在梦里和生物战斗的事之外，也不会有别的了吧。令我十分在意的是我也没有再梦见过。那次深夜在医院听了池野内议员的话之后，我自己也注意起了梦的内容。我也想过会不会就是因为听了他的话，所以才会陷入梦见和生物战斗的困境，但是我却没有梦到。也有可能我忘记了做过梦这件事本身，可记忆中却毫无印象。

我把视线转向电视。

不停说着话的池野内议员生气勃勃，我目不转睛地盯着他看。听不清内容，我想按遥控器上的音量调节按钮，但这时宝宝开始哭了，所以我不但没按按钮，还把电视关了。

电视机的画面"扑哧"一下变暗之前，我只听见池野内议员说出的"梦"这个单词。也许他只是说了要把这个国家变成国民都拥有梦想的国家，可一段时间内，唯有"梦"的声音就像隐约亮着的灯光似的漂浮着。

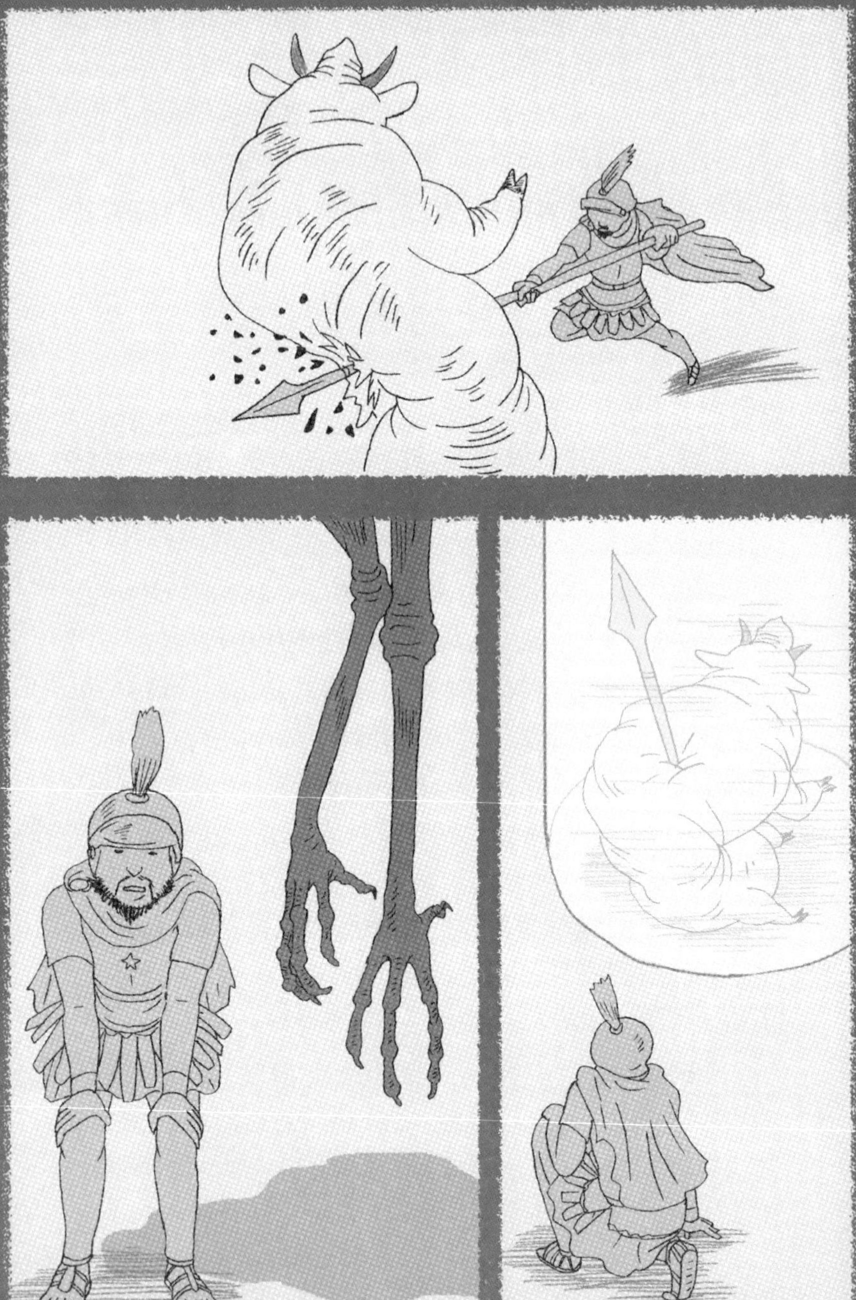

第四章

マイクロチップと鳥

微型芯片与鸟

带拱廊的商业街上排起了长队。队伍前面正在进行抽奖，伴随着"祝贺您中了二等奖""中了特等奖"之类的叫喊声，还有"咣啷咣啷"的钟声响起。

　　我凝视着排在队列中部的女儿。她情不自禁地想要挥手，但因为肯定会被责骂，所以拼命忍住了。

　　几个高个子男人靠近了放着抽奖机的桌子。

　　很明显他们对抽奖不感兴趣，他们的目标是操作抽奖机的年轻女性。尽管不是很大声，但他们说了一些威胁的话。我听不见声音但也清楚台词。"终于找到你了。""现在马上跟我们走。"

　　坐着的美女假装脸色苍白，惊慌失措似的站了起来。

　　这时，一个不知道什么时候出现的男性说着"哎呀，出什么事了吗？"闯了进来。

　　尽管他三十五岁多了，可还残留着少年的青涩，久违地见到依然是个耀眼的美男子。或者说，随着年龄的增长，他为人也更有深度了吧。虽然身材纤细，却充满了力量。

　　"你谁啊？"

　　"不相干的人少搅和进来，请去抽奖。"

　　男人们不断逼近。

　　这毫无新鲜感的场面就算往前追溯两个年号也能通用。

　　接着，他突然从夹克衫的内侧取出了手枪。男人们喊着"枪口对着我们！"害怕地撤退了，可他的枪口抵住的却是坐在抽奖机前的美女的脑袋。

欸？女子又演戏似的露出了惊讶的表情，盯着摆在眼前的枪口。

这时，气势十足的"砰"的一声响起，就像谁在用力地拍手似的。"OK！"高亢爽朗的话音响起。

我一下子没了力气，长舒一口气。我没有意识到，不过刚才身体似乎在逞强。

抽奖的队伍稍微有点松散。这时，类似工作人员的人赶过来作出了指示。

"休息一下后，进入正式拍摄。"有个男人发出的声音大得像运动部喊口号。

接下来就进入正式拍摄了啊。彩排的时候我都很紧张。可说起来我只是个参观的人，就连临时演员都不是。

我朝站在队伍中部附近、穿着制服的高中女生佳凛挥了挥手。可是，她好像没发现。她和旁边穿制服的男学生肯定是在这个拍摄现场刚遇见的，可她不光和他交谈，脸上还浮现出了笑容，真是让人不放心。

我挥手的幅度越来越大。

在拍摄现场当临时演员期间，佳凛和偶然路过这里的同龄男生交往了，这种情节发展我想想都觉得很不愉快。

我们参观者来电影拍摄现场是来看热闹的，在我们前方拉了条绳子，警告我们禁止入内。我只能挥手。为了让身体高大显眼，我踮起脚，拼命地挥手。

佳凛完全没有注意到我的样子，什么嘛，我非常失望。可当我转移视线，发现刚才手握手枪，现在正站在放抽奖机的桌子旁的那个俊美男子是小泽圣的时候，我笑了。

"岸先生，您对佳凛在意过头了啊，就算被厌烦也不气馁。"

"这也是没办法的事。"

"和男人到了中年，就没法不把想到的俏皮话说出口是一个道理？"

"小泽先生也结个婚就明白了。"我说完后才感到后悔，结婚对艺人来说是个敏感问题，我不该轻率地说出来。

不过，小泽圣看上去并不在意，露出了和十五年前我初次见到他时一样爽朗的、表里如一的无忧笑容。

我们身处都内地下街一家居酒屋的包厢里。初次见面的时候好像也是在类似的店里啊，我颇为感慨地想。

"不过，今天真是帮了大忙了。我女儿也很感谢您。"

是小泽圣告诉我电影募集临时演员的消息。

"很遗憾，今天的场景T君没来呢。"

T君是最近很有人气的年轻演员，这次和小泽圣共同出演。

"我女儿说就算他不在现场，能和他参加同一部作品的演出也很有意义。"我苦笑着说道。想起刚才在现场跟貌似是高中男生的临时演员说话的女儿，我擅自思考起来，比起那个，她还是一心陷在对T君的妄想里比较好。

"以前的小泽先生也是。"

"以前的我也是。"

我和他的话重叠在一起，彼此都笑了。十五年前我们相遇的时候，他隶属于一个舞蹈团体，跳起舞来就不必说了，就算不跳舞，只是做做挠头的动作，也会变成沐浴在欢呼声中，仿佛全身染上金黄色的状况。

"现在不也还是很有人气吗？"这不是恭维。虽然小泽圣没有了那种凭着清爽的发香就能让女性陶醉的王子般的感觉，但那不真实的美貌却没有变化，每当在电影的大荧幕上被放出来时，都令人惊讶。

"已经是大叔了。"和以前相比，他说话的方式也变得有礼貌了。

"T君也会变成大叔的。"

"我感觉他不会。"小泽圣发出了闹别扭似的声音。

小泽圣退出舞蹈团体大概是在七年前。刚好在三十岁左右，他转型成了演员，并且取得了成功。现在，他已经成为除了日本电影外，还能接到海外电影出演邀请的演员。

"岸先生一心扑在宣传方面，不也不知不觉升职了吗？"

一说一心扑在什么上面，好像就有种诚实的精英般的感觉，不过也可以说是没有其他地方可去。

"虽说是个管理职位，但什么也没让我管，别说什么厉害了，就连加班费都没有。只有来了应付不了的投诉时才会来拜托我。"

岸课长，拜托了，有一位蛮不讲理的客人。他是蛮不讲理大王、蛮不讲理皇帝、蛮不讲理之虎……啊，这么说来岸课长战胜过老虎，所以一定游刃有余。还有这样嘲笑似的强人所难、很是来劲儿的年轻职员。

"社会上也许已经忘记十五年前的那件事情了，但是公司里的人却出人意料地还在继续说。"我只能耸耸肩。

"还有这种事？不过也许还是被说比较好。"小泽圣眯起眼睛，"但是，公司职员升职了就没有好处吗？"

"没有什么特别的权限。"

"下次一定要让我用一下岸先生公司里的那个投影。"

我立刻明白了他说的是我们公司中间楼层摆放的那个近似屏幕的东西。

从几年前开始，利用技术在空间中直接投映出影像的广告变得随处可见，而我们公司是其中的先驱者。大屏幕上会定期播放本公司产品的宣传片，偶尔会放映特别制作的原创短篇电影和舞蹈的影像，这在某种程度上成了话题。

"我作不了主，您得直接跟社长商量。"

"之前我看见了，那里在播放岸先生公司创始人的纪录片。"

"啊，那个。在公司内部倒是很热闹，不过在社会上没形成什么话题。"

地方上的一家小糖果店靠一代店主就成为大型糖果制造商，因此我觉得他是个了不起的人物，不过面对重重困难，他凭借胸襟和幸运战胜了它们的故事就略微有些夸张了。

"创始人的电影开拍的时候，请让我来主演。"小泽圣笑说。

料理端上来了。因为使用了不认识的食材，所以我们很感兴趣，向店员问了几个问题后，两人就用小汤匙狼吞虎咽地吃了起来。接着，小泽圣慢腾腾地说："池野内议员好像很不好过啊。"

我正想到了什么，店内墙壁上安装的显示屏上就播放起了新闻。新闻画面里，被话筒对着的满头白发的池野内议员正表情严峻地朝外走去。

"嗯。"我也点了点头，"看上去确实很不好过。"

这半个月左右，池野内厚生劳动大臣涉嫌违法受贿的新闻迅速引起了人们的关注。

新闻上报道了接到交付补助金通知的企业法人在一年内向池野内议员行贿之类的复杂话题。池野内议员好像接受了制药公司的选举资金援助。还有，三年前他担任国土交通大臣时接受了快递公司大量贿金的事情也被曝光出来。

一开始，不像是会演变成大问题的样子。池野内议员断言说"没有违法"，被追问任命责任的首相也自信满满地回答说"没有违法"，这件事到此就结束了，社会上也没有表现出什么兴趣。

然而就在一周前，由于相关人员从高楼上跳了下来，风向发生了急剧变化。

在这个时间点，制药公司的常务没有留下遗书就跳楼身亡，一定有什么内幕。社会上会这么想也是理所当然的。

"这不就是灭口吗？"早餐时看见电视新闻的妻子也说，"政治家做得出来。"

"不愧是政治家。"我虽然如此回答，却没想到接下去要说什么。不愧是政治家，杀人灭口之类的事情不是很常见吗，或者也许我应该说池野内议员不是那样的人吧，但是无论哪种都是没有感情的回答。

"最后一次见池野内议员是什么时候？"

"什么时候啊……"我不知道怎么回答是因为我们实际见面时发生的事情和在梦里、在那个世界发生的事情混杂在了一起,"大概是三年前吧。我们结束各自的会议后,偶然在大手町遇到了。"

我为了商谈新商品的采购数量和宣传去了一家大型网络销售公司的总部,刚好要回去了,没想到恰巧遇见了从同一栋大楼里出来的池野内议员。他说他也有事来那家销售公司。我不知道国土安全大臣和网络销售公司有没有关联,比起工作,我脑子里想象的都是关于他情人的那些私事。

"爸爸跟政治家是熟人吗?好厉害啊。"佳凛边嚼着面包边说。她考进了志愿中的高中,已经上学半年多了,正享受着当下十几岁的生活。

"不知道算不算得上是熟人。"

"我们跟你说起过吗?正好是佳凛你还在我肚子里的时候,你爸爸的公司里发生了棉花糖糕点里混入了图钉的事件。"

"我没听说过,不过,什么?贩卖混入了图钉的棉花糖糕点吗?还真有挑战性呢。"

"下次跟你说。"这不是在早上上班前匆匆忙忙的时间里能说清的事情。

"爸爸也会被抓吗?"

"因为违法行贿?怎么可能发生那种事情。"

"向我行点贿也可以。"

"这个嘛……"我苦笑道,"是违反政治资金规范法的。"

面前微笑着的小泽圣问我女儿听了这话说了什么。

"她惊讶地说了声'哈',然后就不知道去哪儿了。"

小泽圣愉快地笑出了声。随后他又正色说道:"池野内议员既没有肯定也没有否定,感觉很不妙啊。"

"他的脸色或者说容貌都变差了。"

看得出来电视上播放出来的池野内议员在一天天地消瘦下去。能想象根据他自身的判断,有些事情不能说。可几乎没见过有政治家被逼到这种情势下,还能恢复公信力的。就像开始下降的气球无法再上浮一样,总有一天结局就是落到地面上,只是早晚的问题。既然如此,干脆赶紧承认之后谢罪,损失才会比较小。不过也许存在只有政治家才看得见的道路,或者是执念和矜持吧。

"池野内议员飞黄腾达的速度相当快啊,可以说太过突然了吧。"小泽圣说。

我也重重地点了点头。十五年前,还是都议会议员的池野内议员作为众议院选举的候选人顺利当选了,以惊人之势成为政界的中心人物。情人的存在和圣胡安湾事件等花哨的话题肯定让他得到了支持,可能也有当权者半觉得有趣而支持他的原因,但是关于政治,没有诚实、正直的印象是不行的吧。

"不寻常的飞黄腾达大概都会被嫉妒。"我仿佛对照着公司内部的人事变动说道。

"您和池野内议员在那儿见面是在二十天前吧?"小泽圣按着手机,确认起日历的画面。

他好像记录下了在梦里手持武器和那些敌人似的生物战斗的日子。他瞥了我一眼,戏弄似的说:"岸先生真的不记得那个世界的事情啊。"

"真不凑巧。"

"池野内议员告诉我们这些已经过去十五年了，您也差不多该习惯了吧。"

"十五年前，小泽先生明明也是半信半疑的。"

梦里的战斗和我们的现实有所关联，听了眼睛熠熠生辉的池野内议员说的这话，小泽圣和我一样露出了不好意思的表情，只好开玩笑似的附和几句，脸上浮现出冷笑。

在那之后大概只过了两年吧，小泽圣突然联络我说"要不要聊聊？"

"那个时候，其实我以为你是要找我商量绯闻，比如被人发现在热恋什么的。"

小泽圣大笑了起来。"这种事情我怎么也不会拜托岸先生的。"

池野内议员的那些话也许不一定是臆想。

十三年前跟我见面的小泽圣虽然在苦笑，但是表情却很正经。就像是在讲鬼故事的现场，本来并非真心接受，可目击了不该看的东西后，半违心地说了话。

"三天前，我在梦里战斗。"

我追溯了这三天的记忆，但没有想起来。夜里我肯定是睡觉了，但不记得做过梦。

"可能我没有见到岸先生，不是团队作战。"

"单人作战？"

"可能是吧。我一个人在和巨大的牛似的生物战斗。"小泽圣摆出了两手握住武器的姿势，"我输给了那头牛。"

"小泽先生你吗？"

"我记得很清楚。虽说那是头牛但长着羽毛，以飞快的速度飞着。我挥动巨剑，瞄准了它，可它却不知何时绕到了我的背后。"

他移动着视线，就像自己的上空有野兽在飞似的。

"我被它撞到了，就输了。被弹飞之后，我又被一圈一圈地吸了进去。"

"记得这么清楚吗？"我没能理解"一圈一圈"的意思。

"醒来后，记忆清晰得让我自己都很惊讶。所以，我想起了池野内议员的话，很在意输了会发生点什么事情。"

"发生什么了吗？"

"事务所……"

"啊，曝光了你退出的事情！"我是在新闻上看到的。我没能马上把叫 Sky Mix 的事务所名和小泽圣联系起来，但是看了电视的妻子立刻就担心地说：阿圣没事吧？

"因为我输给了那头巨大的牛。"

"你真的是这么想的吗？"

"时间点也太凑巧了。"小泽圣耸耸肩，"而且，战斗的触感真的很真实。"他注视着自己的双手。

那个时候，小泽圣还处于半信半疑的状态，可是之后我们每次见面，他的确信程度都在加深。我们定好了大概一年见一两次，可是渐渐地小泽圣就从焦急变成了生气。"明明已经过了那么多年了，为什么岸先生完全记不起那个世界里的事情呢？"

"不，我依稀记得一点。"我说明道。这不是痛苦的辩解，而是事实确实如此。早上醒来，从被窝里起来的时候，我不止一次觉得身上还残留着踢到了比自己大好几倍的生物的触感。"可是，我没有和小泽先生在一起的记忆。"

"啊，我也是。和那头巨大的熊战斗以后，我也没有再遇见过岸先生。如果那次是团体战的话，那之后我就只有过个人战。"

"这是为什么？"

"可能是因为和战斗相关联的现实是我个人的问题。"

"什么意思？"问出这句话的时候，我理解了他的意思。

如果池野内议员的主张是正确的，现实中发生的事情会因为梦里战斗的胜负而受到影响。

如果某次事件是和我以及小泽圣双方都有关的话，那么那时的战斗可能就会是我们两个人参加。如果是事务所漏税这种和我无关的事情，那么我就不参加会对这件事造成影响的战斗。就是这么回事情吧。

"在战斗的只有我们吗？"我不禁问出了以前也讨论过的话题。

世间有许多纠纷。虽然不是大河剧[1]和晨间电视连续剧，但可以说人生就是由一连串的纠纷组成的。

因此，如果这些纠纷和梦里的战斗是一一对应的，那么正因如此也会有无数的战斗，而为了进行这无数的战斗，仅凭我们自己终归是来不及的。

1　日本的长篇历史电视连续剧。

"啊，这也许是错的。"小泽圣断然说道，"事实上，我和不同的人一起战斗过。"

除了我以外你还有关系要好的人呢，我的心中瞬间涌起了少女般的嫉妒情绪，我苦笑了起来。

小泽圣好像记得他见过池野内议员说起过的罗列着无数招贴画来选取同伴的场所。小泽圣说也许只能选择应该组成队伍的人的招贴画。

"冷静下来想想，不太可能只有我、岸先生和池野内议员三个人有这样的使命吧。"

"也很难想象所有人都在梦里战斗。"我无法涌现出那种真实感。就是说妻子和佳凛也在梦里战斗吗？

"可能并不是所有人。比如，梦里的人口和这个世界上的人口也不一样。"

"这是怎么回事？"我觉得自己像是在被年轻人教授当今年轻人的文化规则似的。

"这个世界和那个世界是有所关联的。比如，想象一下它们是由绳子联系着的，梦里的 A 先生和这个世界的我是用绳子联系着的，B 先生和岸先生是联系着的。这个世界里的人比较多，所以绳子不够。和那个世界里没有联系的人必然是更多的。"

"A 先生不是我在梦里的形态吗？"

"啊，岸先生是 B 先生。"

"字母无所谓。不过，我想，在梦中战斗的一定是我自己。"

"的确也有这种可能性。"小泽圣点点头，"不过我想到的是，梦里的世界到底是梦里的世界，虽然和这个世界相连，但还是不一样的。我想，说到底不就是这个世界里有和那个世界相对应的人吗？"

"严格来说，就是在那个世界里战斗的不是我们自己？"如果是这样的话，那我就只是在看着那个和我对应的 B 先生战斗的样子。

"嗯。"他小声沉吟道。

"要是认为只是看着那未免有些寂寞。"他露出了笑容，"如果可以的话，我希望自己能在那个世界里大显身手啊。不管怎么样，还有其他和梦相联结的人，这种想法才比较自然。"

"嗯，是啊。"尽管这么回答，可我对什么是自然的、什么是不自然的感到混乱。

"我想起那个了，金泽的法船寺。"小泽圣接着说道，"您还记得吗？岸先生也去过的吧？"

"猫的那个！"

"没错没错。那个不是也跟梦有关吗？猫出现在和尚的梦里，说它需要同伴。"

然而事实上，猫带回了其他猫，击倒了大老鼠。

也许梦和现实是相关联的，因为梦而打败了巨大生物这一点确实是一致的。

我心想，我们会不会也有像义猫塚那样的坟墓啊？

接下来，我拜托了小泽圣一件事。我希望他今后也把梦里战斗的信息告诉我。有我登场的战斗自不必说，我也想知道只有他一个人战斗的情况是不是也真的和现实中发生的事情相呼应。

"就这么办。"小泽圣出乎意料地简单应承了下来。他还说："不过嘛，很快岸先生也会变得记得那个世界的事情的。这只是我的感觉，经历过几回战斗后，和那个世界的联结就会加强，或者说就像临摹几遍后，感觉就会变得清晰。所以，我觉得岸先生之后再梦见那个世界的话，您记得的事情也会增加。"

虽然我回答说"原来如此""可能吧"，但没什么自信。梦里既然有只要稍微教一下就会后空翻的人，也会有无论多细心地传授诀窍还是完全不会翻的人。

然而现在，虽说已经过了十三年多了，可我依然无法明确地想起在梦里战斗的事情。

"比起之前要稍微清晰一些了。"我就像害怕不学习就会被抛弃一样。我多少努力过了，所以请不要放弃我。

当然，这也不是说谎。我做有战斗的梦时会心想，"不会就是这个吧"。对战生物的造型、是自己一个人还是有同伴、用什么样的武器、攻防是什么样的，我对这些都留下了模糊的感觉。

"岸先生也记一下笔记比较好。"小泽圣抓住手边的手机摇了摇，"二十天前，岸先生也跟我在一起战斗。"

"池野内议员也在？"

"是的，久违地聚齐了三个人。"

接下来，我和小泽圣聊了一下极其普通的杂事，他依然还是经常吃我们公司的产品，提供了关于新产品的感想和作为消费者的想法。我还因为很喜欢几年前他出演的系列电影，问了他一阵子幕后的故事。

"岸先生也说点自己的事情嘛。"

"我没有什么特别的事可说啊。"

"不特别的事情最好了。比如家人的事情啦，您太太好吗？"

"还行，她年纪也大了。"妻子和我一样四十五岁左右，虽说开始因为更年期身体不舒服，但也不是很严重，"不过有件事很不可思议。"

"什么事？"

"那个时候，如果不是你救了我的话……"我脑海中浮现出的自然是十五年前圣胡安湾的场面。

我被突然靠近的黑熊吓得摔倒在地，以为这下完了，几乎就要放弃了。黑熊是无辜的。它既不是路上的杀人狂魔，也不是任意使用暴力的骚扰狂，只是为了保护自己而拼命罢了。

就在那时，小泽圣不知道是前空翻还是后空翻，总之要不是他以连黑熊都害怕的动作移动过来的话，一切就都完了。

我能像现在这样身处此地，和家人生活在一起，都是托了他的福。

小泽圣不好意思似的挠了挠太阳穴，说道："但是，那之后岸先生帮了我好多次啊。"

我不记得我帮过他。

我以为他只是随口一说罢了，可他却补充道："在那个世界里。"

"那个世界……"

"我快要被一头大得离谱的马带走的时候，岸先生投来了发光的箭。"

"发光的箭？"

"您朝天空中投去的箭发出了光，扰乱了对手。眼睛中招的马放开了我，我这才得救。"

"我完全不记得。"

"您救过我很多次。"

"那个，我用的是什么武器来着？"我应该从池野内议员那儿也听到过说明，不过却怎么也记不起来了。

"是投掷用箭头。"他说着，终于笑了，"那个世界里是这么叫的。"

"投掷？"

"就是用来投掷的箭吧。您知道用来射的箭吗？和那个基本上是一样的。投掷出绑着绳子的箭刺向对方，但因为绑着绳子所以可以收回来。"

"为什么要收回来呢？"

"能节约箭。"

是跟在海里使用的鱼叉一样的东西吧。当然，我没有使用过这种东西的实感。

"即使失败了一回，也能再投一次。"他笑说。可不知为何，"即使失败了一回，也能再投一次"的话音有些不对劲。

"怎么了？"

不，没什么。我只能这么回答。

话题又回到了彼此的其他近况上，不过，中途墙壁上的显示器从体育直播切换到了新闻画面。

我无意中看到上面显示出了亚洲农村中禽流感感染者死亡的标题。

新型流感，尤其是被称为禽流感的那种，它带来的威胁从以前开始就会定期成为话题。每到这时，就会被总结为"现在还不要紧，但流感病毒的变异会引起巨大的问题"。然后大概十天前，网上出现了终于确认"人传人"的新闻。说和至今为止的病毒相比，重症化的病例增多。不，与其说是增多，不如说是感染力前所未有的强，致死率也很高。

"好可怕。"我说，"出现死者了啊。"

"不过，哎呀，偶尔不是也会有这种事情的吗？"小泽圣意外地看着正担心的我，"出现了新的疾病，人们一开始会很不安，但总会得到控制的吧。"

"至今为止，只是碰巧没有发生任何事情。"这次不一定也会这样。

接着，我的脑海中浮现出的是紧挨患者的医生们的身影。他们中既有国家派遣来的，也有各种各样团体的成员吧。这不是什么碰巧。多亏了背负着使命感的人们，这是他们竭尽全力治疗、为封锁病毒倾注力量的结果。"或许，医生们也在那个世界里和很厉害的对手在战斗呢。"小泽圣表情认真。

"在战斗？什么意思？"

"就像池野内议员说的那样，如果在那个世界里、在梦里和巨大生物的战斗会对这个世界的现实产生影响的话……"

"那个世界是梦，这个世界是现实"，这句话留在了我的脑海中。

"获得胜利的话情况就会好转，输了的话事态就会恶化。难道不是因为医生们在那个世界里也在拼死战斗，取得了胜利，所以至今为止才没发生任何事吗？"

"我真是佩服你。"

"要是输了，事态可就严重了啊。"小泽圣说完，又耸了耸肩道，"在战斗的也有可能是我或者岸先生。"

我知道自己的脸绷紧了。和感染症相关的事情绝对不是小纠纷。这么重大的责任，即使在梦里我也不愿意承担。

"岸先生，请不要露出这么吓人的表情。获得胜利就好了啊，岸先生不记得了吧，我们是很强的。"

"就算你说很强也……"这和自信、安心扯不上关系。

"没关系。目前为止我们都是胜利的。"

我们究竟为什么会在梦里和敌人战斗？为了给这个世界里的纠纷造成影响吗？也就是说是起掷硬币决定会有"好结果"还是"坏结果"的作用？

也许那个世界也有他们自己的目的。我这么想着，问了小泽圣后，他思忖片刻说道："这个确实不清楚啊。"

"明明都不清楚，我们还在战斗？"

"那只指路员似的鸟，你看，就是那只鲸头鹳，每次都会给出指示。就像在说去打倒那个方位的敌人。感觉我们就是遵从它的命令去讨伐。"

一眨眼的瞬间，鲸头鹳的脸突然映入了我的眼帘。因为它一直盯着我看，吓得我起了鸡皮疙瘩。

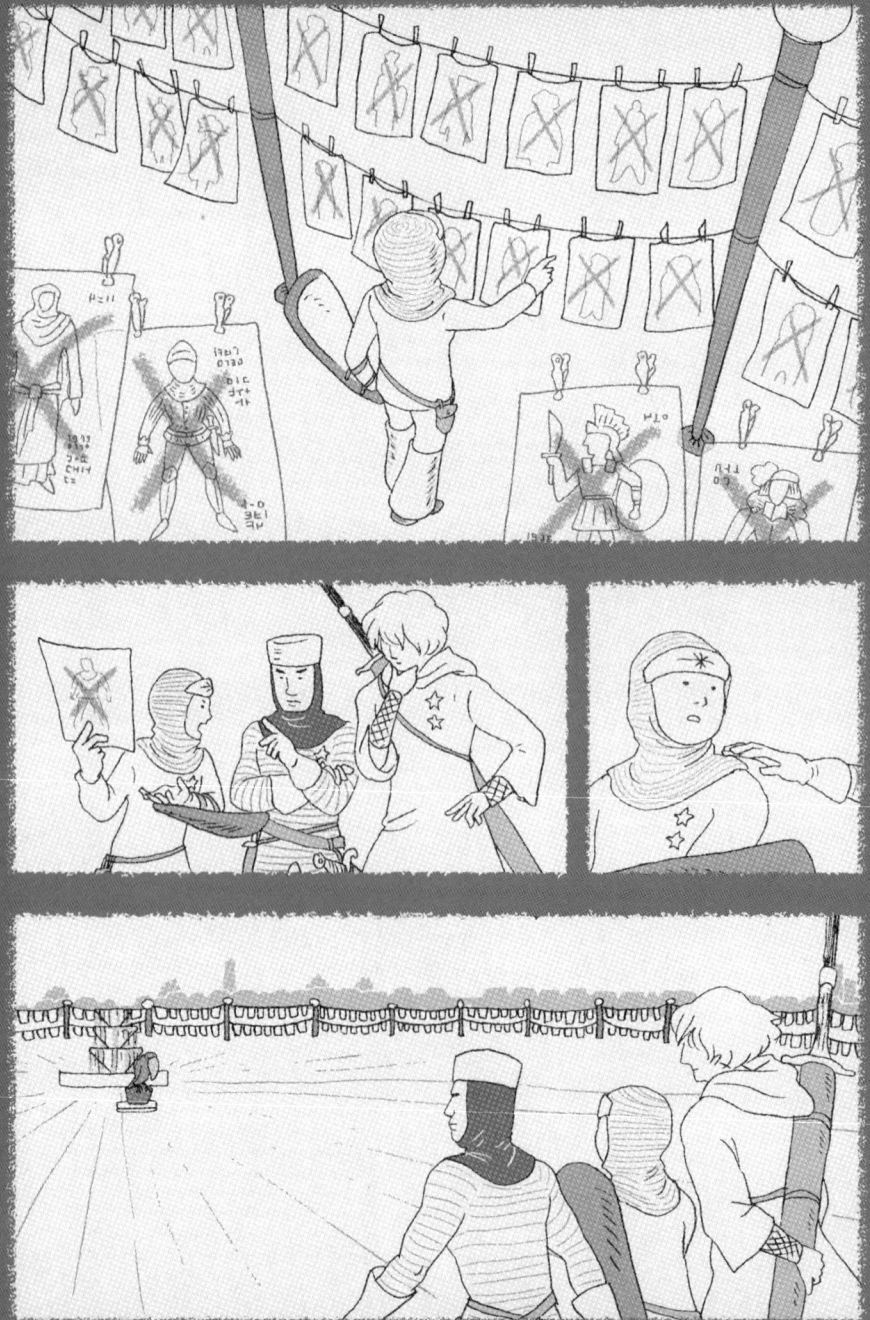

"怎么了？"妻子来叫我，我才猛地回过神来。

我错口说道："没什么，电视里显示有信息进来。"我单手抓握住手机拿了起来。上面显示着收到信息的通知。

"电视里？"她也把视线投向了电视。

电视上正播放着通常早餐时间都会放的新闻节目。介绍社会事件的栏目里播放的是池野内议员。

"池野内议员。"递着话筒的记者接近他的时候，他背对着记者，大家可以看到他慌张离去的身影。

"亏心事做得太多了所以要逃跑吗？"无论在哪个时代，用仿佛背负着全世界的正义态度在追人的记者都很勇敢。

"电视里的人发来了消息。"我边说边再次把目光落到了手机上。上面显示着池野内议员的名字。

"这节目是录像吧。"妻子冷静地说，"他为什么联系你啊？"

三年前在大手町碰巧遇见后，我们没有再见面，就连消息都没有发过。"可能是弄错了。"

"会不会是慌乱中按错了啊？"

我当场就读了信息。

因为上面写着"岸先生"，所以很明显不是搞错了。

"明天是周六，能见一面吗？"

只有简短的一句话。我把手机屏幕转向妻子。

"你要是去见他的话，检察特搜部在等着你。"

"关于糕点制作公司的违法行贿之类的？"虽然我是半开玩笑的，可实际上还是很害怕。虽说我跟他认识，但这可是来自正被媒体追踪的政治家的邀请。"怎么办啊？"

"虽然有点可怕，"妻子说完将目光转向电视，"但是池野内议员现在一定很困扰。"

"还不知道他是不是清白的。"

"还有，十五年前池野内议员救了我们也是事实。"

"对恩人面临的危机视而不见不太好啊。"

"理想情况下是这么说没错。"妻子还是说得暧昧不清，"可是真令人苦恼。"她半笑着夸张地发出了苦恼的声音，"要是被卷进了可怕的事情里，我们家出点什么事就糟了，我也很担心佳凛。"

"话虽如此，可要对恩人见死不救也……"

"真是苦恼啊。"

我也完全是同感，对给我们带来了烦恼的池野内议员甚至还抱有愤怒之意。

池野内议员指定的见面地点是公园里宽敞跑道旁的长椅。饱经风雨后破破烂烂的木制旧长椅等间距地排列着，他说让我坐在其中的空椅子上。

现在是十一月中旬，东京附近已经被寒冷的空气所笼罩。妻子说在公园一动不动地待着会生病的，劝我穿了厚衣服真是帮了大忙。我披着羽绒夹克还是觉得冷，甚至想要围巾。

我还不知道来见池野内议员是不是正确的决定。

不应该跟他扯上关系，我心想。

虽说他对我有恩，可这近十五年间我们几乎连面都没见过，也就是互相寄送新年明信片这种程度的关系。

支撑我的是女儿佳凛的话。

虽然不应该让孩子担心，但我还是觉得和家人分享我面对的问题比较好，我简单地跟她说明情况时，她干脆地说"你就去听听他说什么也好"。

"可能会受到牵连。"

"也有可能不会吧。"

"虽然如此，但出了什么事的话……"

"等出了事再考虑不迟嘛。"

女儿说着"那我出门一趟"，就走出了家门。我很羡慕她身处这种不用负责任的轻松位置，不过确实，我觉得在事情发生之前担心这担心那，回答说"不能跟你见面"也很滑稽。

事实上我也很在意池野内议员的要事。

"好久不见啊。"

我正坐着的时候，有人跟我搭话。猛地抬起头来，只见池野内议员站在我面前。他穿着薄薄的黑风衣，挺直了背脊。

我马上站了起来，打招呼说好久不见。

"池野内议员可能不记得了，三年前……"

一旦当上议员，每天跟许多人会面就是工作吧。什么时候跟谁见了面，而且只要是没有特别的利益关系的人，要在记忆里留下印象也很难。正因为我这么想，所以对于他流利地说出了"在大手町见过面。从那以后就再没见过了啊"感到惊讶。

"有个地方我想让你跟我一起去。"池野内议员说完就走了起来，于是我也跟了上去。

不知为何，这时我没有想过会被带到等在后面的车子那儿，被塞进车子后带到一个恐怖的地方这种情节发展。

拿着足球的小学生团体从前面走过来经过我们身边，过了一会儿，我们又跟抱着篮球的中学生似的人群擦肩而过。因为公园里面有篮球角吧。

"到底要去哪儿？"

"岸先生您也知道，现在的我相当有人气。"

我迟钝地察觉到了池野内议员的话是在指什么。我环视了一圈四周。"媒体吗？"

"媒体倒没有那么难缠。"

"检察院？"

"可能是检察院雇佣的人。"

我没想到检察院会委托外部的人进行跟踪，不过凭我的常识推测不了的事情还多得很。或许，还有非正式搜查。

只有广阔的公园里视野不错。我回头也没有发现疑似在跟踪的人，尽管我自己也不知道那样的人应该是什么样子的。

"那个，到底……"

"球技有很多种类吧。"

他是想起了在公园里和我们擦肩而过的人拿着的各种球吧。停车场前，穿着便服的年轻人正熟练地将排球"砰砰"地打来打去。

我以为肯定是要从停车场坐车走，可出乎意料的是我们要去的是在公园对面，走人行横道穿过车行道后，前面的游戏中心。

店外摆放的是现在流行的西部片《快枪游戏》，画面里浮现出的枪手正在招手。

我们走进店内，里面摆放着各种各样的游戏机和抓娃娃机，不过池野内议员毫不犹豫地朝年轻女性和十几岁女孩子们的队列末尾走去。

"岸先生，跟我一起玩这个，拜托了。"

"大头贴机？"

拍下照片后当场印刷出贴纸的"大头贴机"虽然是有约半个世纪历史的传统娱乐设备，但它并没有成为供人怀念的过时机器，而是仍然以年轻人为对象持续活跃着。事实上，排在我们前面的女性都像看变异生物似的，偷偷地将视线投向我们俩。

也许是为了防止偷拍吧，应该有许多店铺是禁止只有男性进去使用的，不过这里却没有写注意事项。

虽然觉得很尴尬，可也许是出于不能就这么把池野内议员一个人留在拍大头贴的队伍里这种奇妙的使命感，我没有离开。

终于轮到我们了，我们走到里面的机器前。为了拍照片，机器被窗帘似的东西覆盖着，我们走进了帘子里面。

池野内议员用手机付完钱，开始操作起了画面。

我的目光越过眼前的贴纸打印机看向站在旁边的池野内议员。

"您胖了一点？"

"因为我中饱私囊了啊。"他说道，自嘲地笑了，看起来终于能交谈了，"很抱歉带你来这种地方。如果要找能说悄悄话的地方，明明去哪儿都行。"

"不要紧吧？"

"这里的机器很多，我们花点时间她们也不会生气的。"

"我不是说大头贴机，我是说池野内议员您。我经常看新闻。"我说。我只烦恼了一瞬间应不应该直接提问。见面的机会有限，所以现在不是犹豫不决的时候。

"那件事，是真的吗？违法行贿，从制药公司收钱的事。"

"是真的。"

"啊。"

"很抱歉，背叛了你的期待。"

"池野内议员举止温和，外表也很绅士，所以我被你骗了。可你却是出人意料的不受常理束缚啊。"十五年前，虽说是不得已，但他公布了自己有很多情人的事实。我很想补充说，在伦理方面我对你没什么期待。

接着，我想到了池野内议员的太太。虽然我没有见过她，但我记得她的声音。"你是说混进了图钉也没关系吗！"是她打投诉电话到我们公司时的声音。异物混入的真相是她的谎言，我甚至还记得当得知这实在是一位性格很扭曲的太太时，自己对池野内议员的同情。

"政治家收取违法贿金，相反的，这也许是合乎常理的。"

"什么意思？"

池野内议员从口袋里取出手机，可能是收到了短信。

"并不是我要求他们行贿的。"

也有即便没有直接开口要求"给我钱"，对方也会因为动作啊表情啊，甚至是默契而作出回应的事例。

"也有可能是我没有给出示意，而对方却擅自那样领会了。"池野内议员说，"因为那是合乎常理的事。"

你这是借口，我没想要这么批判他。池野内议员看上去内心十分困扰，认真地主张说行贿是违反他本意的。

"会有对方擅自做主这种事吗？"

我刚问完，周围就发出了亮光。

贴纸打印机不知道什么时候工作了起来，拍了照片。

"有啊。"池野内议员说。

"有吗？"

"在我千钧一发的时候，岸先生投来了发光的箭。"

我察觉到他说的是那个世界里的事情。这事小泽圣也告诉过我。使用投掷用箭头的我有时会使用发光的箭来扰乱敌人。对于这事，我是既没有真实感，也没有记忆。

"最近，您记得那个世界里的事吗？碰巧前些日子我和小泽圣也聊过。"

"啊，小泽先生。"池野内议员稍稍提高了声音。

"池野内议员还是和以前一样在那个世界里战斗吗？"

他笑了笑。"不光是我，岸先生你也在战斗。"

我低吟了一声道："我不记得了。"

有可能在那个世界里的不是我，而是和我有关联的其他存在，我把小泽圣说的这个假说讲出来后，池野内议员也点头道："也有这种可能性。在那个世界里的人看起来像我，但不是我。

只不过我们可能共享了那个场面和经历。"

"在那个世界里取得胜利的话，现实就会改变，您现在还相信吗？"

我边问边想着他不要觉得我把他当傻瓜就好。我还补充说"其实小泽圣是相信你的"。

"啊。"池野内议员发出了微小的声音，朝正前方看去。我也同样把视线投向前方。我们通过机器的画面面对面。

"最近，我的想法稍微有些改变。"

"是吗？"他之前那么强烈地主张，现在却……

但是他没想作进一步的说明。

"今天，岸先生能来真是太好了。我没有其他可以依赖的人。政治家、官僚、支持者，没有利害关系的人数都数得出来。"

也许政治家就是这样的。"你不是有情人吗？"我说这话不是戏弄他，而是真心话。情人可比我可信得多吧。

"意外的是，我跟她们也不是毫无利益关系。"池野内议员眯起了眼睛。他脸上增加了深深的皱纹，初次见面时的清爽感消失不见，渗透出被用力胡乱揉搓过的感觉。不过，他笑起来显得稍微年轻了一些。

"那么，您找我到底有什么事？"

机器发出了启动的声音。池野内议员稍微弯了弯腰，拿起贴纸站起来。那是刚打印出来的两个人的照片。照片被进行了巧妙地加工，两个人脸上的皮肤都变得雪白，眼睛也被加工出了大大的黑眼珠。

他"咔嚓咔嚓"地把照片对半剪开，递给了我一半。

"这个请拿着。"

"欸？"

"我要是发生了什么事，请靠这个想起来。我有事情要说出来。"

我感觉到他似乎要将遗书委托给我的沉重感。"那个，如果您有什么要传达的话，就请自己说吧。"赶紧发布出去不就好了吗？

"如果做得不好的话，马上就会被抹杀的。以前，还有在网络上发布的方法，现在防火墙也很发达了。"

防止犯罪、抑制不良信息、保护个人信息，就在数年前，网络上以各种各样听起来好听的名目为挡箭牌，引入了信息的防火墙程序。也有坊间传闻说防火墙主张进行最低限度必要的机械过滤，将网页设置成了无法审查的状态，但是也会删除对政治家不利的信息。

"防火墙的事是真的吗？"

"有这个可能性。人工智能的研究也进步了。即便不是这样，大家也会轻易地认为我在网络上的发言是被逼到绝境的政治家不明真伪的昏聩留言。"

不是有条理地反对网络上的信息，而是驱使揶揄、诡辩和可疑的同道中人来参加，这种没有节操的手法日渐被确立并且在进步，所以很有说服力。

"池野内议员，您到底……"想要传达什么？在我这么问之前，他就掀开贴纸机的帘子走出去了。

我慌忙走到外面，但已经不见了池野内议员的身影。排在队伍最前面等待使用贴纸打印机的女性们，只是站在原地奇怪地看着我。

池野内议员去哪儿了？刚刚的一切该不会是幻觉吧？

没想到自己被叫出来，又这么被丢下了。我不禁生起气来，可也无计可施。

我也只好匆匆离开。

一走出游戏中心我就被两个穿西装的男人叫住了。他们是一直跟着我们吗？

"我们能问您一些事情吗？"

这个男人的年纪几乎和我差不多大，短发，目光锐利。

"您和国会的池野内议员究竟是什么关系？"

"欸？"

"刚才你们一起在店里吧？"

我只苦恼了一瞬间，就判断出眼下异样地佯作不知或是撒谎都不是上策，最不可疑的就是不隐瞒任何事情："是他叫我出来的，我也不知道怎么回事。以前我受过池野内议员的照顾。"

"如果可以的话，您能告诉我是什么样的照顾吗？"

他说的话虽然很有礼貌，但相当有威势。"什么样的照顾"这样的措辞也很奇怪，显然是没有掩饰好他的蛮不讲理。

我说了十五年前在圣胡安湾被池野内议员所救时候的事情。不知道是不是因为出乎他们的意料，两名男子一下子放松了警戒心，说着"啊，那个……"，露出了发自真心的惊讶表情。

"所以他是我的恩人，但关系并不是特别亲密。然后他突然联系我，我以为是有什么事，结果他把我叫到了这里。"

"他说了什么？"

"什么都没说。"

"什么都没说？"

他们会怀疑我也是没办法的。我说只是在游戏中心的贴纸打印机上拍了照片，然后拿到了贴纸，仅此而已。

"能把贴纸给我们看看吗？"

我叹了一口气，从包里取出贴纸递了过去。他俩盯着看了一会儿后将贴纸稍微拿起来一些，好像在和我对比着看。没有比被和进行过美白加工和瞳孔放大修正的照片放在一起更难为情的了，我拼命忍住，竟然没有笑出来。

背景里映出的是作为东京新著名景点而建造的东京站前钟楼的照片。

"这张照片有什么意义吗？"对方把贴纸还给我。

"我也想知道。"这也是真心话。"可能是作为纪念吧。"我说。

他俩对视了一眼，没有打招呼就离开了。

我没有生气，可能是刚才很紧张吧，我缓缓地吐出了憋着的气。

我回到家时，坐在客厅椅子上的妻子正在看电视。我觉得她可能很在意池野内议员的事情，就快速说道："我们在游戏中心拍照片做成了贴纸，这次见面的大概经过就只是这样而已。"

我以为她的反应肯定是"在游戏中心做贴纸？什么嘛"，可出乎我意料的是妻子居然没有回应。她一动不动地看着电视。

难道是池野内议员的行贿嫌疑有进展了？我看向电视画面，可并非如此。

正在播放的是禽流感的感染死亡者在增多。

就在昨天，才刚刚播过只有一名死者的新闻，可是海外已经有几十人死亡了。

死者中也包括医疗相关人员，这让人们变得更加不安。

"或许，医生们也在那个世界里和很厉害的对手在战斗呢。"我想起小泽圣说过的话。因为在那个世界里战败了，所以他们在这个世界里死亡了吗？想到梦里的胜败和这个世界里的性命问题有所关联的瞬间，我背脊发凉。

"现在播报最新消息。"主播从工作人员手中接过平板电脑的情况让人想到发生了紧急事态，我的胃一下子抽紧了。

"最新消息，从居住在都内的男性身上检测出了禽流感。"

"欸？"我出声道。都内？也就是说，是日本的东京都？

我脑海里产生了对禽流感流行的恐惧。这不是隔岸观火、事不关己的情况，而是飞火也有可能殃及自身。只不过，前不久才刚刚播报过在亚洲农村里有一人死亡的海外信息，照此认识，我以为会经过感染者扩大的阶段，此后再逐渐扩散开来。可它却突然跳到了我们附近。

我想起了十五年前圣胡安湾的那次事件。虽然逃出来的黑熊看上去还离得很远，可眼睛稍微挪开一会儿的间隙，它就移动到了我的近处。巨大的身体立刻就近在眼前。就是那种感觉。

那种没有过程，突然就被置于"穷途末路"状态的感觉。

第二天我要去福岛出差三天两晚，提前查看明年要举办的活动，虽然和年轻职员一起坐在列车上，但我还是一次次搜索着网络上的信息。

　　"被感染的是谁"的搜索热度就跟搜索暗杀首相的犯人热度相当，"感染者"的信息一件接着一件被公布了出来。根据新闻报道，目前确认的只有"居住在都内的男性"这一条信息，所以可能其他几乎所有的都是假消息，可是无论哪一条写得都很真实啊。

　　"这是从机场的检疫官那里听说的""这是亲戚里的传染病专家偷偷告诉我的"，这种开场白明显就很可疑，可人们还是会觉得这些流言中混杂着十分之一的真实性。而且，如果再附上"请不要相信其他流言。我说的都是真话"，人们就会更盲目地相信这就是事实。

　　我浏览了一般新闻的页面，传染病并没有被当作主要内容，页面空间被日本足球国家队选手和体操奥运银牌选手出轨的新闻占据了。池野内议员的违法行贿嫌疑不知道是不是因为还没有新消息，所以在醒目的地方也没有找到有关他的新闻。

　　"岸课长，我真是服了。"坐在我隔壁的年轻职员吃完便当后突然说道。

　　服什么？我以为他要说和上司在同一班列车上一起并肩坐着有所顾虑，所以还是分开来坐比较好，可他却说："昨天，我女儿在幼儿园里发烧了，就早退了。今天早上烧退了，我就带她去幼儿园了。可其他家长却一直盯着我们看。"

"为什么？"

"哎呀，就因为有那个禽流感。"

啊，我也突然觉得嘴像被堵上了似的。

"可如果是禽流感的话，一天内是不会退烧的吧。"

"好像也有因为工作忙，所以孩子还没退烧就没事儿似的硬送孩子去上幼儿园的家长。再加上我女儿时常会咳嗽。"

"大家都很不安啊。"

"可是日本国内有很多感冒咳嗽的人啊，我很希望能公布出来是谁感染了。"

"那样的话就糟了。"

"总比大家都陷在对谁是犯人的疑神疑鬼里好。"

"哎，说是犯人不太好吧。"我想起了以前的新闻。那次也是新型流感。新型病毒，无论在哪个时代都会出现。在毕业旅行的海外目的地被感染的高中生遭到了谴责，学校全体都被当作是将病毒带回了国内的破坏者而受到了责难。结果，校长死了。

我说了这件事后，年轻职员说："欸，还有这种事啊？"虽然他语气很是惊讶，不过就像是在说别人的事情，不知道是因为事实上这就是别人的事情，还是因为已经都过去了。

"我无论如何也无法接受。"

时隔十几年，说出这句话的年轻人的身影再次浮现在我的脑海里。他当时对池野内议员的话感到不服。

"确实，如果知道了被感染的是谁，也会因此引起很大的骚乱。"他似乎也同意地点了点头。

接下来，话题就转移到用于新商品促销而制作的物料上了。

"据说这个在以前也有过企划？"说着他从包里拿出了摆件。它高约三十厘米，是塑料做的，因为是试做的产品所以没有上色。它是以可以称得上是本公司代名词的巧克力糖果的轮廓为模型制作的。

"啊，是火箭那款。"真令人怀念，我点点头，"正好出了图钉混入事件，所以计划泡汤了。有人说这款商品不太谨慎。"

"图钉跟火箭完全不一样吧？"

"但是，那个人……"我说出了当时的宣传部长的名字后，他也"啊"了一声，然后笑了。那位部长最终还是没能当上社长就退休了，虽然他的身影从总公司的大楼里消失，但他给人的印象深刻，就连这个年轻职员都知道。

时过境迁，年轻一代再次提案类似的促销物料企划并被公司认可，这让我心生感慨。

"这么说起来，"年轻职员在快吃完便当前转变了语调，"要是流感就这么扩散开来的话，会变成什么样啊？"

"会变成什么样是什么意思？"

"会变成控制不必要、不紧急的外出，所以家里糖果的消耗会增加，对我们来说有利，不会有这种事情吧？"

这种不谨慎的话似乎会被别人斥责，所以我确认了一下周围。

我结束了在福岛的事前检查，和相关公司的人吃完饭后，妻子发来了短信。

我看了看手机，上面显示着："难不成那个感染者是我们街区里的人？"

我花了很长时间才理解了这短短的一句话里的意思。不安仿佛要从文字里渗透出来了，这对平时一直是个乐天派的妻子来说很少见。

我们的街区里？

我脑中一片空白，一瞬间什么都思考不了。接着，各种各样的想法又汹涌而至。

究竟是什么情况？为什么会明确这个信息？如果是事实的话该怎么办？

我慌张地当即搜索了信息。除了"流感""感染者"这些关键词以外，还加上了我家的街区和地域的名称进行了搜索，没出来什么特别的信息。

"岸先生，出什么事了吗？"年轻职员都注意到了，也许我的表情很僵硬。

我含糊地回答了他，脑子里是宛如重重黑雾般的状态。我想起了很久以前在圣胡安湾看见过的带来了雷的黑云。

我一走进酒店的房间，立马给妻子打了电话。我纠结是打语音电话还是视频电话，回过神来的时候，妻子的脸已经出现在手机屏幕上了。

即使隔着屏幕也能看出她眼睛充血。她苦笑着说，一直在搜索信息。

"新闻上还没出来。"我立刻说道。

"我们家附近步行街红绿灯的转角处有一栋独栋建筑对吧。很早以前就在那里的，是一栋住了两代人的白色住宅。"

"很豪华的那栋？好像是久保先生？"

"对对。我碰巧看见了救护车停在那儿。与其说是救护车，倒更像是一辆大货运车。"

"只是这样的话，没什么特别的。"

"嗯。接着从房子里走出一家三口，大家都坐上了那辆货运车。"

"这也还不足以说明问题。"

"可是，防护得很严。他们穿着透明的航空服似的衣服。还有不知道是引导的工作人员还是急救医生的人，总之那些人也穿着一样的航空服。"

"我有不好的预感。"不安在我的身体里盘旋。

"是吧。"

"那户人家……"

"儿子是公司职员，应该经常出国出差。"

"一旦开始怀疑，大家就都想起了拼图的碎片。"

"之后，我又去看了一次，不知道是哪儿的工作人员在喷洒喷雾似的东西。据说可能是在进行杀菌处理。"

流感不是细菌而是病毒，我想说这句没有意义的话。

"也就是说，周围的其他人也注意到了？"

"除了我以外，还有两个人看见。比如药店的大叔。"

"那个人啊。"我想半开玩笑地说，他喜欢流言蜚语，还爱传来传去，在那家药店买过药后，第二天你得的病在街区内就传开了，"擅长收集信息的人，也是擅长从自己这里传播信息的人。"

"但是他怎么也不会去散布让自己陷入麻烦的信息吧。"

"麻烦？"

"因为被知道周围有感染者的话，他自己的生活也会变得不便的吧。"

"确实。"这也正是我们自己直面的问题，"真可怕啊。"我小声说。

可怕的是什么？

被禽流感感染？

当然了。可是还有其他不同的恐惧。"别靠近那家伙！"这样被人指指点点，被人疏远。我脑海里浮现出遭人白眼、被别人赶去别处的样子，内心受到了冲击，就像五脏六腑七零八落了一般。

我想起了小学时被同年级的学生霸凌，不过也注意到那件事和现在的事情有些区别。童年时期，霸凌我的那一方是没有正当理由的。他们只是为了消遣，想要沉浸在优越感里罢了，就是出于这种任性的动机才攻击我。与之相比，这次则不同。因为流感这种实实在在的恐惧而变得冲动的人们，应该会像对待病毒一样，疏远、嫌弃、厌恶我们。

"唉，不过那户人家是不是被感染了也不过是我的猜测罢了。"她说，"我有点不安所以才给你打了电话，跟你说了之后稍微冷静一点了。"

那就好。虽然我想这么回答，可由我来说的话会增加她的不安。

画面上的她表情稍微缓和了一点。

我察觉到自己对只见过几次的两代人居住的那栋住宅里的久保先生，产生了夹杂着不快的怒气。尽管这是极其任性的，可我却无法抑制。

那天，睡到商务酒店的床上之前，我心血来潮地在被子上正坐，双手合十地祈祷道："希望平安无事。"女儿幼儿园的时候发了水疱疹，全身起湿疹，她痒得大哭大叫的时候，我的确也和现在一样祈祷了。在那之后，这还是我第一次祈祷。

我合上眼睑，看见了一直盯着我的鸟，我大吃一惊。那是巨头、巨嘴的鲸头鹳。

我睁开眼睛后它自然也就消失了，我战战兢兢地再次闭上了眼睛。

鲸头鹳就在那里。

虽然很有可能只是我自己制造出了这个形象，但我还是暂时集中意识，和那只鲸头鹳面对面。它毫无表情，溜圆的眼睛让人觉得像是有话要说。

就在那张没有表情的脸上隐约渗出一点无畏时，我睁开了眼睛。

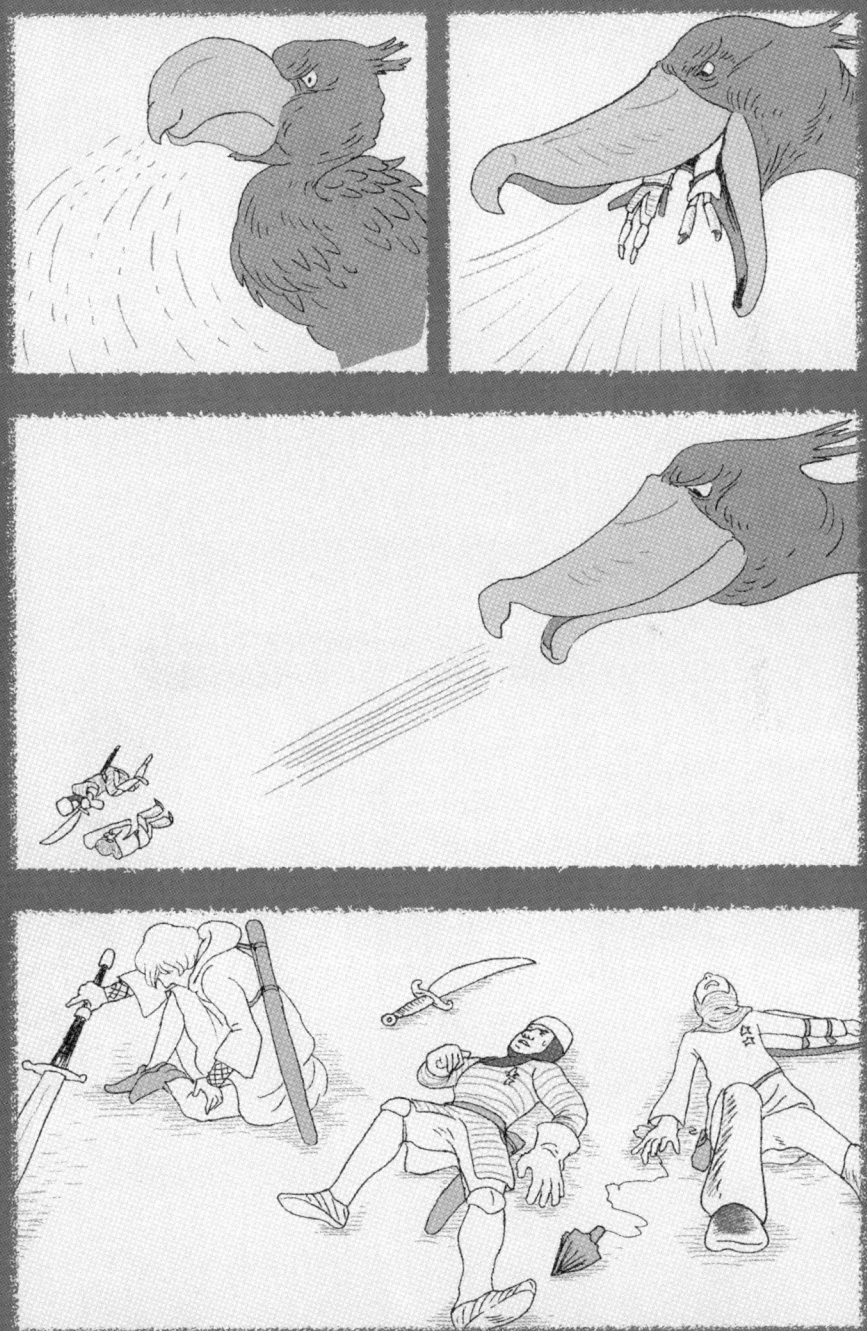

第二天早上，我在酒店的床上醒来，拉开窗帘后，不知道是不是因为照进来的阳光十分明媚，我阴郁的心情平静了下来。夜晚果然会增加人的不安情绪。

在手机上搜索后，没有找到关于被感染男性的新信息也是很大的原因。

妻子看到的救护车场景也许跟流感无关。这种可能性很高。我用酒店配备的显示器看了早上的信息节目，没什么值得在意的新闻。

杞国有个人总是担心天会掉下来，所以就有了"杞人忧天"这个词。

我想起了这个故事。我不正是杞人忧天吗？

我一口气参观了福岛县内的相关设施，这一天结束后，我彻底恢复了冷静，从福岛回去的那一天，新型流感已经变得不再是那么重要的事项了。

但是，到达东京站后，站内一半以上的人都戴着口罩，我非常吃惊。

"今天戴口罩的人很多。"我说道，可年轻职员却说："是吗？最近都是这样。"

"你要是担心女儿发烧，今天就这么回去吧？"我试着说道。我的意思是，我去上班，你休息，怎么样？

"烧好像已经退了，没关系的。"他小声说。

回公司的话，就有一如既往的那种例行工作等着我。倒不是忙得腾不出手来，积攒着那么多工作是件值得庆幸的事。太闲的人会沉浸在担心之中。繁忙的时候，就不用担心天会塌下来了。

传来让人不敢相信自己眼睛的可怕消息是在午休的时候。

我看了看电脑屏幕，小声说了句"欸？"

上面的文章显示着池野内议员遭到袭击，陷入了昏迷，意识不清。

稍微找找就发现了新闻视频。是电视台的记者将话筒递向池野内议员的场面。

总是很快就离开的池野内议员停下脚步，面向话筒的样子很少见。

"我没有必要烦恼了。也许应该说没有时间烦恼了才对。我想说出一些很重要的事情。"

池野内议员直截了当地说。

他的表情充满了觉悟，就连正在观看的我也吃了一惊。

记者感到很困惑。

"欸？现在？您会说吗？是什么？可以说吗？"他提高了音量。这将是醒目的独家采访，他一定为此感到兴奋吧。

池野内议员点点头说："因为我害怕的事情将要发生了。"

就是在这个时候。

他的头突然飞了出去。准确地说，是被从他背后靠近的男子用煎锅之类的东西，不，恐怕就是用煎锅给击中了，头晃动很剧烈，看起来就像头飞出去了似的。

我惊讶地张开的嘴怎么也闭不上。这是怎么回事？要接受这是现实中发生的事情需要一点时间。

画面上拍到的手握话筒的记者只会惊慌失措地"欸、欸、欸"。摄像师则去拍摄倒地的池野内议员。手持煎锅的男子身穿白色的带帽卫衣，背影看上去就像是在模仿幽灵恶作剧似的。尽管他一溜烟地逃走了，可却没有人去追他。

虽然知道这是电脑屏幕里的视频，而且是录像，可我却被想要跳进画面里去做些什么的念头驱使。必须救池野内议员。必须抓住凶手。

新闻继续报道说，池野内议员被送往医院，但是昏迷不醒，意识不清，犯人仍然在逃。

旁边的女性职员不知道是不是和我看了一样的新闻，她说："他为什么会被杀啊？"

"还没有死呢。"可能是因为脑子里很混乱，我的语气有些尖锐。

"政治家果然会遭人恨，会被人封口啊。"

遭人嫉恨和被人封口，也许这些确实是原因。

刚才播放的视频在我的脑子里重播。

我脑海里出现了靠近话筒、一脸严肃的池野内议员，和从他背后靠近、穿着卫衣的男子的身影。男子举起了煎锅。

我心想，要是前几天没有和池野内议员见面就好了。虽然熟人遭遇了恐怖事件会让人受打击，不过那样一来，我应该会觉得这跟自己没有关系。这就像知道了以前的熟人发生的事故一样。

可是，事实上我最近刚刚跟他见过面。而且，他不是还嘱托我说"如果我出了什么事"吗？他在游戏中心的贴纸打印机那里说了这话。

想起这些，我的心跳加速了。

发生什么指的就是这件事吗？

正思考着，吃完午饭的职员们接二连三地回来了，所以我转换了思绪。我想着应该有下午碰头会用的资料，就操作起了桌上的平板电脑，就在这时妻子打来了电话。是语音通话。

我想她大概是为了池野内议员的新闻吧。我离开座位，一边走到走廊上一边按下通话键。

尽管我觉得她不用特地打电话来，可她说的第一句话却和我预想的不一样。

"怎么办？"她说。

"怎么了？"

"佳凛从学校早退回家，高烧发得很厉害。"

也许是因为不想知道，我的脑子像断了电似的一片漆黑。可另一边又有另一个我想着，发高烧了又有什么好怕的呢？

"不一定就是流感。"并没有确定。

"佳凛说前天和久保家的人见过面。"

"两代人居住的那家？"

"对。那位老婆婆在我们家附近看起来身体很不舒服，佳凛好像扶着她到了她家附近。"

"为什么又干这种事？"我说出了口。

可这是要被表扬而不是要遭到批评的行为。

老婆婆好像发烧了，打喷嚏也很厉害，就连走路都困难。妻子说佳凛发着烧说了这些。

从时间顺序上来看，妻子碰巧看见久保家门口来了救护车的场面好像是在这之后。

怎么办？

电话里传来了妻子发自心底的走投无路的声音。

怎么办？去医院比较好吗？

我明白她犹豫的原因。去看医生，被诊断为新型禽流感后怎么办？我也犹豫了。

我想象着用手指着我们家，说那家人被感染了的人们，他们就像在议论罪人的流言一样。遭人白眼、被人敬而远之，我们会被人当成是万恶之源来对待。

我赶紧打消了这个念头。想想被高烧折磨的佳凛，现在显然不是在意世间眼光的时候。

妻子也是这么想的吧。

她强调地断言道："对吧，还是先打电话给医院。"这语气仿佛驱散了困惑，所以我也像支援她似的立刻同意了。

与此同时，我说："你也戴上口罩。"几乎没有人对禽流感有免疫力。正因如此才危险。虽说是为了看护，可要是妻子也感染了，那就鸡飞蛋打了。

"总之，我一直注意戴着口罩。"

到底有多少效果，就是未知数了。

我告诉她我会尽早回去，她却说："你要是被感染了就糟了，今天你别回家比较好。"因为我去出差了，所以没有和感染后的佳凛接触过。妻子说，你要是回来我能更有底气，可要是都倒下了就完了。

虽然她这么说，可我还是很担心，无论如何都没法跟她说那我从今天开始就住几天商务酒店的话。"总之，我会尽快去找你。"我挂断了电话。

我确认了下午的预约后，对旁边的部下说："家里有事打了电话来，我就提早回去了。"

我不知道该说到哪个程度，可事后判断情况的时候，让别人认为"那个时候，岸课长说谎了"也不太好，所以我打算说一些含糊的但不好开口询问的情况。

没事吧？是您太太发生什么事了吗？对于这些担心，我一律作了"具体的我也不清楚"的说明。实话说这也是事实。

我离开公司的时候，小泽圣打来了语音电话。我吃惊地接起来，听见里面传来了异常沉重的声音："你看见了吗？"

是池野内议员的事吧。

"事情很严重。"我说。池野内议员和我女儿佳凛的事情都很严重。

"岸先生你没事吧？"

"嗯。"

"不，其实昨天我在那个世界里输了。昨晚，我坐深夜很晚的飞机回国，在飞机里看见的。"

"看见什么了？"

"梦境。那个世界的。然后，我记得很清楚，我、岸先生和池野内议员被干掉了。敌人居然这么强。"

"欸？"

"从来没有输成那个样子过。"

是因为在那个世界里的战斗失败了？

"抱歉，现在我有急事。"我慌张地结束了通话是因为害怕。梦里的事情与现在有什么关系！我要是能斥责或是发怒那还算好。可并非如此，因为战斗失败了，所以已经走投无路的绝望感仿佛要向我袭来，我很害怕。我想起了因为流感而死亡的海外医疗相关人员。如果那也跟梦有关呢？

回家的路上，我乘坐着地铁，害怕有谁将病毒传染给我。我心想，拉把手是不是不太好？手不碰扶手是不是比较好？可是，如果佳凛是被久保家的老婆婆传染的话，那么就像妻子所说的那样，在出差的我携带病毒的可能性很低。应该没必要如此在意。我如此对自己说。

我在电车里频繁地搜索网络上的信息，可发现自己家所在的街区名被曝光竟然是在到达离家最近的车站之后。

走出检票口后，我一边走向停车场一边操作着手机，各种各样"发现感染者"的告知消息被投放到几乎任何人都可以阅览的网页上，上面写着街区的名字。

我家所在的街区名就像杀人犯的名字一样被记载在那里。

而且还有疑似感染患者持续增加的新闻。对重症化和死亡的预测本身就像病毒一样在繁殖。

发高烧了，没关系吗？大家出于不安而在网络上大量提问，和预防感染有关的词语将搜索的前几名都占满了。

也许是出于恐惧吧，我的脑袋正拒绝接受事实。我无法理解状况。现在这个瞬间，车站里来来往往的人没有"哇"地大叫着乱跑，也没有乱作一团，让人觉得不可思议。

我几乎破坏性地用自行车钥匙开锁，全神贯注地踩着脚踏板朝家里骑去。

到了家附近的十字路口时，我意识到应该给妻子打个电话，确认一下情况。在那之后就没有再收到她的联络消息也让我很在意。我停下自行车，拿手机打电话。

呼叫音不停地响着，正当我想着她们也许已经去医院了的时候，电话里传来了不熟悉的男声。我心想是不是搞错了，就看了看手机。

再次把电话放到耳边的时候，男子快速地向我作了说明。他好像是传染病对策中心之类机构的医疗工作人员，刚才来了我家。

"现在由您太太陪同将您女儿送往医院了，所以您太太委托我代接电话。"

也许是因为戴着口罩之类的东西，他的声音不是很清晰。

我以为是因为妻子给医院打过电话，其实不然，在那之前是他们先来访问的吧？

"我们正在这个街区里调查新型流感的二次传染。根据对接触者的追踪，岸先生您的女儿在名单上。"

就是说久保家的老婆婆告诉了他们自己和佳凛见过面。

"只有我们家吗？"我立刻确认道。"不是的。"得到了这个回答，我居然有些安心。也许是因为不光只有我们是恶人，所以放下了心来。

"我已经到附近了，这就回来。"我说。

"现在可能有危险。"

"危险？"

我以为是因为有感染风险，可对方的回答却出乎我的意料。

"因为您家周围有一些媒体相关人员和看热闹的人。"

"啊。"一种身体被紧紧握住了似的恐惧游遍了我的全身。

"您还是直接去您女儿接下来要送往的中心比较好。"

中心的地址在网络上一搜索就出来了，所以我回答"明白了"，就挂了电话。可我还是很担心妻子和女儿。尽管工作人员警告我不要靠近，可自行车还是朝着我家的方向而去。

我家前面停着稍微有些大的救护车。大概跟妻子在久保家前看到的是一样的吧。正好玄关的门开着，穿着防护服的人正推着搬送用的床从房子里出来。是佳凛。自行车几乎是倒在了地上，可人移动得很顺畅，我想要跑过去，一转眼救护车就开走了。

我呆立在自己家的门前。妻子感染了吗？佳凛能治好吗？一定能治好。我也必须马上追上去。

为了查找佳凛送往的地方，我拿出了手机，正要查的时候，眼前站了两个年轻人，不知道他们是从哪里出现的，除了认为是从地面一点一点渗出来的之外，我也想不出有其他可能。

"请问是岸先生吗？""您的家人感染了新型流感吧？""您不认为这是不谨慎造成的吗？""岸先生，您在听吗？"

两个年轻人用高亢的、宛如电子音般的声音轮流说着。他们戴着眼镜，不过肯定是那种能接收和发射视频声音、用于传输信号的玻璃。我听说加以改良后，现在那种玻璃提高了操作性能。

在这期间，眼镜也许已经在向网络上传送视频和声音了。

突然被这两个人无礼地提问，我困惑、茫然的样子可能也在网络上被大量的人观看吧。

我无法消化眼前的状况。

我心想不能被他们缠上，必须离开这里，我要回到放自行车的地方。"没关系的，会给您打上马赛克的。""不过呢，认识的人也许还是会认出来的。""话说，你别就这么带着病毒跑了啊。"

不要去听，我连忙对自己说道。正当我背对着他们走开时，这次是一个扛着大型相机的女子和拿着话筒的男子靠了过来。

看着递过来的话筒我想到的是，按最近相机的性能来说，就算是电视台节目，也用不着这么大的相机吧。以前我听说过如果用小型相机，记者就能进行摄影和报道这两种操作。但是据说因为这样抢走了摄像师的工作，所以结果还是继续使用大型相机了。这个说法不知是真是假，可我突然想起了池野内议员说过的话。他说："比起大公无私，无论是谁都会想优先获得自己的利益。"相机的例子也许稍有出入，可是比起效率和成本，优先考虑其他事情的例子却很多。

"请问您是这间房子的主人吗？"

我不能回答。还在后面的向网络传输信号的人也有绕过来的动静。明明还是下午光线很亮堂的时间，我却觉得周围十分昏暗。是云，是乌云布满了天空吗？我的视野越来越狭窄。

我知道他们正把问题朝我丢过来。您被指责了吗？我听见有人说现在可以对脸和声音进行自动加工。现在？总有一天会被曝光出来吧。我到底做了什么？我明明只是认真地活到现在啊。

"我要去我女儿那里。"我小声说道。我必须快点过去。我眼前浮现出距今十年前，额头上贴着冰凉的贴布，还是幼儿园孩子的佳凛"嗯嗯啊啊"十分痛苦的脸。我不能待在这种地方。

男性记者的声音在我的脑袋里响起，可能是因为太聒噪了，反而感觉像没有任何声音在响。视野越来越狭窄，我不确定自己是不是还笔直地站着。

对于女儿和妻子的不安和焦虑、像重罪者一样被指责的恐惧和愤怒，这些都糅杂在了一起。正当我什么都思考不了、什么都不想思考的时候，好像响起了"啪嗒"一声，我的眼前一片漆黑，身体折断般的感觉袭来。

当时的我还不知道它就坐在那里。

总是像入场门的引导者似的站着的那只鸟"唰唰"地动了动羽毛，就在我因这风力而感到惊讶的时候，天空看不见了。

鸟的身体就像膨胀的气球一样无声地变大，大到几乎能覆盖整片天空。它张开双翼飞起来，一改往常闲适的样子，激烈得要压倒我。

从喷泉流出来的水"哗哗"地涌动着。

"没想到是你啊。"我旁边的红色装备男说。因为拿着巨剑，他被风吹着也依然能保持身体的平衡。和他一起战斗过几次后我就知道，越是在充满危机的状况下，他越是要开玩笑。

还有一个黑色铠甲男单手持剑，仰望着天空。

我们脚底下的石堆摇摇晃晃，小小的碎石飞溅出来。其中一片弄伤了我的脸颊后，消失在了后方。

我拿着箭所以无法保持平衡，也没能摆好架势。

"做梦吗？"黑色铠甲男不知何时来到了我身边。

"梦？现在的情况是，打倒那只鸟是在痴人说梦。"红色装备男也站在附近，我们三个人聚集在一起。

"我说的是睡觉时候做的梦。我常常梦到和这里完全不同的地方。"

"上次你也说过啊，火灾的事情。还说那是在其他世界的自己。"

"没错。然而，现在在那个世界里的我正在做准备，拼命地准备。"

"准备？做什么的准备？"这是我问的。我拼命想要想起睡着时候做的梦。

"疾病。我想为正在世界上扩散的疾病做些什么，所以在制造药物。"

"从以前开始我就经常做那个梦。战斗之前，在那里起了纠纷。"

现在不是说这些的时候吧，我想苦笑，可是紧接着，漂浮在高处的鸟一下子张开了它那让人觉得几乎和它的身体一样大的巨嘴。

到底会有什么东西飞出来？我想象着过去与之战斗过的巨蜥的火焰。风瞬间停止了，我瞄准这个空隙备好箭。黑色铠甲男也手持着剑，一副现在就要从地面一跃而起的架势。

如果能先发制人给对方造成伤害，就能看见胜利的机会。

我竭尽全力转动手腕，找准角度。虽然没有相互商量，但是我们打算在同一时机发动攻击。

好，就是现在，就在我们仿佛要吐出憋着的一口气的瞬间，鸟嘴里一鼓作气地吐出了风和雨来。暴风雨一股脑地猛砸到我们身上。

等发现脚下变轻，人从地面上飘起来的时候，我们在宛如龙卷风一般的强风中，像饵料一样一下子就被张开翅膀的大脸巨鸟给吞噬了。身体打着转被拖拽着，我预感我们要被敌方巨兽给吸进去了。但是红色装备男突然掉到了地上，他像被看不见的巨大手指用力弹出去似的，在我们视线下方"啪嚓"一声被压碎了。正这么想着，我和黑色铠甲男的身体受到剧烈冲击，飞速地掉落下来，狠狠撞在地面上，发出"啪嚓"的声响。我感到自己整个人被大卸八块一样，全身的关节都脱臼了。

醒来后，有好一阵我不明白自己为什么会在汽车的副驾驶座上。就算努力整理模糊的意识，我也想不起来自己为什么会坐在车上。

　　我看了看驾驶座，一位女性把手放在方向盘上。她戴着彩色眼镜，还戴着口罩，所以看不清楚她是谁。

　　"如果陷入慌乱，人是会失去意识的。"

　　红灯停车的时候，驾驶座上的她向我看来。她是谁？我在记忆中搜索，却想不起能对上号的名字。

　　我想起了十五年前在宫城县的圣胡安湾，落雷击中了桥桁升降装置的事情。和那个时候一样，我失去意识了吗？媒体的闪光灯确实和伴随落雷而来的闪电很相近。

　　更令我感到困惑的是醒来之前的场景。我在一个似乎是不认识的异国之地手持着箭。在我附近站着两个身穿铠甲和整套装备的男子。可能我自己身上也裹着铠甲。然而，最让我在意的还是头顶有只巨鸟。它张开的翅膀大得几乎能覆盖整片土地，可以说是遮天蔽日了。

　　我凝视着自己的右手。上面似乎还残留着拼命抓住箭向前摆好架势时的触感。

　　"怎么了？"坐在驾驶座上的女子问道。与其说是关心我，倒不如说她的样子有些焦躁。

　　"我还记得，"我自言自语，"梦。"

"你在说什么？"

也许不是记得刚才失去意识时做的梦，而是事到如今，我总算想起了稍早之前做的梦。"我终于想起和那个世界联结的绳索了。"

"你还没清醒吧。"

是这个吗？很久之前池野内议员说的就是这种感觉吗？和在脑海中做的梦有所不同的，这种宛如实际体验般的真实感还残留在皮肤和肌肉上。

"那个……"我想问她是谁，可是她却领会错了我的问题。

她说："放心吧。刚才那些媒体一下子就散了。你倒下后，我趁乱跑了过来，强拉硬拖，把你拉上车，也没人肯帮我一把。"

"那个……"

"我当时正好打算去你家。刚到就看见你正被摄像机和话筒包围着。"

我第三次说道："那个……"

"要说我为什么知道你家的位置，把地址输进导航后，它一下子就把我带过来了。"她指着地图的画面说。

她身材纤细、相貌端正，粗略一观察，就知道她年龄稍大，但比我母亲年轻得多，也就五十多岁吧。她说话爽快，背脊笔挺，给人以相当飒爽的印象。

"啊，我为什么会知道你家的地址？是从池野内那儿听说的。"

"池野内议员？"他给我寄过贺年明信片，所以知道我家地址也没什么不可思议的。

"他跟我说要是他出了什么事，就让我来见你。"

"要是出了什么事"，这句话在我的脑海中浮现出来。这句话我也听到过。

漫长的红灯结束，车子启动的时候，"那个……"我终于问出了最想问的问题，"那个，您是哪位？"

"我？啊，对了。说起来，我必须道歉。"

"道歉？向谁道歉？"

"向你。那个时候给你添麻烦了。"她突然对着我低下了头。

她对依然无法理解眼前情况的我说道："我是池野内的前妻。"她似乎故意用了夸张的语气。

我没想到打投诉电话的女性在十五年后现身了。

"你说这种话可是会后悔的哟。你要是诚实应对的话，我也会再考虑考虑。"现在，我都能想起当年重播录音时听到的声音。

"您是池野内太太！"听我这么说，她很明显地叹了口气。

"我们已经离婚了，所以不是池野内太太了。"

"啊，是啊。那个，那么……"

我问她叫什么名字，她却说："为什么必须报名字呢？"我以为她在开玩笑，可她却没有特意再补充什么。

我只能称呼她为池野内前妻、前池野内太太，可我很介意的是，这样一来，不就把女性当作男性的附属物了吗？我心想，起一个新的称呼或者昵称是唯一的解决办法，但这也让人感到很惶恐。

"这是怎么回事？"我仍然无法理清思绪。窗外的景色、建筑物和交通标志都向后方飞驰而去。

"就算离了婚，与其让人知道我们还保持着联系，倒不如装作老死不相往来。你没读过坂口安吾的书吗？《不连续杀人事件》[1]之类的。"

"不连续？什么意思？你们明明关系很好，却离婚了？"

"关系不可能好吧。所以还没离婚就……"

听到她这嘲讽般的回答，我不禁也想叹气。

"算了，你最近跟池野内见过面吧？"

我告诉自己，就把她想成是打来投诉电话的客人就好了。

"之前确实见过。是池野内议员联系我的。"

"他没有跟你说要是他出事了，就去东京站的钟楼之类的话吗？"

欸？我的呼吸停滞了。我就像被利箭一箭射穿了似的大吃一惊，可立刻就发现箭脱靶了。尽管池野内议员确实说过"如果我出了什么事的话"，但是钟楼的事情他却没有说过。我马上把

1　日本作家坂口安吾唯一一部长篇推理作品，文中登场人物达二十余人，人物关系错综复杂。

手伸进口袋，拿出钱包，又从里面抽出了和池野内议员一起拍的贴纸。

"如果我出了什么事的话，请靠这个想起来。"他说了这句话。"这张的背景确实是钟楼。"

池野内太太，应该叫前池野内太太吧，她明显惊呼了一声。

"真是的。果然要是没有我的话，你就发现不了啊。"

接着她就滔滔不绝地说什么"池野内想要托付给你"之类的话。但在我问出到底想要托付给我什么事之前，她就像要透露接下来要看的电影结局一样，将事情的经过说了出来。

"他是想着要是跟你见面的时候，当场交给你什么东西的话，立马就会露馅。媒体会到处追着你跑，特搜部可能也会介入调查。"

"走出游戏中心的时候，立马有人来跟我搭话了。"

"是吧，所以那个时候他只给了你提示。就是刚才的贴纸。"

"是叫我去东京站的钟楼吗？"

"池野内发生了什么事的话，你注意到信息，再看看贴纸，就会闪过'是叫我去这里的意思吗'的念头。不过嘛，注意不到的可能性也很高。"

"原来如此。"我回答道，胃一下子抽搐起来。自己到底能不能回应池野内议员的期待，能不能按照他的想法注意到东京站的钟楼，对此我没有自信。

"去那里之后要我干什么呢？"

"总而言之，池野内想要分散风险。全都让你承担的话，你的负担就太重了，一旦露馅就全玩完了。"

"哈。"

"所以，他才拜托你如果出什么事的话先去钟楼。去了之后，那里有一家商店，里面有个店员。池野内也拜托了那个店员，等你去了钟楼就把信息交给你。就说等这个男人来了……"

"是什么信息？"

"总之，就是经常能在电影里看到的那种桥段。比如身处险境的人物留下了信息的视频文件，以及记录了那些文件的微型芯片。以前间谍追踪主人公的原因几乎有八成是因为微型芯片。虽然不知道微型芯片是什么形状，但总之都因为存有国家机密，大家才会被追着到处跑。"

"我们公司的产品线里倒是有薯片[1]。"

坐在驾驶座上的她一直盯着我，所以我很焦虑。我手指着让她看前面。虽说有无人驾驶的传感器在保护着车体，但是不看着前方驾驶还是很令人害怕。

"池野内托付给店员的不是微型芯片，是一个网址。在那个地址里有池野内留下的信息视频。"

安排的程序实在是很复杂啊。"也就是说，接下来要去钟楼吧。"

弄清楚了要去的地方，我放下心来；可另一方面，想要早点去佳凛那里的念头在体内横冲直撞起来。

1　日语里"薯片"词尾音同"芯片"。

"为什么要去钟楼？"

困惑依然包围着我。"刚才你不是才说过吗，池野内议员的指示是……"

"那些事我早就已经干了。"

"早就已经干了？"

"我之前就已经发现池野内在偷偷摸摸地干些什么了。我自作主张地看了他的信和邮件。"

她毫无畏惧，简直就像在说自己的花粉症似的，我心想这可不妙。因为池野内有很多情人，所以也许太太会过分敏感也是没办法的事；可另一方面，我又再次猜度是这种性格的妻子让池野内议员喘不过气来，想要在外面安置一个休息的场所。

"所以，池野内跟你去游戏中心也好，在钟楼商店里认真交涉的事也好，我全都调查过了。那个视频文件我也下载下来了。情况真的很糟糕。"

"文件打开了吗？"

"视频文件当然是加了密码的。"

"是什么样的密码？"

"有提示。"

"提示？"

"充满回忆的商品名。"

"那是什么？"

"是专为你设置的密码，所以应该是你知道的提示吧。只要把那个输入进去就好了。"

"充满回忆的商品？"没花什么时间我就想到了十五年前和

池野内议员认识的契机，那次异物混入事件的起始——那款棉花糖糕点。

"对我来说也是充满了回忆的商品啊。"

哈哈，真是服了他了。我都想拜倒在地上了。

车子向左拐弯。不知道是不是因为速度没怎么降下来，车子向外大幅度飘了出去，对面的车响了一声喇叭。

前池野内太太咋了咋舌，生气地骂骂咧咧。接着，她把手机递给我，似乎是在说，池野内议员的视频下载下来了，看看吧。

"岸先生还记得以前跟我说过的库存纠纷的事吗？"池野内议员说。

手机小小的画面上映出了池野内议员的脸。因为前几天刚见过，所以没什么怀念的感觉，倒像是在进行实时视频通话。

"要说以前的事情……"我不自觉地答道。

对方可是录像视频啊。

"你说，尽管人气商品有库存，可因为放在了别的商品名的纸箱里，所以没被注意到。"

记得真清楚啊，我很佩服。那个时候，箱子外侧名称和里面装的东西的对照核查真是出人意料地没把好关啊。

"我做了一样的事。这比预想的效果还要好。"

一样的事？什么事？

"池野内……"这时，坐在驾驶座上的她开始说道，"是叫传染病吗？他好像一直对流感非常警惕。都是新型的哦，鸡啦猪啦之类的新型流感。流感很快就会变异对吧？所以他说总有一天事态会演变得很严重。"

传染病是重要的课题。很久以前说着这话的池野内议员的脸浮现在我眼前。

"因此他一直在准备疫苗和治疗药。"

"准备是指？"

我在拼命做准备。

声音再次响起。

"我想为正在世界上扩散的疾病做些什么，所以在制造药物。"

黑色铠甲男，在那个世界里面对巨鸟的时候，他对我说过。对我？那个人是我吗？还是和我有关联的其他人？

"我记得。"我说了出来。

"记得什么？"

我差点说出记得梦里的事情。我和那个世界的联结变强了吗？

那个黑色铠甲男是池野内议员吗？

在那个世界的战斗中获得胜利的话，现实就会好转。

我立刻吃了一惊。

如果像池野内议员所说，梦中战斗的结果会对现实产生影响的话，难道那个时候我们的战败和现在的这个状况是有所关联的吗？

池野内议员陷入了昏迷状态，我这边则是疼爱的独生女被感染了。

一旦战败，事情就会变成这样吗？

怎么会有这种荒诞的事情，可我也无法打消这种想法。

"那个，不是池野内议员自己在制造疫苗和治疗药吧？"

"那个人是个议员，不是研究者，能做的就是支援能做这些事情的人。比如通融研究经费，为了让研究顺畅地进行下去，废除一些制度。"

"就是和制药公司的勾连吗？"浮现在我眼前的是被摄像机围追的池野内议员的身影，"但是，不是为了自己的利益，而是以开发疫苗为目的，这没什么好隐瞒的吧。反而是堂堂正正地去做比较好。"

"这是普通人的想法。"

"他自己也是普通人吧？"

"世界上所有人都能获得幸福，这是不太可能的对吧？以前池野内曾经说过，比如，如果制造出了不会碎的玻璃。"

"会怎么样？"

"卖玻璃的人就会很困扰。"

"啊。"我反应过来，说道，"是说有了疫苗的话，医生就会很困扰之类的吗？"

"没错。池野内害怕有人妨碍他。如果有了国产的疫苗和治疗药的话……"

"海外生产的就卖不出去了。"

也许事情没有那么单纯，但是大略地套进公式里的话就是这么回事吧。因此国内的疫苗和治疗药的开发在极为保密地暗中进行。也许正因如此，所以援助必然也是法律上的灰色行为。

车子似乎是在车道很多的国道上行驶，可我觉得身体快要被扯出去一样，车子向右拐了个大弯，驶入了一条小路。

"总有一天，新型流感肯定会传播开来的。"

池野内议员的声音响了起来。手机上的视频就这么播放着，画面里的池野内议员继续说着话。

"他这个人嘛，总觉得必须得做点什么。"驾驶座上的她又从旁说道，"他不会是成为国会议员之后，一直在思考这个事情吧？"

明明是丈夫想说话，可不管什么事情妻子都觉得"我能说得更好"而要代为发言，我看出了其中的关联性，同情起了手机里小小的池野内议员。

"以往的流感疫苗都是预测了每年病毒的流行性后制作的。如果偏离了这种预测的话，有效性就会降低。不过另一方面，也有小组正在研究对所有类型病毒都有效的疫苗制作方法。就把这种疫苗称为 β 疫苗吧。"

我想起了过去听他说过的 VHS 和 Beta 的事。那是围绕录像机规格的竞争，最终 VHS 战胜了 Beta。事实上，画面里的池野内议员也正在说这件事，驾驶座上的她苦笑道："这个人很喜欢

VHS 和 Beta 的这个比喻呢。"

"这就是优质的东西即使受到重视，也并不一定就会获胜留存下来的例子吧？"

"我是觉得 VHS 更好。大家过分为 Beta 说好话了。"

也许也有这样的一面。

"要是 β 疫苗能顺利开发出来的话，有人会感到困扰。很多人都能得到帮助，但是少数人会感到困扰。而且，如果这些少数者拥有权力的话，疫苗的研究就无法进行。因此，我才偷偷地……"

所以才偷偷支援开发啊，她像是接话般说道。

"他总说是偷偷的，也就是说制药公司在配合他？"

"有几个高层的人赞同池野内的想法就可行了。因为可行，所以才干的吧。当然，光有制药公司是不够的。没有像厚生劳动省这种部门的官僚帮忙是不行的。"

"他们会帮忙吗？"

"还存在派阀斗争。"

"池野内派？"

"无论是什么样的组织内部都存在派阀。PTA[1] 里有，棒球队里也有。甚至还有要消灭世界上所有派阀的派阀。制药公司内部当然也有派阀，可能是为了和敌对派对抗，才赞同了池野内的想法。有'敌人的朋友就是敌人'的说法嘛。但是就算这样，敌

1　Parent-Teacher Association 的缩写，意为家长教师会。

人也会反击的。"

"议员当中没有提供帮助的人吗？"

"就算有也不奇怪。但他可能是考虑到背叛之类的，所以单独行动了。"

手机里池野内议员的声音在前池野内太太说话的间隙传进了我的耳朵里。"公司的董事……""丢掉性命"这样的话零碎地传了进来。

"总之，池野内怕有人妨碍他，所以在媒体面前也是一副游手好闲的样子。他是在思考如何争取时间，把疫苗和治疗药转移到安全的场所之类的事吧。可是，新型流感变严重了。"我知道她快速瞟了我一眼。

虽然公布出来的感染者数量还很少，但是成倍地加速增长正是传染病的恐怖之处。

"所以他才急着要在媒体面前把自己一直在做的事情说出来吧。我想，也许他也做了违法的事情，是勉强将事情推进下去的那种信仰犯罪。"她轻易地说道。

那么，是谁把池野内议员和制药公司的勾连公之于世的呢？是池野内议员的政敌吗？还是和海外的制药公司关联颇深的政治家，或者也有可能是制药公司的竞争对手再加上官僚的企图，总之有人做出了要清除他的举动。

"我想说一些重要的事情。"我想起来就在被殴打之前，在镜头前说出这句话的池野内议员。有比失去性命更重要的事吗？

我这不是讽刺，而是敬佩他。

"岸先生。"手机里的池野内议员叫我。

眼前的他不是现在的他。我有一种和过去通话的感觉。

"如果我的想法是正确的，在传染病扩散演变成严重的事态前，那个世界里会有战斗。能在那场战斗中取得胜利的话，事态就不会立刻变得糟糕。但是如果失败的话……"

在空中振翅飞翔的鲸头鹳浮现在我的脑海中。我们被打得束手无策。

我是在什么时候做这个梦的？

"喂，池野内说的话只有这里我不明白，那个世界里的战斗是指什么？"

"啊，不是，那是……"我不知道要怎么回答。

"没什么大不了的。"看她疑惑地歪着脑袋，我又胡说八道，"之后您自己去网上搜索一下'那个世界里的战斗'，可能会出来些什么。"

"是吗？"

我看了看她噘着嘴的侧脸，太阳穴突突地跳着。是在生气被我们排除在外了吗？虽然她给人沉着飒爽的印象，可如果有什么不满意的事情，也许会突然上来咬你一口。我想起了她给毫无过错的人打投诉电话的性格。

"但是，就算输了一次，"视频里的池野内议员最后说道，"也还是可以挽回的。还有机会。"

"即使输了一次，第二次获胜的话，现实就不会演变成最坏的状况。"

什么意思?

"最近,我渐渐明白了这种设置。"

不知不觉间,车窗外的自然景色变多了,刚才还只有高楼林立,但是现在开始能远远地看见田野和深山了。最后,车子驶进了山路。

"我们这是去哪儿?"

"那个视频看到最后就会知道联系方式了。"

"这不是剧透吗?"我开玩笑道,"是谁的联系方式?"

"制药公司里提供帮助的人。是和池野内有共同理想、充满了使命感的年轻勇士。"后半部分她明显是用了调侃的语气。

"你一昏过去,我就联系了那个能提供帮助的人。"

"你都能联系上嘛。"

"这算什么难事吗?"

"不,也许有什么危险。"

"要是考虑这么多,就什么都干不成了。活着这件事本身就很危险啊。总之,你晕倒了,眼看事态紧急,我就给他打了电话。然后,他说反正希望你过去,就把坐标定位告诉我了。他是个年轻男人。"

也就是说我们是开往那个男人所在的地方吗?

"没有危险吗?"

"到今日为止,我当然出过事故,不过没有被车子伤到过。"我知道这话的意思是"你可真失礼啊",她的自尊心神经敏感地颤动了。

"不，我不是这个意思，我是说会不会有陷阱之类的。"

"那你说是谁会为了什么设置陷阱呢？"

我对此并没有头绪。只不过，回味一下后脑被击中的池野内议员和新闻里沸沸扬扬的制药公司职员自杀的报道，我不认为现在的我们是在进行安全的郊游。

"啊，说起来，您不去池野内议员那儿没关系吗？"

她横着眼瞥了我一下："我，跟他已经离婚了。"

"就算如此……"池野内议员应该没有再婚，虽说是前妻，可在医院陪护总还是可以的吧。

"现在肯定是情人们去陪护吧。那个人就是这种人。"

这种人是哪种人？我正烦恼着应不应该问，车速降了下来。

周围全是树林，叶子落光了的树木排列在道路两旁。拐角处有一座鱼糕形状的大型建筑物。银色的外墙沐浴在日光里，反射着接近黄昏时的红色光芒。

能停五辆车的停车场只有角落里停着一辆白色的小轿车。前池野内太太的车停在了它旁边。她也没有跟我打招呼，而是理所应当似的下了车。我突然盯着手机看。就在我十分担心佳凛和妻子的时候，妻子发来了消息，所以我飞也似的读了起来。

信息里说佳凛的新型禽流感检测结果为阳性。不知道是不是因为早有心理准备，我没有受到出乎意料的打击。不，只是我想认为这不是什么大的打击。我的手在颤抖，心跳变得越来越快。

我的视野确确实实一下子缩小了。

妻子似乎没有潜伏反应，这是不幸中的万幸，可以称得上是捷报。她好像住在传染病对策中心附近的商务酒店里。

至少她现在在一个可以发信息的环境里，这就像在黑暗中找到了一盏小灯，尽管我心潮澎湃，可写在最后的句子却让我大吃一惊。

"小泽圣也是重症，我很担心。"

小泽圣怎么了？我用手机打开了网上的新闻页面，一下子就找到了报道。

"感染扩大近在眼前"这种传达着新型流感感染者正在激增的标题，就像在煽动读者的恐惧情绪似的嚣叫、跃动着，和写着"名人也陆续被感染"的报道产生联动。

报道里写着，刚刚从海外回国的小泽圣也作为感染者住院了。我惊掉了下巴，合不拢嘴。

就在几小时前，他不还在电话里说话吗？他确实说自己刚刚回国。而且，他说他在飞机里睡觉的时候做了梦，但是在那个世界的战斗中他输了。

我拼命读着新闻。从特定国家来的回国航班上的乘客中好像陆续发现了感染者。是由谁开始传播的？也许这种类似搜索犯人的运动已经以网络为中心铺展开来，但是传染已经扩散开了，就算查明是由谁开始传播的也没有意义了。

直到几天前，还只是公布了一名感染者的信息，现在感染人数正以无法掌握的速度在增加。

住院的感染者中多数患者都是重症。据说都变成了流感性脑炎，状况绝对不乐观。这其中的一人就是小泽圣。

他是在打完那通电话后发病的吗？住院后，这么短的时间内就转变为流感性脑炎了？

我一时间无法相信。

是因为在战斗里失败了吧。

我首先想到了这个。小泽圣也在电话里说了同样的事情。

在梦里的战斗中败北了。

他说被打败了，"从来没有输成那个样子过"。

现在，我也想起了那个场景。我看见黑色铠甲男和红色装备男被打飞、打倒，甚至仿佛响起了被击溃的"啪嚓"声。

战败的结果就是这个？

去掉问号，不用怀疑。战败的结果就是这个。我接受了这一说法。

也许是因为和那个世界联结的绳子变粗了，我突然感觉到梦里的战斗近在咫尺。

战斗的结果是我们陷入了危机。池野内议员处于昏迷状态，我的女儿和小泽圣感染了新型流感，住进了医院。为什么到我这里，不是我自己感染，而是我女儿遭了殃呢？我没觉得这件事情有什么不可思议。对我来说，女儿被感染带给我的伤害更大。

不安向我袭来。池野内议员倒下了，小泽圣在住院。突然，我被孤身一人的胆怯包围了。

这个时候，旁边的门被粗暴地拉开，我拿着手机几乎要跳起来。

"喂喂，你在干什么啊？我叫你快点下车。"

前池野内太太对我说。她是第一次正面对着我，她身材纤细，一头长发，鼻梁高挺，容貌十分端正。也许是因为眉毛上挑的缘故，显得颇有威严。

我紧紧握着手机，拉出通勤用的书包下了车。

那个瞬间，有种从床上起身的感觉向我袭来。

起来，去找地图。

地图？我正想着，意识就回到了刚下车的自己身上。

不知道是不是因为第一次踏上这片土地的缘故，我好像身处在和现实不同的场景里。

前池野内太太正在和谁说话。对方是个身穿深蓝色夹克、戴眼镜的男性，夹克里面好像穿着西装。他头发很短，不苟言笑，与其说是心情不好，更可能是由于紧张。

他后面有扇门，上面写着这座设施的名称。我知道制药公司的名字了。

"初次见面。"我朝夹克男低头道。出于公司职员的习惯，我想拿出手机发电子名片给他，可男子似乎对这种出于礼貌的问候没什么兴趣。

"我正在等你。"他爽利地说，"还有，我们不是初次见面。"

"不是初次见面？什么意思？"

"我们见过一次面。"

啊，是吗？前池野内太太看向我。我才想说"啊，是吗"呢。"在哪儿？"我们见过面？

"只见过一次。我去池野内先生和岸先生聊天的地方打了个招呼。"

打招呼？什么时候的事？我认真端详着戴眼镜的他。我没有印象。"什么时候？"

"我还是个任性的大学生的时候。"

"啊。"

虽然我知道用手指着别人很失礼，可还是伸出了食指指着他。

"那个时候的……"

"那个时候真是失礼了。"

"我无论如何都不能接受那件事。……我们也不想被感染的……那些把我们学校当成罪犯谴责的人，后来肯定也患上了流感。"

是那个时候诘问池野内议员的年轻人。要记得他的脸很难，尽管如此，那个时候的他还是和眼前的他重合在了一起。

"等等，你们在说什么？也跟我说明一下啊。"前池野内太太从旁插嘴道。

"抱歉，现在不是互相问候的时候。之前池野内先生就跟我说过，那个时刻到来的话，就没有悠闲的工夫了。"他像是鼓舞自己似的微笑道，然后带着我们走进了大门里。

我想起了刚才前池野内太太关于异物混入事件道歉的事。前池野内太太也好，年轻男子也好，为什么十五年前不好好谢罪呢？我苦笑着答不上话来。

他说明这里是类似公司储备仓库的地方。

　　"和以前不同，这种仓库类的设施不是由人而是由带摄像头的人工智能系统来看守，比人类更加勤勉，不会出错，所以没有了因错漏而进行交涉的必要。"

　　他拿卡刷了一下，入口的门就打开了。上方安装了防盗摄像头。我看了它一眼后，就移开了视线。

　　"没关系的，摄像头系统里的视频已经用其他日子的覆盖掉了。"

　　"这种事情这么容易办到吗？"

　　走在我们前面的他停下了脚步。我回过头去，只见他直直地盯着我们，没有表情地答道："不容易。"

　　他是想说，虽然不简单，但也只能这么做了。

　　我正苦恼如何应对的时候，他已往前走去。墙壁、地板和天花板全都是白色的，比起清洁感，我更强烈地感受到的是冷意。什么东西有了动静，响起了轻微的悲鸣声，原来是地板上圆盘形的扫地机正好经过。

　　穿过几扇门后，我们乘上了电梯。他按下了按钮。一开始我以为是往楼上去，可他告诉我是往下层去的，我就说了声"是吗"。

　　我看着站在楼层面板前的夹克男，出声问道："这不是偶然吧？"

"什么？"

"你在制药公司就职。"

"什么叫偶然？"他依旧背对着我。

过去发生流感骚乱的时候，社会都批判高中生毕业旅行，发生了那件事后，他难道不是因为愤怒才以去制药公司工作为目标的吗？

"不过，和池野内先生重逢是个偶然。那个人似乎在制药公司内部寻找志同道合的人。"

这和在车里听前池野内太太说的事联系上了。与其称之为偶然，倒不如将其视作必然。

"总之，疫苗和治疗药是在这里……"

"被保管在这里。"他干脆地说。

究竟池野内议员和制药公司之间互相约定了什么，他们在进行怎样的项目，我只能靠想象了。不，我连想象都想象不到。

事实是现在制药公司的一名员工丧生，池野内议员昏迷不醒，更有甚者，国内的新型流感感染者人数正在增加。

打开门后，我们走到了通道上。眼前的空间突然变得宽阔，再加上白墙让人目眩，就像一瞬间从正面闪出光来似的，我动弹不得。

好几块面板并排排列着，也许是为了表示保管区域吧，上面显示着记号、数字、室内温度等。

"这边。"我拼命缩短和走在右手边的他之间的距离。

摞起来的箱子分成了几堆，大概是根据药物的种类来分的吧。这个仓库里只有药品，非常干净，室温和湿度的管理也很严格。

"那个，我们在这里干点什么好呢？"

虽说是因为池野内议员留下了让我来这里的信息我才来的，可我还是不知道有什么重要的事。

"总之搬这些药品就行了吧？"前池野内太太说。

"搬的话搬到哪儿去呢？"也许是因为焦虑，我语气变得有些强硬。

"首先，我希望你们公开这个。"戴着眼镜、身穿深蓝色夹克的前大学生——这么说起来我也是前大学生，总之他边走边说。

"公开？"

"如果需要手续和过程，那就会有人来妨碍。池野内先生用了'绝对'这样的字眼。他说绝对会有人来妨碍。因此公布的时候，要用能迅速在社会上扩散开来的方法。"

"这样的话，放到网络上不就好了吗？如果放出告发视频的话……"

"但其实网络很容易被屏蔽掉，因为防火墙也很发达。"我说。正因为池野内议员也对此感到畏惧，所以才利用了综合节目的现场直播吧。可就在那个时间点，他的后脑勺被击中了。只能说是功亏一篑了。

"那怎么办？"

我们快步前进，来到了楼层的尽头。大量堆积着的白箱子上印着以前的综合感冒药的名称。这就是他们在准备的东西吧。数量比我想象的还多，当然了，我也知道即便如此，也不足以供给所有增加的感染者。

"首先是治疗药。没有比治不好的疾病更可怕的了。反过来说，只要传递出可以治好的信息，恐惧就会相对减少。因此必须公开治疗药的存在。告诉大家，即使感染了也有医治的方法。"

"原来如此。"

"接着就分发用于预防的疫苗。公开后如果能得到社会支持，作为公司就不得不着手进行批量生产了。所以，接下来我要来说明一下这些产品和池野内先生至今为止所做的事情。我希望你把这段拍下来，投放出去。质检已经完成了，药物是切实有效的。我们还在等待公开发表的时机，药物许可当然还没下来。"

"效果是有的。"

夹克男点点头。我也点了一下头，同时感受到了他和池野内议员仿佛要发表倾尽自己毕生心血的成果般的重量。

"在还不能确定新型流感的威胁性的时候，大概谁都不会留意，这件事也会被当成是恶作剧不了了之。然后，就会有心怀不轨的人来捣乱。因此池野内议员在寻找时机。不过，从发现国内感染者到出现死者，时间比预想中要快。也许今后，患者会成倍地增加。"

池野内议员也很着急吧。"没有必要烦恼了。……我想说出一些很重要的事情。"我再次想起了他面对电视镜头时的脸。

"所以，现在要是能公布出去的话……"

"要在哪里怎么把这段视频公布出去呢？"互联网是靠不住

的。说出这话的瞬间，我脑中有个念头一闪而过。原来是这么回事啊，我不禁出声道。

"什么？怎么了？"

"我们总公司的大楼。"

创业以来，我们公司"在大楼上安装显示屏"的夙愿早已实现。那是在空间中投映出影像的模拟视野。由于大楼前有一个大型的人行十字路口，所以会吸引人们的目光，从而引起他们的注意。

"啊，你们公司的投影？我见过。可是那个上面随便什么视频都能播放吗？"

"当然不能随便播放。"需要先向宣传部提出申请，而且什么时间播放什么视频，也应该有大致上固定的排期。

"潜入播放室，打游击似的放上一放不就好了？"

虽然没有播放室这种地方，但也没有必要特意说明了吧。

"能成功吗？"说着这话的深蓝夹克男眼神里透出和十五年前相同的拼命劲头。

没有迷茫的理由。

"也许有办法。"

哎呀，前池野内太太带着意外的表情看向我。

"是有什么对策了吗？"

"要说对策嘛，就是正面攻击。我试着去说服有权限的人。"我拿出手机，确认上面显示有通话信号。我翻出公司内部的组织信息，查找相关负责人的电话。

"能说服这个人吗？"

"也许可以。"

"您和高层的人有来往？"

"也不能算是来往。"我把手机放到耳边。回铃音持续地响着，"她可能很忙，也许不会接电话。"

"您在联系谁？"

"社长。"我回答。"社长"这两个字的声响比她本人更让人觉得有威严感。

"社长？你，跟社长有联系？"

也不能说是有联系，我正想这么说明，电话那头的人说话了。对方从来电显示就知道了打电话来的人是谁了吧。

"岸君，好久不见。发生什么事了吗？"

"我有个请求。"如果是和工作有关的事，应该和直属上司商量，况且本来就没什么要拜托社长的工作。

"是我能办成的事情？岸君也许不知道，社长其实什么都干不成。"

"是我们总公司大楼视频的事情。就是那个投影。我有视频想播放。"

"有要播放的视频的话，宣传部里有人负责这事吧。"

"我很着急。事出紧急，而且还有点危险。"

"危险？"

"也许会有很多人生气，但是，从结果上来说是为了他人。"

"岸君，我不懂你在说什么。"

"简单来说，这是我们的恩人的请求。"

"恩人？池野内先生？"

没错，我解释说这是池野内议员拜托我的。

"不过，我们要是帮忙的话，我和栶木社长，甚至我们公司可能都无法全身而退。"

"什么意思？"虽说栶木小姐因为出乎意料的人事调动和情理之中的升迁，成为公司里的话题，成功荣升为社长，可她还和以前一样，姿态谦恭，态度温和。大约半年前，我在电梯里见到她时，她还苦笑道："我真想说公司的事情我一概不知，就这么破罐子破摔算了。对付熊和老虎都比现在要好得多。"

"虽然很对不起岸君，但我必须避开对公司造成损害的事情。"

"可是，这是非常重要的事情。"

"对谁来说很重要？"

在我视野一角的深蓝夹克男环顾了一下四周，我注意到他脸上的表情变得严峻了起来。在他旁边的前池野内太太就像一只侧耳倾听的猫，视线在屋内的各处转来转去。

发生什么事了吗？

"抱歉，我稍后再联系您。"我道了歉，结束了通话。

发生什么事了吗？我凑近深蓝夹克男的脸。

"刚才有声音。"

"声音？"我心想虽然是机器在管理清洁工作，但仓库毕竟还是仓库，有一两只老鼠也不足为奇，可他却手指着窗户的方向，接着说道："可能是有人从上面下来了。"

好像是从窗户进来的人发出的声音。

由于箱子堆得很高，有好几辆搬运车并排停着，所以天花板很高。部分墙壁上设有狭窄的通道。

我一心集中在和栩木社长的沟通上，所以没有注意到，可他好像在怀疑有人从那条通道附近下来了。

"是谁？"我自然而然地压低了声音。

"不知道。不过……"

"不过？"

"一旦知道了这里有那批库存，就有人会来捣乱的吧。"

我想起了保管治疗药的仓库遭遇火灾的新闻。那是初次见到池野内议员时他说起的。

"这里怎么会暴露呢？"池野内议员在思考什么，他制定了什么样的计划，这些事情敌对方肯定调查过了。因为不可能从昏迷的池野内议员那里问出话来，所以他们有可能会追踪和他相关的人，也就是我或者他的前妻。

"我们可能被跟踪了。"

"不会吧？我可是很警惕的。"

深蓝夹克男小声说："我认为他们没有能力全方位监视岸先生你们的行动。"他的意思是，敌对集团不是警察之类的组织，所以无法动员这么多人来监视和池野内议员相关的人的所有行动。"可能是我们公司内部有人提供了信息。这个可能性比较高。"

"就像你和池野内议员那样在联系？"

他点点头。

"或许，说不定是我被跟踪了。"他紧绷着脸，"我本打算慎重行事的。"

只听地板上传来了轻快的走动声，仿佛是用硬质的东西在敲打地板。箱子很多，所以看不清楚，但很明显是有人在跑动。

我的视线追逐着那个声音。

现在不是说有谁跟踪了我们的时候。

我们三人互相对视了一眼。我想说报警，可转念又想，警察来了能解决什么问题呢？

"趁闯进来的人放火前，"前池野内太太说，"赶紧把视频拍了比较好吧。"

没错，我攥紧了手机。"要是能更进一步拍到放火的场面，就会变得对我方有利了。"

为了阻止传染病范围扩大而做着准备的池野内议员，和为了自身利益烧掉好不容易制成的疫苗和治疗药的人，哪一方会受到一般民众的支持是显而易见的。

"在这种场所，即使着火了好像也会有洒水喷头之类的灭火方法。"

"有的吧。"他看向天花板。

"对方会把那个装置关掉再放火吧。"

"也有这个可能，但是……"

"但是什么？"

深蓝夹克男皱起了眉头。"我现在想起来了，也许不干那么麻烦的事情也可以。"

"什么意思？"

"全部破坏掉的话，一切就结束了。"

"破坏？"说完这句后我也意识到，比起放火，用某种爆炸物粗暴地进行破坏确实更方便。

爆炸？得赶紧逃跑。我按住了想要转身的自己。

我想起了金泽的酒店。被火和烟摧残着的建筑物浮现在眼前。那个残破的逃生楼梯带来的不安感被唤醒了。我产生了一种如果不使劲就会当场瘫坐下来的恐惧感。

脚步声在我们对角线上靠里的地方迅速地移动着。

"该怎么办啊？"

"太太，请您出去。"我突然说道。

"为什么？"她这么问，我自己也不确定理由，"因为我是女的？现在都什么年代了啊。还有，我不是太太，是前妻。"

她似乎越抱怨越来劲，我一边苦笑，一边又觉得她很可靠，甚至想把事情拜托给她，自己就此离去。

"总而言之，必须探查对方的行动，采取点措施。"深蓝夹克男说，"光听脚步声，好像只有一个人。或许，是他们被传感器绊住了，来的只是保安。"

流利地陈述着抱有希望的探查结果，是因为他也很焦虑吧。虽然我也想附和他说的话，可还是觉得不可能是保安。

"我们分头去找侵入者吧。"说完，我就从堆积如山的纸箱处往视野良好的地方走了出去。

我的左肩向后飞了出去。我慌忙想确认一下肩膀是不是碎掉了，手腕是不是已经离开了身体，却当即倒在地上。过了一会儿，我才意识到肩膀遭到了攻击。

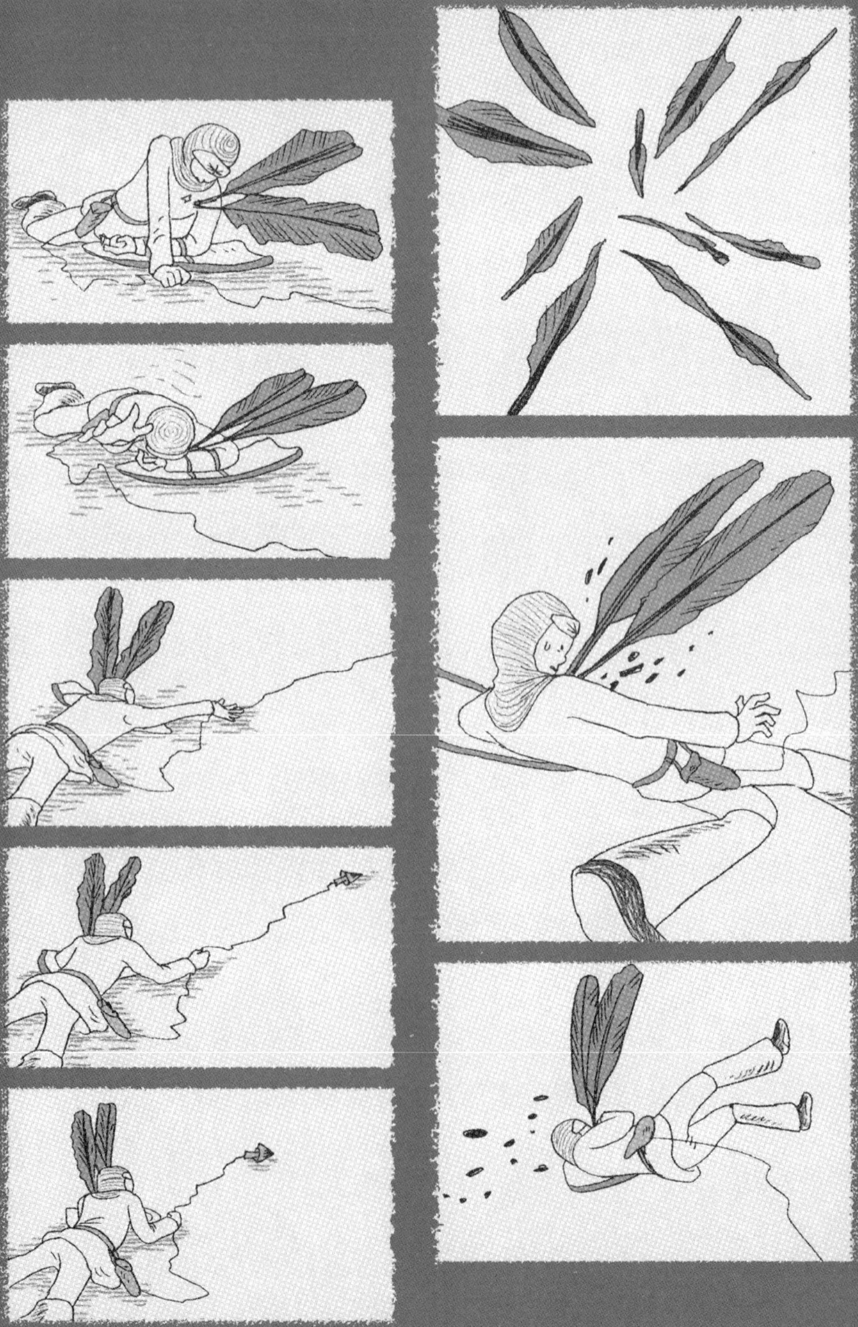

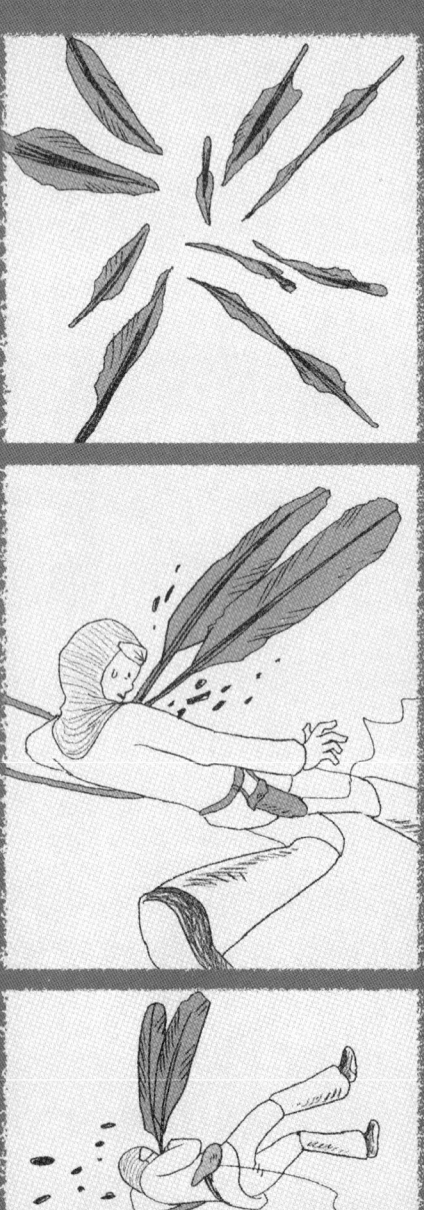

巨鸟遮蔽了天空。它巨大的嘴毫不滑稽，有的是一种将所啄之物全部粉碎的压迫感。只要它稍一振翅，我们脚下的土地就摇晃起来，使得我们无法笔直地站立着。

右手边的喷水池附近，黑色铠甲男俯身倒在地上。红色装备男在他旁边单膝跪地，将剑作为拐杖，想方设法不让自己倒下。

"最近，人少了。"这是黑色铠甲男稍早前说的，"招贴画上也净画着大叉。"

"这是怎么回事？"

"这个世界正在发生改变。"

"变好还是变坏？"

黑色铠甲男答不上来，他并非不知道这个问题的答案，只是看上去不想说出来。

"可能是那个世界里发生了什么。"黑色铠甲男口中的"那个世界"，指的是睡觉时梦到的世界。他说过，梦中的世界里发生了纠纷，梦中的自己正在处理那些纠纷，处理的结果和这个世界里的战斗也有所关联。

巨鸟挥动翅膀，为了不让身体腾空飞起，我牢牢地踩在地上。一放松警惕，就有可能向后摔倒。

"那只鸟不能吃，对吧？"红色装备男来到我的身边。

我知道他说的不是"吃"的意思。[1]他的意思是狡猾、不能掉以轻心吧。

"我还以为它很友好。"我说。它不是给了我们很多指示吗？

"也许那本身就是一种战略。"

"欸？"

"我们至今为止打倒的那些生物真的有危害吗？"

"那当然了。"

"也许是那只鸟让我们击败它的天敌。"

红色装备男这样说着，举起那把让他引以为豪的巨剑一跃而起，却被鸟嘴击中，坠落到了地上。随着一声沉重的闷响，地上的石子被冲撞开来，打在了我的脸上。

让我们击败它的天敌？

我无法一下子就接受这个说法。

强风再次袭来。我承受不住风力，持盾的左手垂了下来。它瞄准了这个时机，尖利的羽毛直击我的左肩，我向后倒去。盾牌滚落在地，像车轮一样转了好几圈，发出声响后，我平瘫在了地上。为了爬起来，我得用手撑住自己，但却怎么也使不上劲。

"岸先生，没事吧？"有人叫了我一声。我睁开眼睛时，才意识到自己刚刚闭着眼睛。

1　日语中的"食えない"既有不能吃的意思，也指很难对付。

周围的景色，说是景色，也只有堆积如山的纸箱而已，它们朝后退去。这里究竟是哪儿？我看了看周围，依然是在制药公司的储备仓库里。

深蓝夹克男抱着我，好像是坐在搬运车上。这是一辆两人座的推车似的车子，坐在上面的人几乎算无遮无挡。车体前装有车臂，似乎能堆些货物，不过现在什么也没装。

他正抓着方向盘驾车行驶。总之，为了保命，只能靠车来移动了。

坐起身来的瞬间，我感到一阵剧痛，不禁发出了悲鸣声。只见左肩出血，看来被袭击不是在做梦。我没有勇气触摸被血浸湿的衣服，只觉得晕头转向。

"对方有枪啊。"

搬运车滑行似的，弯弯曲曲地前进着。我判断不了这是表示手握方向盘的他心中有动摇和恐惧，还是因为怕敌人开枪，出于让他们瞄准不了目标的策略。

"那个，池野内先生的太太怎么样了？"

"我让她去外面望风了。"

"侵入者只有一个人吗？"如果有好几个人的话，就不一定能保证外面是安全的了吧。

有声音响了起来。那像是沉重的道具在敲击地板的短促、恐怖的声音，我的身体剧烈地颤抖起来。我后知后觉地意识到这是枪声，血液一下子凝固了。

"我想，也许对方的目的是让药物变成无法使用的废物。这样一来，也不需要出动太多人，秘密行事的话，一个人才更有保障。"

"从人数上来说，是我方比较有利吧。"

"但是对方有武器。还有，我觉得对方也许并不是那么擅长做这种事。"

"我想也是。"

或许只要有人阻碍，对方就会毫不留情地将其除掉。认为自身利益优先于一切的人，难道还会在这种事情上犹豫不决吗？

我想发问，但却说不出话来。由于乘坐的搬运车提速了，我向后仰身。我不理解到底发生了什么，想要干脆闭上眼睛睡觉。

"啊，原来如此。"

"怎么了？"他握紧方向盘，仔细观察着前方，怎么看都像是在寻找持枪的敌人。他是打算不再逃跑，就这样从正面挑战对方吧。

必须在那个世界里取得胜利。

我的脑子里充斥着这个念头。

如果那个世界里的胜败会对这个世界里的现实产生影响的话，那么首先就必须要在梦里的战斗中获胜。池野内议员从十五年前就在主张这件事。

获胜的话现实就会好转，失败的话纠纷就会恶化。

我们体无完肤地输给了那只巨鸟，鲸头鹳。正因如此，我们才遇上了糟糕的情况。

因此，如果不在梦中世界取得胜利，我们在现实中的问题不就解决不了了吗？

"必须睡着。"

"您不舒服吗？"

不睡着的话就没法做梦了。我紧紧地闭上了眼睛。接着就听见旁边传来了呼喊声："岸先生，您昏睡过去了吗？请您振作一点。"我的意识又被拉了回来。

这完全睡不着嘛！我快要愤怒得失去平静了。

"岸先生，"身边的人又大声叫道，"请振作一点。"

为了解决这个世界的现实问题就不得不睡觉。我拼命地思考着在这左右摇晃的搬运车座位上，要如何才能睡着。

"出现了。在那儿。"

深蓝夹克男仔细观察着前方说道。他的声音很小，大概是出于紧张吧。

前方堆积如山的箱子后面，出现了一个一身黑衣的男子。那倒不是潜水服，而是类似工装的连体服。

面对我们提速接近的搬运车，黑衣男子没有露出害怕的样子，反倒是沉着冷静。

我看了看开着车的深蓝夹克男的侧脸。他紧盯着前方，几乎要捏碎手中紧握着的方向盘。他是在为紧急事态而紧张吗？还是打算把高中时代起就抱有的对社会的愤恨发泄在出现的这个男人身上？他的神情显然缺乏冷静。

我没有出声叫他冷静，而是依然在思考必须睡着的事情。

我拼命地试图想起在那个世界里拿着箭的自己。而搬运车就像在说"我怎么能让你睡着"似的提高了音量，加快了速度。

黑衣男子像在等着我们似的站在原地。

车子猛冲过去，他就不害怕吗？就在这个疑问掠过脑海的时候，我们乘坐的搬运车飘了起来。

车子应该往前进，却像被对方推着似的停了下来，连安全带都没系的我们被狠狠地向前甩了出去。我不知道发生了什么。周围的景色都颠倒过来。声音和冲击揪住了我，把我抢了起来。

我想自己是在那个世界里醒来了。好啊，得赶紧打倒那只鸟。

我睁开眼睛，可眼前却是翻倒在地的搬运车。尽管被从座位上甩了出来，堆起来的箱子却似乎起到了缓冲作用，我没觉得受了重伤。身体比我想象中更能活动得开。我只担心被袭击的左肩的剧痛和出血。我按着沉重的头起身，发现深蓝夹克男倒在搬运车附近。

我看见翻倒的搬运车那里有绳子一样的东西。因为那里拉着绳子，搬运车才被绊倒的吧。是黑衣男子看见我们的行动，设下了圈套。

我靠着旁边的柱子站了起来。

那个男人去哪儿了？

他要是安装了爆炸物的话就完了。我们和药物都会被炸飞的。那样的话，妻子和佳凛该怎么办？

必须抓紧时间。

这种时候更要冷静。我的心跳渐渐加快。

必须在那个世界里取得胜利。

我的脑子里又浮现出这个念头。睡着后，暂且不论那个世界里是否真的是我自己，总之不打倒敌人就无法打破现实中的僵局。

也就是说，已经走投无路了？

我光是坚持着不让自己倒下就已经竭尽全力了。

这时，我看见了前方数十米处的搬运车。和我们刚才乘坐的那辆外形相同，不过这辆没有翻倒。黑衣男子正坐在驾驶座上。

他是打算用那辆车来撞我们。他想碾过我们，让我们动弹不得吧。

这样下去，我们两个只会被撞飞。

我心想必须逃跑，然后靠近深蓝夹克男去拉他的手，但他可能是晕过去了，完全不动。

快醒醒，不知道他能不能听见我的呼喊声。我们必须逃到不会被碾到的地方去。

我加大力气后，他稍微移动了一点，可实在是来不及了。被袭击的左肩很痛，我快要动不了了。

必须逃跑。我的脑海中再次响起了这个声音。这样下去我们俩都会被撞飞，那就完了。

要弃他于不顾吗？我盯着一动不动俯趴在地的深蓝夹克男。

我很慌乱，思绪就像在"扑通扑通"地来回跳跃似的。逃吧逃吧，这个声音在我的身体里呼唤。剧痛就像要阻碍思考似的，从肩膀传遍了全身。

必须要在梦里努力。

这个念头终究还是清晰地浮现在我的脑海里。首先要平安地冲出眼下的困境，然后去睡觉。睡着后，在梦中的那个世界里取得胜利，应该就能解决问题了。

我几乎就要跑着从这里离开了。

让我停下脚步的是自己叫喊着"你在干什么蠢事"的声音。

"你说梦是什么？"

这听起来既像斥责和激励，又像是叹息。

"在梦中战胜了那个生物的话，在现实中直面的问题就能得到解决。"池野内议员说过。

如果是这样的话，那么为了解决现在发生在眼前的事情，就不得不在那个世界里拿出结果来。

你是认真的吗？

这平和的语气却像给了我一巴掌似的。

在梦里取得胜利的话，现实中的问题也能得到解决，你真的相信这种事情吗？出问题的不在别的地方，不正是在自己的眼前吗？

既不是在那个世界，也不是在这个世界。

黑色铠甲男摸了摸头，他虽然拿着剑，但盾牌和铠甲都很整洁，可以看出这是在他去战斗前。他看着我，低声说道："如果那个世界里的自己战胜了困难，那么这个世界里的敌人也能被打倒。"

"那个世界里的自己?"如此回答的我也全副武装地穿着铠甲,手中还握着箭。

"没错,虽然那是个没有剑也没有箭、身穿奇装异服、脱离了现实的世界,但只要自己在那里度过了危机,在之后的战斗里就能打倒敌人。我注意到了,"铠甲男确认着剑尖的情况说道,"这是有关联的。"

我摇了摇自己的脑袋,想要甩掉多余的想法。身穿铠甲、手持箭的我也同样摇了摇头,还敲了敲脑袋。

小学时代,被几个同年级的学生瞧不起的自己"啪"地浮现了出来。我总是耷拉着肩膀,对上学讨厌得不得了,就开诚布公地问正在准备晚饭的母亲能不能转学。母亲问我是不是发生什么事了,一看见她担心的表情,我的胸口一紧,就用暧昧的语句糊弄了过去。

接下来怎么样了?

住手!有一次,我这么对同年级的学生说道,接着一头撞了上去。

麦克风在我脑海中闪过。是被人递出来的麦克风和电视台的摄像机。那是十五年前,异物混入事件引起骚乱的时候,发生在公司大楼前的事情。我们受到了责备。

"你们要是就这样逃跑了,世人是不会接受的。"

我火冒三丈,毫不犹豫地反驳了。虽然不确定那是不是正确的做法，但我毫无畏惧地辩驳了。

"怎么样？"不知是谁说。我心想，我面对的人，是谁？

是多亏了那个世界吗？

正好此时眼前的景色变得清楚了。事物的轮廓似乎变得清晰，颜色也鲜艳了起来。

现实，是我触碰到的、现在正在感受的东西。它不是信息，更不是梦。

我仔细确认前方。双肩包掉在地上。是车子倾翻的时候掉下来的吧。

搬运车发动了。它行驶的声音回荡在屋内，就像要来抓捕我们。

它朝我们靠近。由于屋内光滑的地板能让它滑行般前行，这也让我想起了豹悄无声息突进的样子。它会瞬间扑过来把我吞食掉的恐惧向我袭来。

注意到模型从掉在地上的书包里漏出来了的时候，我伸手抓住了它。

模仿火箭的塑料模型是用于促销的样品。为了不让它从手中滑落，我加大了力气。火箭形状的模型凹陷进了手掌。

我不知道黑衣男子是不是端着枪。

贴着地面飞过来的张开翅膀的巨鸟和滑行般行驶而来的搬运车重叠在了一起。

池野内议员和小泽圣都不在。只能靠自己想办法了。

我的手脚自然地动了起来。

我向后抡起拿着模型的右手，像投手投球似的将模型高举过头顶。

左脚向前迈出后，我把全身的力气都集中到手腕上，把那个塑料模型投掷了出去。

因为传染病倒下了的女儿、池野内议员和小泽圣，还有被媒体包围、大汗淋漓而语无伦次地回答问题的校长，申诉"无法接受"的大学生，小学时代霸凌我的同年级学生，燃烧的酒店，仿佛遮蔽了天空、张开了巨大翅膀、刮起强风的怪鸟，我觉得所有的难题都随着这一投消失了。

我祈祷着一定要命中。塑料模型以令人难以置信的强大力度，笔直地飞了出去。

它气势惊人，简直具有要把对方射穿的锐利。

我原本确信它会击中黑衣男子，但是搬运车倾斜着滑行，改变了车辆的角度，所以我投出去的塑料模型击中了车子的外框，被弹到了旁边。

欸？我就像全身的力气被抽空了一样。

漫不经心地宣告着"一切都完了"的声音响起，我呆呆地看着模型掉到地板上。

没有第二支箭了。对方只要把这样呆立着的我弹飞就行了。我在心中描绘起自己穿着铠甲、茫然地看着投偏的箭的身影。

车子加大了马力。那声音巨大得像一头猛兽。

快躲开。说这话的是我自己还是深蓝夹克男？

我没能躲开。

因为那时我旁边站着另一个男人。那是一个实体并不清晰、轮廓模糊、身穿银色铠甲的男人，他的手中拿着绳子。银色铠甲男猛烈地甩了一下身体，高高地举起了手。他毫不犹豫地把抓在手里的绳子拉到面前。接着，绑在绳子前端的箭就回到了他这里。银色铠甲男抓住了拉回来的箭后，瞬间向前迈出脚，就像全力投球的投手一样，毫不犹豫地把箭投了出去。

意识还没反应过来，我就模仿起了那个动作，用力拉绳子，取回了箭。

我死命地抓住了"唰"地一下回来的火箭形模型。我打算刺透前方，于是立即就把它投了出去。再来一次！

重新来过。

我觉得它飞得很慢，仿佛能看见飞行轨迹。

我投掷的火箭形模型宛如有绳子牵引着一般，锐利、笔直地在空中飞行，猛地击中了乘坐在朝我们开过来的搬运车上的男人的脸。

被箭刺中了额头的怪鸟不知是愤怒还是万念俱空，又或者是欢喜，它发出了震撼天空的高亢鸣叫声，接着就落了下来。

搬运车在我们前面数十米的地方转了一个锐角后翻倒，撞上了纸箱。

我只是呆呆地站着。虽然被袭击的肩膀还在出血，但可能是因为处于兴奋状态中，所以感觉不到疼痛。

"岸先生，你没事吧？"

深蓝夹克男来到我旁边。可能是因为从搬运车上被甩出来的时候身体受到了撞击，他边说边活动着手腕和腰。

"我没事。那个男人……"

"刚才不是岸先生把他捆起来的吗？"

他说对方的搬运车翻倒后，我就把昏过去的黑衣男子用绳子一圈圈地绑在柱子上了。我还以为他是在开玩笑。我完全没有记忆。自己是什么时候把那个男人绑起来的呢？

而且我最在意的是，我是怎么给了那个男人一击的呢？我确实投掷了从书包里掉出来的火箭模型。我还记得没有击中坐在驾驶座的男人，失败了。

"那之后，岸先生拉了绳子，又投了一次。"

我记得这些。可是，那个模型上不是没有系绳子吗？为什么能拉绳子呢？

"那个男人不是安装了绳子吗？用来绊倒我们的车。那绳子正好缠在了岸先生投出去的东西上。啊，那是什么？"

"是促销产品，就跟赠品一样。"我嘀嘀咕咕地回答。

"这不是被绳子缠住了吗？"深蓝夹克男可能也没有弄清那时候的情况，所以只是猜测。就算绳子缠住了模型，但我却没弄明白自己是怎么拉到那根绳子，怎么抓住绳子前端的。

但是，我投掷了模型，第一次失败了，第二次命中了对方，这是实际发生过的事。从这里开始倒推，深蓝夹克男也推导出了怎么样才是有可能做到的吧，就像地面是湿的，所以下过雨了这样的说明一样。

"趁现在我们来拍视频吧。"

"视频？"

"您忘了吗？这里有新型流感的治疗药和疫苗，必须公开池野内先生准备的东西。顺便把侵入者想要用暴力妨碍的事情也公布了。"

我是为了这个才来仓库的。

必须跟栩木社长联络一下，我拿出了手机。

我听见后面有人跑过来的声音，还有另外的侵入者吗？我打着冷战跳了起来，一看是前池野内太太。

她也受到了惊吓，看上去上气不接下气，说话口齿不清，但是她告诉我警察和救护车会来。

"我的语气很强烈，他们应该会抓紧赶过来。"

一想到现在在医院里受高烧之苦的佳凛，我就累得想瘫坐在地不起来，可也正因如此，现在才必须在这里有所行动。

"即使把这件事公之于众，这些偷偷制作的治疗药也无法立刻投放给感染者使用吧。"

为了拍摄视频，我一边往存放治疗药和疫苗的地方走去，一边如此问道。出于常识来思考，医生不会使用这样的药物。按照程序，等到药物能使用的时候，可能对以佳凛和小泽圣为首的现在感染的人来说全都已经太迟了。

"这话也许不该说。"

"什么话，岸先生？"走在我旁边的深蓝夹克男步履蹒跚，摇摇晃晃。

"对我来说，不能救治我的女儿和家人的话，这些就毫无意义。"虽然很任性，但这是我的真心话。

"是啊。"他温柔地回答道，"虽然我完全不建议您这么做，"他继续说道，"但是有办法可以把救治变成既成事实。"

"既成事实？"

"给感染者用药，然后证明他们被治愈了。对医生要保密。治愈了就是我们的功劳了。这样一来……"

"会受到褒奖吗？"

当然是开玩笑的，我是为了给自己增加勇气才那么说的。

"这个嘛……"他也苦笑着说，"大概会是毁誉参半。"

"比我想象中的要好动得多。"

小泽圣在我旁边说道。

身体呈灰色混杂着淡蓝色的鸟朝着一侧威风凛凛地站立着。它的身体长达一米以上吧，看上去就像是个小学生假扮的。它的脚出人意料地长，就算说它是靠双足步行的生物也会有人相信。它的头当然很大，巨大的嘴就像皮鞋粘在上面似的，这种构造吸引了人们的目光。

它给人以纹丝不动的印象，但仔细观察，偶尔还是会动的。

"无论看几次，都觉得这是种不可思议的鸟啊。"坐在我旁边轮椅上的池野内议员语气颇为感慨地说道，"好像既威风凛凛，又没有风度。那张脸看上去充满了哲学意味，又像是什么都没有在思考。它这是质朴呢，还是有冲击力呢？"

我们三个男人来到了东京都内的动物园。我和池野内议员穿着西装，小泽圣则穿着清爽的牛仔裤，我们一直站在有鲸头鹳的场所前。

板上写着说明，上面除了有这种鸟的日文名和英文名，还记载着它的学名。好像在拉丁语里是"鲸头鹳之王"的意思。

偶尔有游客带着家人前来，他们的感叹声中夹杂着笑声，然后离开了。只有我们，一直待在那里。

我从保管仓库里把治疗药和疫苗运出来的几天后，池野内议员从昏迷不醒的状态中恢复过来了。

之后持续了将近两个月的治疗和康复保健后，他能靠轮椅外出了，就邀请我和小泽圣来到了这个动物园。

"鼓掌的声音和嘘声响起的时候，我就感觉清醒了。"池野内议员说大话道。

他恢复意识的时候，在栩木社长的英明决断下，我们总公司投影屏幕上播放的视频已经引起了巨大的骚动。栩木社长偷偷告诉我，她是被她儿子给劝说了。

"说什么？"

她对于我拜托她播放视频的请求感到很苦恼，就和儿子瑛士君商量。于是，瑛士君似乎半开玩笑地主张说："即使暂时受到责难，还是应该选择在大局上能救很多人的那一个选项。"这是栩木社长的父亲挂在嘴边的台词。

我也对那个还是小学生的瑛士君感叹不已，正是因为这句话，栩木社长才下了决心。

鼓掌的声音和嘘声确实都有，但我个人的感觉是鼓掌的人更多一些。由于池野内议员和制药公司秘密开发药物，违反了好几条法律，所以也有批判此事的声音，但不管如何，传染病的恐怖很快就迫近了，因此感谢他说"亏得做了准备"的人更多。

我后来才知道，对于新型流感的警戒心和不安在国内各地引起了一系列事件。有人相信了附近邻居是感染者的谣言，就去那家放了火；有人以为自己感染了，抱着同归于尽的想法前去繁华的街道发狂；害怕外出的人们买光了可长期保存的食品，还出现了争抢而引起的骚乱。

还发生了怀疑自己感染了的人蜂拥至医院，对混乱感到焦虑的人们殴打医生的事件，以及由于有人在网络上散布有外国人在扩散传染病的虚假信息，所以游客接连遭到了袭击的事件。

在这期间，播报有疫苗和治疗药的新闻效果非凡，甚至近似于救世主。

比起道理和逻辑，真正驱动人类的是情感。即使是对于犯下同样罪行的人，如果受情感左右的话，人会毫不在意地给予完全不同的惩罚，道理则是跟随在情感后面的。

也就是说，引起混乱的是情感，产生宽恕罪行情绪的也是情感。

那个时候，我和妻子商量以后，给佳凛用了治疗药。不是那种要注射的药，而是药丸颗粒，所以在医院里偷偷给她喝下去并不是什么难事。

我当然也遭到了谴责。个人信息被搜索，家庭和公司名称被公开，可是没有人前来闹事，除了恐惧以外没有什么损失。

"在公司会不会待得不舒服啊？"小泽圣问我。

"那倒没有。"

虽然因为破坏公司形象而受到公司内部的处分也不足为奇，但我们公司却只是对我进行了岗位调动。而且也不是调我去干闲职或是把我下放到地方上，而是调去了畅销产品的开发部门，因此，"莫名其妙"说的就是这种心情吧。

给我留下深刻印象的是坐电梯时的事。电梯门一打开，里面已经有很多职员了，大家认出我后，脸上都闪过了一丝紧张。我仿佛能听见大家心里的声音：这不就是那个传说中的职员吗？我又不能不上电梯，就在这无声的尴尬气氛中耸了耸肩。

就这样到了我要去的楼层，几乎就在我走出电梯的同时，我听见背后传来了"得救了""谢天谢地"这样的话。是从那些挤得满满当当的职员中间传出来的。我猛地回过头去时，电梯就像闭上了嘴似的关上了门。

在那之后，栩木社长跟我打招呼，问我怎么了。

她好像刚好在这一层有个会议，就跟我不期而遇了。正当我犹豫要不要把走出电梯时发生的事告诉她时，她对我说："岸君，你想要社长奖吗？"

“欸？”刚想说“要是能得的话当然要了”的时候，我想起来了，“是创始人的自传吧？”

“你不需要吧？”

“可以的话，”我的回答变得很微妙，“能告诉我自传上写了什么吗？”

“出人意料的是，艰苦奋斗的事写得很少啊。”

“是吗？”我这么说着，却没什么兴趣。

“努力解决了各种各样的纠纷，这些地方还是很感人的。另外，写了很多关于梦的事情。”

关于梦的事情？我反问道。

“没错没错，金泽有一座因制伏了鼠怪的猫而出名的寺庙。”

“我知道。”我不假思索地突然插嘴附和道，“两只猫齐心协力。”

“哎呀。”栩木社长微笑道，“你知道得很清楚嘛。我也去过那里，可那座庙有那么出名吗？”

“不知道啊。”我觉得它没那么有名，“接下来呢，那座寺庙怎么了？”

“自从去了那座寺庙以后，他就经常做一些奇怪的梦，这样的内容穿插在公司的艰辛史之间，也别有一番趣味啊。”

见我好一会儿没回答，栩木社长担心地叫了我一声。

我还没理清思绪，就开口问道：“栩木小姐刚刚说您也去过那座寺庙对吧？”

“以前去过。”

我拿出了自己的手机。在网络上进行搜索后，那只鸟的图片显示了出来。我想问栂木小姐见过这个吗，可这时不知从哪儿传来一声"社长"。

"岸君，我们下次再聊。"栂木社长起身离开了。

我还没法决定应不应该把那个时候的事情告诉池野内议员和小泽圣。

"我想向小泽先生致谢。"池野内议员低下头，"多亏了您，我的立场才好转很多。"

那个时候，住着院的小泽圣服用了佳凛吃过的治疗药，立马就恢复了。接着，他就接连去参加电视和网络上的节目，对池野内议员做过的事情进行说明，并表示拥护。

和外国的制药公司有关联的某位政治家想要毁掉好不容易制成的药物一事也被曝光了出来，池野内议员的敌对势力损失惨重。

鲸头鹳又变得像雕塑似的一动不动，它成不了思考者，而是变成了什么都不思考的状态。

"真是一张要吃人的脸啊。"

听我这么说，旁边的小泽圣像吃了一惊似的把目光投向我。我看见轮椅上的池野内议员脸上露出了含蓄的笑容。

"真的差点被吃掉啊。"

"啊。"是那个世界里的事情。在梦里，攻击我们的鸟似乎确实能轻而易举地把我们吃掉、嚼碎。

"最终获得胜利了吗？"

我隐约想起了那个场景。我的箭刺中的那只鸟就像灰色的云从空中"啪"地掉下来似的落在了地面上，在那里严阵以待的黑色铠甲男和红色装备男用剑刺穿了似乎是致命部位的地方。

虽然池野内议员昏迷不醒，小泽圣因为流感的高烧而意识不清，在那个世界里，他们和我一样满身疮痍、破破烂烂，可还是组队在战斗。再要说的话，在那个仓库里的战斗也是团队作战。正因为前池野内太太和深蓝夹克男帮助了我，才得以让事态避免演变成最恶劣的状况。

"为什么那只鸟会……"小泽圣提出了疑问。他不理解至今为止都是指路者的鲸头鹳为什么突然变成了我们的敌人。

"我们想这些也没用。"我这么说也是出自真心。那个世界的事情是没法完全弄清楚的。

不过在那个世界里，红色装备男说也许那只鸟是让我们击败它的天敌，虽然这些本身可能就是我的幻想，但它还是留在了我的记忆里。我可以想象到这种企图：把对自己不利的东西，比如对病毒的免疫——一排除，估摸着免疫功能快要消失的时候就露出本性，发动攻击。

"就像岸先生说的，也有像庄周梦蝶这样的事情啊。"

池野内议员很敬佩我。

那是在那个时候，搬运车猛冲过来的瞬间，萦绕在我脑中的想象。也许那个世界是现实，这个世界是睡眠时的幻觉体验。

"校长的梦？"

小泽圣不是装糊涂，只是听错了吧，他这么问时，鲸头鹳朝着我们展翅飞了过来。

我被激烈的"呼啦呼啦"声和拍打的频率所压倒，虽然它离得很远，可我还是高声呼喊着往后退，接着就被绊倒了，摔了个屁股蹲。

小泽圣一边笑着问我"没事吧"，一边伸出手来，我抓住他的手站了起来。

池野内议员把轮椅转过来对着我们。果然，他也在笑。

手机收到了信息，我猛地一看，是母亲发来的。早就已经不工作、习惯了退休生活的父母，对于我这次卷入的事件自然是相当吃惊，不过比起我，他们好像更关心孙女佳凛的恢复情况。父亲又把腰弄伤了，可是因为担心佳凛，立刻就赶了过来。发信息就是告诉我，这几天他们又要来看佳凛了。

"还会在那个世界里战斗吗？"我问了突然想到的问题。因为击退了怪鸟，所以我深信一切都结束了。事实上，从那以后，我没有做过梦的记忆。小泽圣和池野内议员对视了一眼，脸上都是"这我不知道"的表情。

即使思考也没有答案。这是一开始在那个世界的小屋里醒来，要出发去战斗时就心知肚明的。

我又看了看鲸头鹳。它仿佛没有做过刚才的动作似的，又横向朝着一侧凝固住了。

我一直盯着鲸头鹳看，惊讶地发现它的嘴微微歪了。它溜圆的眼睛紧紧盯着我，露出了微笑。

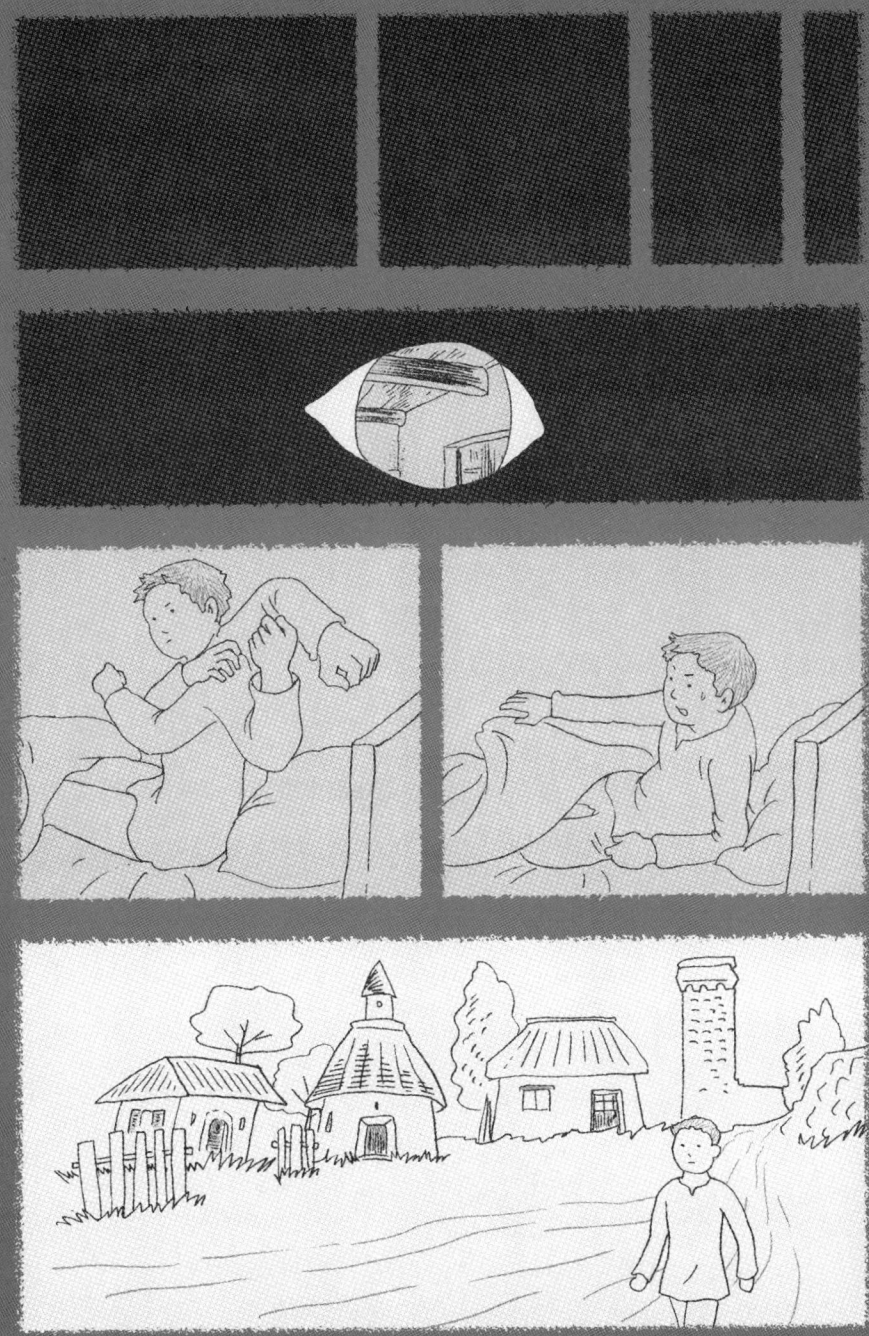

后　记

我个人觉得，动作场景是小说不擅长的一个地方吧。虽然可以用文章把人物的动作写出来，但从速度和跃动感上来说，电影和漫画能更具效果地表现出来。

因此，在小说中要描写什么动作和打斗的时候，我就不只是把动作写成文章，更要注意在只有文章才能享受的乐趣上下功夫。不过另一方面，早在十年前我就有了用图和漫画之类的东西来表现动作场景，想把这些插入进来的愿望。

一开始脑海里浮现出的是"白天是个普通的上班族，一到晚上就变成角色扮演游戏里的勇士"这样正统的设定。我就想，将夜晚的部分漫画化，是不是能更好地享受非现实世界的打斗呢？

当然了，我自己画不出那样的画，只能拜托别人，要是变成和漫画家的合作的话，那这个意味就变了。这种构造最多也就是在小说中，漫画是包含在作品里的一部分，它必须和"绘本中的图"以及"连载小说中的插画"都不同。我觉得就像美国漫画和法国漫画那样比较好。但是，我并没有具体的想法，偶尔跟几个编辑提议过，但他们可能没有真正接受吧（或许是对让读者觉得这是"策划产品""曲线球"而有所防备），所以一直没能实现。

因此，这本《梦境救援》使我多年来的梦想得以实现了。请谁来画漫画的部分是个大难题，但当责任编辑川口澄子小姐把她的插画给我看的瞬间（是当时在川口小姐自己的个人主页上刊载的一幅小画），我就确信"就是这幅画！"

我拜托责任编辑，漫画部分的内容和大概的动作由我和她来构造。川口小姐在此基础上，画出了超出期望值的优秀作品。而且，还就小说部分的细节提出了意见和建议（比如，道路宽度和车辆大小的矛盾、对使用水的场面里的水压等担心），非常感谢她。

我既不是想标新立异，也并非想投曲线球，我思考能最生动地将这个故事表现出来的方法（借助川口小姐的力量），结果得出的就是这本书，大家如果能喜欢的话就太好了。

主人公以我支持的乐天老鹰队的岸孝之投手来命名是最初就决定好的，但是小泽圣一开始用的是其他名字。2018年，圣泽凉选手的退役让我觉得很空虚（他退役时的谦虚和认真的评价也让我很感动），因此就借用了他名字里的一部分。

作品中还出现了牡鹿半岛附近叫"圣胡安湾"和"鲸鱼湾"的地方。这是虚构的地点。因为我喜欢复元的圣胡安巴蒂斯塔号上的"圣胡安巴蒂斯塔公园"，以及东日本大地震后停业的"牡鹿鲸鱼湾"，所以取的名字有相似的地方，但是位置和园区内容都是完全不同的，希望大家能够理解。

［全文完］

梦 境 救 援

产品经理 | 张 幸　　　书籍设计 | 何月婷　　　监　　制 | 何　娜

插画绘制 | 川口澄子　　技术编辑 | 顾逸飞　　　策 划 人 | 路金波

图书在版编目（CIP）数据

　　梦境救援 /（日）伊坂幸太郎著；高一君译 . -- 杭
州：浙江文艺出版社，2020.10
　　ISBN 978-7-5339-6226-5

　　Ⅰ . ①梦… Ⅱ . ①伊… ②高… Ⅲ . ①长篇小说—日
本—现代 Ⅳ . ① I313.45

　　中国版本图书馆 CIP 数据核字（2020）第176930号

Kujiraatama no Osama by Kotaro Isaka
Illustration by Sumiko Kawaguchi (Suito-sha)
Copyright © 2019 Kotaro Isaka/CTB
All rights reserved.
Originally published in Japan by NHK Publishing, Inc.
Chinese (in simplified character only) translation rights reserved by Guomai Culture & Media Co., Ltd
under the license granted by Kotaro Isaka arranged through CTB Inc.

图字：11-2020-288

梦境救援

[日] 伊坂幸太郎 著　　高一君 译

责任编辑　罗　艺
文字编辑　王　挺
装帧设计　何月婷

出版发行　浙江文艺出版社
地　　址　杭州市体育场路347号　邮编 310006
网　　址　www.zjwycbs.cn
经　　销　浙江省新华书店集团有限公司
　　　　　果麦文化传媒股份有限公司
印　　刷　天津丰富彩艺印刷有限公司
开　　本　880毫米 × 1230毫米　1/32
字　　数　220千字
印　　张　10.25
印　　数　1—10, 000
版　　次　2020年10月第1版
印　　次　2020年10月第1次印刷
书　　号　ISBN 978-7-5339-6226-5
定　　价　49.80元